MW01122925

À Kiev, Nikolaï, un ancien enseignant, s'est reconverti en veilleur de nuit. Il travaille dans un entrepôt où il doit garder des caisses remplies de boîtes de lait en poudre, lequel lait ressemble bien plus à de la cocaïne qu'à un aliment pour bébé... Un jour, par hasard, il retrouve un exemplaire d'un chef-d'œuvre de la littérature ukrainienne, un roman de Taras Chevtchenko étrangement annoté. L'auteur de ces annotations gît au fond d'un cercueil, à demi momifié, la carte d'un trésor sous la tête. Le trésor indiqué sur cette carte se trouverait dans un fort du désert kazakh où un caméléon a pris ses quartiers.

Nikolaï va ainsi se lancer dans une chasse au trésor rocambolesque, qui le mènera d'Ukraine jusqu'au kazakhstan, au cœur des nationalismes de tout bord. En chemin, de rencontres inquiétantes en découvertes surprenantes, Nikolaï trouvera à la fois l'amour et l'aventure, mais se heurtera à de nombreux dangers, puisque dans ces contrées politiquement instables, les alliés d'hier peuvent être les ennemis de demain...

Né à Saint-Pétersbourg en 1961, Andreï Kourkov vit à Kiev. Très doué pour les langues – il en parle neuf –, il débute sa carrière littéraire pendant son service militaire : il est gardien de prison à Odessa, un emploi idéal pour écrire... Son premier roman paraît en 1991. En 1993, Le Monde de Bickford *est nominé à Moscou pour le Booker Prize (jury anglais et russe) du meilleur roman russe et pour trois autres prix. Mais c'est avec* Le Pingouin *qu'Andreï Kourkov atteint un très large public. Il est aussi un scénariste de talent : son scénario du film de V. Krichtofovisch,* L'Ami du défunt, *a été sélectionné comme l'un des trois meilleurs d'Europe par l'Académie du film européen à Berlin, en 1997.*

Andrei Kourkov

LE CAMÉLÉON

ROMAN

Traduit du russe
par Christine Zeytounian-Beloüs

Éditions Liana Lévi

TEXTE INTÉGRAL

TITRE ORIGINAL
Dobryï anghel smerti (Le bon ange de la mort)

ÉDITEUR ORIGINAL
Diogenes Verlag AG Zürich

© 2000, by Diogenes Verlag AG Zürich
All rights reserved

Toutes les notes de bas de page sont de la traductrice

ISBN 2-02-051183-5
(ISBN 2-86746-262-2, 1re publication)

© Éditions Liana Lévi, 2001, pour la traduction française

Le Code de la propriété intellectuelle interdit les copies ou reproductions destinées à une utilisation collective. Toute représentation ou reproduction intégrale ou partielle faite par quelque procédé que ce soit, sans le consentement de l'auteur ou de ses ayants cause, est illicite et constitue une contrefaçon sanctionnée par les articles L.335-2 et suivants du Code de la propriété intellectuelle.

www.seuil.com

1

Au début du printemps 1997, j'ai vendu mon deux-pièces à la périphérie de Kiev pour acheter un studio situé en plein centre, près de la cathédrale Sainte-Sophie. Ses anciens propriétaires – un couple âgé – émigraient en Israël et essayaient de me fourguer en plus de l'appartement tout un bric-à-brac inutile, dont le portemanteau en fil de fer «fait main» de l'entrée. Grigori Markovitch, le chef de famille, répétait: «Je connais le prix des choses! Je ne cherche pas à vous escroquer». Refusant la plupart des objets, j'ai consenti à en acquérir quelques-uns. Entre autres une étagère de livres – vendue en un seul lot, pour éviter de la décrocher du mur et de porter son contenu chez le bouquiniste. J'ignore quel pourcentage des cinq dollars réclamés concernait l'étagère; je n'ai pas examiné les livres en détail, notant seulement la présence de *Guerre et Paix* de Léon Tolstoï, dans une édition grand format des années cinquante. J'appréciais ce type d'ouvrages, sinon pour leur contenu, du moins pour leur aspect avenant.

Les clefs m'ont été remises le 12 mars, dans la soirée. Un minibus de l'agence Sohnut stationnait devant l'entrée, les petits vieux y entassaient leurs affaires, aidés par deux employés de l'agence.

«Eh bien, mon cher Nikolaï Sotnikov, me suis-je dit, demeuré seul entre mes nouveaux murs, te voilà propriétaire d'un sacré taudis!»

J'ai réexaminé les fissures en songeant aux travaux indispensables, avant de me diriger vers l'étagère pour prendre le gros volume de Tolstoï. Une surprise m'attendait sous la couverture. L'intérieur avait été soigneusement évidé selon un procédé que je connaissais grâce aux films d'espionnage, sauf qu'il ne contenait ni or ni arme à feu, juste un autre livre d'édition plus récente: *Kobzar* de Taras Chevtchenko[1].

Intrigué, j'ai extrait le chef-d'œuvre de la littérature ukrainienne de sa cachette, m'attendant à une autre découverte. Mais ce livre-là était authentique. Ayant feuilleté quelques pages, je m'apprêtais déjà à remettre le tout à sa place pour surprendre à l'occasion mes futurs invités, quand mon regard a buté sur des annotations écrites dans les marges avec un crayon bien aiguisé. Je me suis rapproché de la lampe pour lire quelques lignes: «T. Ch. comprenait le patriotisme comme l'amour d'une femme et la haine du service militaire, et plus particulièrement des stupides exercices d'entraînement.»

«Ces commentaires seraient-ils l'œuvre de quelque professeur de lettres dissident?» me suis-je demandé, me souvenant du temps où j'étais moi-même enseignant.

Après mes études à l'institut pédagogique, j'avais assuré mes trois ans de stage obligatoire comme prof d'histoire dans une école de campagne, sans parvenir à éveiller chez les solides rejetons aux joues rouges des trayeuses de vaches et des tractoristes le moindre intérêt pour l'histoire, ni la

---

1. *Kobzar* comprend les poèmes complets du grand poète, écrivain, peintre et héros national ukrainien Taras Chevtchenko (1814-1861) et constitue un ouvrage de référence pour tous ses compatriotes. Accusé de professer des idées subversives et indépendantistes, Chevtchenko fut condamné à servir dix ans dans l'armée russe comme simple soldat (peine relativement courante à l'époque), avec interdiction de peindre et d'écrire.

plus petite envie de résoudre les multiples énigmes historiques consciencieusement piochées dans de grosses piles d'ouvrages que je potassais, crayon à la main.

Il aurait été criminel de soupçonner en Grigori Markovitch l'auteur de ces annotations. C'était un ancien militaire, fier de son passé. Je l'avais surpris un jour en train d'emballer ses médailles étalées sur la table; il emmaillotait chacune d'elles séparément dans un mouchoir; apparemment, il avait encore plus de mouchoirs que de médailles.

Me montrant l'une de ces dernières, il avait déclaré: «J'ai pris Prague!»

«Prague s'en est-elle aperçue?» avais-je pensé sur le moment, retenant à grand-peine un sourire face à ce petit vieillard sec, si alerte malgré ses quatre-vingt-dix ans.

La cuisine crasseuse avait elle aussi besoin d'être refaite. Il convenait d'abord de la lessiver pour effacer les traces des anciens occupants; les objets et les murs eux-mêmes se laissent contaminer par l'âge de leurs propriétaires. Pour éviter de prendre à mon tour un coup de vieux, je devais rénover les surfaces et rafraîchir les peintures. Qui sait, des travaux entrepris à temps prolongent peut-être non seulement la vie d'un appartement, mais celle des gens qui l'habitent?

J'ai posé la bouilloire sur la cuisinière à gaz noire de suie avant de me remettre à feuilleter le livre avec ses drôles d'annotations. Pour tomber bientôt sur une pensée qui s'accordait singulièrement à mes propres réflexions: «Le patriotisme de l'affamé, c'est le désir d'ôter le pain de la bouche de l'étranger; le patriotisme de l'homme qui ne manque de rien est généreux et inspire le respect».

J'aurais été fort curieux de connaître l'auteur de ces remarques et de trouver des indices sur l'époque où elles avaient été rédigées. Mon travail du moment, gardien de nuit, une nuit sur trois, n'exigeait pas le moindre effort intellectuel. Mon cerveau désœuvré s'ennuyait. Ce mystère était un vrai cadeau du ciel qui tombait à point nommé et valait mieux que tous les casse-tête et autres mots croisés!

Je continuais à parcourir le livre, avec l'intention de le lire plus tard attentivement, et même de l'analyser, armé d'un stylo et d'un cahier. Un autre passage a capté mon regard: «Le patriote absolu ne reconnaît ni majorité nationale ni minorité nationale. Son amour de la femme est plus fort que son amour de la patrie, car une femme qui t'aime en retour est le symbole de la patrie, l'idéal du patriote absolu. Défendre la femme à laquelle t'unit un amour réciproque est la plus haute manifestation du patriotisme.»

Ailleurs, sous un poème, figurait une note personnelle: «16 avril 1964. Rencontré Lvovitch à la brasserie en face du mont-de-piété. Lui ai parlé du manuscrit. Il veut le lire, mais pas question. Après cette provocation dans la salle de cinéma, même sa main paraît trop moite pour que je la serre. Et puis cette manie qu'il a de regarder sans cesse de tous côtés…»

Je suis resté à lire jusqu'à minuit avant de ranger le livre-gigogne sur l'étagère.

Le lendemain, je suis passé voir un ami sculpteur qui connaissait le Kiev de ces trente dernières années sur le bout des doigts.

– La brasserie en face du mont-de-piété? Mais bien sûr. Maintenant, ça s'appelle *Le thé russe*. Ah non, pardon, le mot «russe» a été supprimé, désormais je crois que c'est *Le thé* tout court, ou peut-être un autre nom… L'endroit n'est plus ce qu'il était, et les clients non plus…

– Tu n'aurais pas connu un certain Lvovitch, dans le temps?

Le sculpteur a pris un air pensif.

Son atelier en duplex était encombré d'énormes blocs de pierre brute, de maquettes, de sculptures de petit format et d'une multitude de photographies collées aux murs, qui semblaient faire office de papier peint. Il s'est levé de derrière la table basse qui servait également de table à manger pour s'approcher des photos.

– Il y en a beaucoup qui ont été prises dans cette brasserie, mais ça ne me dit rien… Lvovitch… Lvovitch… Ce n'était sans doute pas un habitué. Beaucoup ne venaient pas tous les jours, et même si on les voyait assez souvent, ils ne faisaient pas vraiment partie du club. C'était peut-être un de ceux-là? Je vais essayer de me souvenir, mais pas aujourd'hui. Il faudrait qu'il pleuve ou qu'un orage éclate: par mauvais temps, les souvenirs reviennent plus volontiers…

– Je t'appellerai dès le prochain orage, ai-je promis en prenant congé.

Les travaux de mon nouvel appartement avançaient lentement et disons-le, de façon assez chaotique. Les amis qui avaient promis de m'aider à repeindre s'étaient brusquement évaporés et j'étais resté seul face aux murs et à une quantité impressionnante de pots de peinture blanc mat. Je n'osais pas commencer sans eux, alors en attendant, je raclais les restes de laque sur les tuyaux de la salle de bains et autres bricoles du même genre.

Le sculpteur m'a appelé à l'improviste.

– Tu sais, ton Lvovitch, il est mort hier, s'il s'agit bien du même. Un vieil ami m'a téléphoné et m'a demandé de donner un coup de main pour l'enterrement: il n'y a personne pour porter le cercueil. Si tu veux, on y va ensemble !

La proposition était aussi étrange qu'inattendue.

– Mais, je ne le connaissais pas…

– Tu le cherchais, oui ou non ? Moi non plus, je ne crois pas que je le connaissais, a répliqué le sculpteur. Et je n'arrive même pas à me souvenir de cet Alik que j'ai eu au téléphone. Il m'a assuré qu'on s'était connus dans cette fameuse brasserie…

Ce rendez-vous avec un mort auquel j'aurais voulu poser des questions destinées désormais à demeurer sans réponse me paraissait pour le moins stupide. Mais j'ai accepté.

Sa tombe se trouvait au cimetière de Berkovtsi. Plus exactement celle de sa famille où on lui avait réservé une place. Le visage jaune et sec du défunt m'était totalement étranger. Le sculpteur, s'inclinant vers mon oreille, a murmuré :

– Non, décidément, sa tête ne me dit rien.

Mais Alik, qui avait organisé les funérailles, lui a rappelé quelques épisodes d'un passé lointain. Et le sculpteur a hoché la tête. Par la suite, ils ont mentionné deux ou trois autres noms en ma présence.

M'enhardissant, j'ai demandé au vieil Alik s'il connaissait quelqu'un qui s'intéressait à l'œuvre de Taras Chevtchenko et à la question du patriotisme, précisant qu'il s'agissait d'un ami du défunt.

Alik s'est gratté l'oreille. Il est demeuré silencieux quelques instants. Avant de hausser les épaules.

– Plus tard. Tu viens au repas de funérailles ?

J'ai fait oui de la tête.

Le repas de funérailles, comme je l'ai découvert bientôt, avait lieu dans l'atelier du sculpteur. Sept personnes autour de la table basse. Dans un coin, le maître des lieux faisait griller avec entrain du foie de bœuf sur un réchaud électrique. Les autres avaient déjà commencé à boire de la vodka. En silence, sans porter de toasts, sans même un soupir.

L'atmosphère s'est animée avec la première portion de foie grillé. Le sculpteur a sorti des fourchettes. Il a apporté du pain. Le repas a pris tournure, quelqu'un a dit quelques mots du défunt, passant aussitôt aux vivants et terminant son bref discours par une remarque nostalgique sur le bon vieux temps.

— C'est vrai, ça, a renchéri un autre.

Le repas de funérailles s'est déroulé dans les règles. Tous étaient ivres en partant. Personne n'a dit le moindre mal de feu Lvovitch. D'ailleurs, on n'a plus parlé de lui, après l'avoir mentionné une fois. Au moment de se lever de table pour se dégourdir les jambes, l'un des invités s'est reconnu jeune sur une vieille photographie.

— Oh ! s'est-il écrié avec une moue de surprise, comme s'il était mécontent de lui-même tel qu'il était trente ans plus tôt.

Je me suis rapproché pour lui poser ma question à propos de Chevtchenko et du patriotisme.

— Oui, a-t-il répondu. À l'époque, beaucoup s'intéressaient à ce genre de choses.

— Mais quelqu'un écrivait-il sur le sujet ?

— Pour sûr. Sous le manteau ! Et où ça nous a menés ? Ceux qui n'ont pas lutté, au moins, ne sortent pas perdants.

Il a continué à déblatérer quelque temps, pour remarquer soudain :

— Il y avait aussi des mystificateurs, Klim par exemple, il prétendait travailler à un traité philosophique. On voulait tous qu'il nous le fasse lire, mais lui, il sortait son manuscrit, faisait bruire les pages sous ton nez et le remettait dans sa serviette. En réalité, il recopiait les poèmes de Pouchkine en prose dans sa cuisine, c'est-à-dire qu'il les copiait sans sauter à la ligne après chaque vers, pour que ça ait l'air d'être de la prose…

— Et où est-il maintenant? ai-je demandé, songeant qu'il pouvait s'agir de l'auteur des annotations du *Kobzar*.

— Klim? Pas la moindre idée. Je l'ai aperçu un jour au square près de l'université. Là où l'on joue aux échecs pour de l'argent. Ça fait bien deux ans. Je ne l'ai pas revu depuis.

Tout groupe forme une société fermée. Les apiculteurs par exemple se réunissent pour parler de choses qu'ils sont seuls à comprendre. Et je suppose que l'admission éventuelle d'un nouveau membre provoque de longues discussions. Les joueurs d'échecs ne font pas exception. Ceux qui jouaient devant l'université se connaissaient entre eux et s'adressaient aux autres en employant un «vous» distant. Ils n'acceptaient de jouer avec des étrangers que moyennant finances.

J'ai fait plusieurs fois le tour des joueurs d'échecs et de dames qui occupaient tous les bancs du square. Personne ne se souciait de moi. Chaque petit groupe se tenait immobile autour d'un échiquier ou d'un damier. Ils ne regardaient pas les joueurs, comme si leur présence avait été une contrainte agaçante. Impossible de déterminer qui était le supporter de qui, ni même s'il s'agissait de supporters. C'était la position des pièces qui focalisait leur attention, dans un silence religieux: là était le personnage principal.

Klim dépassait certainement la soixantaine, mais c'était le cas de la plupart des membres de ce club informel. Ils jouaient sans parler: aucune chance d'entendre prononcer son nom par hasard. J'ai rejoint l'un des cercles pour attendre patiemment la suite des événements, m'efforçant par les moindres fibres de mon corps d'inspirer confiance aux fanatiques de l'échiquier.

Une sorte de transe s'est emparée de moi, et il me semble que pour un temps j'ai réellement intégré l'organisme vivant formé par les joueurs et les spectateurs.

Après être demeuré dans cet étrange état pendant près d'une heure, j'ai émergé de ma torpeur à la fin de la partie et, redressant ma colonne vertébrale, j'ai compris que notre longue immobilité commune m'avait rapproché de ces gens. Je jouais mal aux échecs et j'aurais été bien en peine de commenter la partie, même au niveau le plus primitif, mais ce n'était pas le cas des autres, et je me suis montré un auditeur exemplaire. Au début, il est vrai, deux petits vieux ont failli se battre pour une histoire de tour. Ma neutralité dans leur dispute a joué un rôle positif et ils m'ont pris à témoin, reproduisant de mémoire les meilleurs moments de la partie.

— Les joueurs, c'était qui? ai-je demandé, me sentant enfin en droit de les interroger.

— Filia et Micha… a répondu le plus grand et le plus voûté. Des nouveaux, ça ne fait pas longtemps qu'ils viennent.

J'ai voulu savoir si Klim jouait encore.

— Ah, Klim!

Le second petit vieux, avec une gestuelle typique d'Odessa, a fait mine de lever des deux mains une énorme pastèque invisible.

— Klim joue, mais quand il joue, ce genre de bêtises n'arrivent pas, a-t-il déclaré en désignant du menton le banc déserté.

Cinq minutes plus tard, je savais déjà que Klim habitait un appartement communautaire rue Chota Roustaveli, qu'il venait parfois au square le vendredi, qu'il ne buvait plus à cause d'une maladie du foie, qu'il avait liquidé son élevage de poissons d'aquarium et qu'on pouvait se demander de quoi il vivait.

Je suis parti avec le sentiment de faire désormais partie du cénacle. Il ne me restait plus qu'à apprendre à jouer correctement aux échecs ou aux dames. Ce qui ne risquait pas d'arriver. Ça m'aurait pris trop de temps, et d'ailleurs je n'aime pas la lenteur des jeux de réflexion.

2

Vendredi, je me suis remis à feuilleter *Kobzar* dès le matin, dégustant les annotations au crayon.

«La douceur de la terre natale ne se distingue pas de la douceur d'une terre étrangère, car toute terre fut donnée à l'homme dès l'origine, sans être répartie entre les nations selon leurs qualités.»

Ce n'était pas tant la formulation qui m'étonnait que le sujet, à croire que l'auteur se contentait de prendre pour base l'œuvre de Chevtchenko pour parler de ce qui lui tenait personnellement à cœur. Pourquoi se souciait-il à ce point de ces problèmes à une époque où ils ne se posaient guère? Ce n'était pas un nationaliste, sinon il aurait écrit en ukrainien. Pas trace non plus de chauvinisme russe: parallèlement à une réflexion personnelle, on trouvait là du respect, de la compassion, voire de l'amour à l'égard de Chevtchenko. L'idée m'a même effleuré que sa pensée pouvait être mise en parallèle avec celle de Lénine sur la totale disparition des nations et des nationalités dans l'avenir. Je me suis aussitôt représenté la réaction du chef du prolétariat en entendant déclarer que la femme aimée était la vraie Patrie. Non, je ne pense pas que le grand zozoteur[1] eût apprécié, si belle qu'ait pu être Kroupskaïa dans sa jeunesse.

_____

1. Lénine avait un défaut de prononciation.

16

Mais le temps passait et, posant le livre sans l'oublier pour autant, je me suis habillé pour me rendre au square. Mon intuition me soufflait que Klim y serait ce jour-là. Et pas seulement mon intuition : dehors, le soleil brillait et les oiseaux chantaient. Il aurait été stupide de rester chez soi par un temps pareil, surtout si le chez soi en question était une chambre d'appartement communautaire, dans le fracas des tramways de la rue Chota Roustaveli.

Il était effectivement au square. Les deux petits vieux qui me connaissaient déjà m'ont indiqué l'un des bancs où se poursuivait l'éternel championnat d'échecs local. Deviner qui des joueurs était Klim n'avait rien de sorcier : son partenaire n'avait pas dépassé la quarantaine.

Ayant attendu que la partie observée par pas moins de vingt membres du «club» s'achève, j'ai abordé le vieil homme. Sa difficile victoire le comblait visiblement ; bien que son public se soit immédiatement dispersé entre d'autres bancs sans même le féliciter, le vainqueur jubilait, ses yeux profondément enfoncés dans son visage maigre aux pommettes proéminentes brillaient de jeunesse et de fougue.

– Belle victoire ! ai-je remarqué en guise de salut.

– Oui, je ne me plains pas. Mais Vitiok est doué. Je l'ai eu à l'usure !

Peu désireux de poursuivre sur le thème des échecs de crainte de me couvrir de honte, je suis passé au vif du sujet.

– Vous vous souvenez de Lvovitch ?

Le sourire s'est figé sur son visage.

– Évidemment que je m'en souviens, m'a-t-il répondu en plissant les yeux pour mieux me regarder. Vous êtes un parent à lui ?

– Non.

– Pourtant, vous lui ressemblez un peu…

17

La conversation dérivait; il fallait laisser tomber ou en reprendre le contrôle.

– Je crois être tombé par hasard sur un de vos manuscrits…

– Pas possible? Lequel?

– Enfin, pas vraiment un manuscrit, mais des commentaires sur le *Kobzar* de Chevtchenko… d'ailleurs fort intéressants.

Le vieil homme a caressé son menton mal rasé et m'a scruté avec attention.

– Des commentaires…? Ils ne sont pas de moi… J'ai écrit d'autres commentaires… Et le *Kobzar* aussi, vous l'avez?

– Forcément, les commentaires sont écrits dans les marges…

– À quoi ressemble le livre? Une édition ordinaire? De quelle année?

– Pas vraiment ordinaire… Comme une poupée gigogne. Elle était à l'intérieur d'un volume de Tolstoï.

Klim a hoché la tête et s'est remis à sourire, contemplant l'asphalte sous ses pieds.

– Ça alors, il est remonté à la surface! a-t-il murmuré.

Puis il a relevé la tête pour me regarder une nouvelle fois, mais cette fois calmement et d'un air affable:

– Si vous avez de quoi payer une bouteille, je vous invite chez moi.

J'avais de quoi, et après avoir suivi le bref itinéraire reliant le square à la rue Chota Roustaveli en passant par le supermarché, nous nous sommes retrouvés dans une vaste pièce au plafond haut lourdement orné et couvert de fissures. Il y avait là une bibliothèque et une armoire massives, toutes deux des années cinquante. La petite table en revanche aurait mieux convenu au coin cuisine d'une studette et semblait hideuse et minuscule dans cette grande pièce.

Le vieil homme m'a tendu un couteau.

– Débouchez le pinard!

Il est sorti dans le couloir pour revenir avec deux verres.

– J'espère que vous aurez la courtoisie de m'inviter à votre tour? s'est-il enquis avec un sourire.

– Mais comment donc!

– En ce cas, je vais vous montrer quelque chose!

Il s'est dirigé vers la bibliothèque, l'a ouverte:

– Voilà.

Il a pris un épais volume sur l'étagère du bas.

C'était une volumineuse édition du *Kobzar*. La couverture en était agréablement rugueuse; il est certains objets et certaines matières dont le contact procure une sorte de plaisir physique.

– Ouvrez-le. Allez, ouvrez-le!

C'était encore un livre gigogne. Dans les entrailles évidées du Kobzar reposait une édition, moins imposante mais datant de la même époque, de *L'Idiot* de Dostoïevski.

J'ai levé un regard interrogateur sur Klim.

Il souriait, pas à moi, plutôt à son passé, brusquement dérangé par mon apparition.

J'ai sorti le Dostoïevski de son gîte secret. Les marges étaient couvertes de notes au crayon, d'une écriture plus grosse que celle du livre que j'avais chez moi.

– C'est de vous?

– Oui, a-t-il reconnu en s'asseyant derrière la petite table rectangulaire.

– Et *Kobzar*?

J'ai tendu la main vers la bouteille pour verser le riesling, tout en mettant de l'ordre dans mes pensées.

– *Kobzar*? Non, c'est un autre qui a écrit sur *Kobzar*… a-t-il répondu en prenant son verre.

– Lvovitch ? ai-je demandé pour l'inciter à se souvenir.

– Pourquoi Lvovitch ? Lvovitch avait choisi *Les Âmes mortes*.

– Dites-moi, vous formiez une sorte de cercle littéraire, ou quoi ?

Complètement déphasé, je sentais que ma tête se noyait dans une sorte de brouillard juteux.

– Pas littéraire, mais philosophique. D'ailleurs, il existe toujours… Du moins tant que je suis en vie. Je suis un cercle à moi tout seul !

– Mais quand même, qui a rédigé les commentaires du *Kobzar* ?

– Slava Guerchovitch… Dieu ait son âme.

– Il est donc mort ?

– On l'a tué… À l'électricité (le vieil homme a tristement incliné la tête)… C'était un brave gars ! Qui en avait dans la caboche. Bien avant Kachpirovski[1] et autres phénomènes paranormaux, il savait tout sur ces trucs… C'est pour ça qu'ils l'ont tué…

Le brouillard s'est remis à voltiger autour de ma tête.

– Quel rapport entre *Kobzar* et le paranormal ?

– Cette question !

Le vieil homme m'a dévisagé comme s'il avait affaire à un sot.

– Et qu'est la grande littérature, selon vous ? Juste des mots et des métaphores ? C'est le moyen de transmission de l'énergie spirituelle, comme un fil conducteur. Vous voulez

---

1. « L'extra-lucide » Kachpirovski connut son heure de gloire au début des années quatre-vingt-dix. Il prétendait notamment guérir les gens de toutes les maladies en les hypnotisant par l'intermédiaire d'une émission à la télévision russe.

vous charger d'une énergie sombre et profonde? Lisez Dostoïevski. Vous cherchez à vous purifier et à passer un moment dans un état de grâce? Prenez Tourgueniev. Les imbéciles du genre de Kachpirovski ont transformé ça en traitement des hémorroïdes à la télévision! Mais croyez-moi, cette bacchanale va prendre fin, la littérature restera le seul véhicule pour toutes les formes de bioénergie.

– Et quel type d'énergie transmet *Kobzar*?

– Il aurait fallu poser la question à Guerchovitch… Mais je peux vous dire que ce *Kobzar*-là et Chevtchenko lui-même, c'est vraiment du sérieux… C'est pour ça qu'on l'a tué.

– Mais pourquoi?

Il a vidé son verre et s'est remis à caresser son menton fripé et mal rasé.

– Guerchovitch avait découvert l'endroit où est caché quelque chose de très précieux pour le peuple ukrainien. C'est une histoire compliquée. N'allez pas croire que je suis cinglé. Si Guerchovitch était vivant, il vous aurait tout expliqué en cinq minutes.

– Et ce Guerchovitch, il n'a pas laissé de manuscrits?

– Des manuscrits? Il y en avait un, avec une lettre à l'intérieur… Lvovitch et moi, on l'a mis sous sa tête, dans son cercueil…

– Vous ne l'avez pas lu?

– Non. Il nous avait dit de ne pas le lire. Mais il nous en a parlé, il était assez prolixe sur le sujet. Et nous avons vu la lettre. C'est dans la lettre qu'il est question de cet objet enterré… Une lettre de Chevtchenko, écrite à Mangychlak. On a peut-être tué Guerchovitch à cause de la lettre. La nuit où il est mort – c'était en soixante-neuf –, quelqu'un a pénétré dans son appartement. Ils ont volé un vase en cristal et ont tout mis sens dessus dessous… Mais ils n'ont pas trouvé le manuscrit! Il l'avait caché chez Gricha, le mari de sa sœur. C'est après que nous l'avons récupéré pour le mettre dans son cercueil.

– Gricha, vous voulez dire Grigori Markovitch?

– Mais oui! (Le regard du vieux Klim s'est animé.) Ah, vous êtes donc un parent de Grigori Markovitch!

– Je ne suis le parent de personne! Simplement, ça m'intéresse.

– Savez-vous, jeune homme, que ce genre d'intérêt peut se payer très cher?

Je n'ai pas prêté attention à cette remarque.

Le brouillard qui baignait mes pensées s'était quelque peu dissipé. D'avoir découvert le lien entre le défunt Guerchovitch et l'ancien propriétaire de mon appartement qui venait d'émigrer en Israël éveillait encore plus ma curiosité.

– Je pourrais peut-être vous vendre ce livre? a soudain proposé le vieil homme d'une voix étrange. J'ai déjà vendu mes aquariums, il ne reste plus grand-chose ici.

Ses yeux ont fait le tour de la pièce.

– Le livre? Vous avez l'intention de partir?

– En quelque sorte… Pas maintenant bien sûr… Mais dans quelque temps. Vous vous souvenez de la mort de Tolstoï?

J'ai hoché la tête.

– J'aime Tolstoï. Je l'ai beaucoup lu, je voulais apprendre à vivre dans ses œuvres, ça n'a rien donné… Mais il peut au moins m'apprendre à mourir. Quelle belle mort que la sienne, ne trouvez-vous pas? Comme lui, je vais partir à pied. Pour Konotop. Et ne jamais y arriver… Vous me comprenez?

J'ai vidé un deuxième verre de vin, mais il ne contenait pas assez d'alcool pour me permettre de rassembler en bon ordre ces multiples fragments du passé et les recoller ensemble, comme une amphore antique. Évidemment, tous ces types – dont Klim était une sorte de porte-parole – étaient des farfelus typiques des années soixante, des chercheurs de vérité dans la littérature et de philosophie dans l'existence. En tant que représentant d'une autre génération, j'avais quelque mal à discuter avec eux. Nous usions des mêmes mots, mais il était clair que Klim leur prêtait plus de sens. Le vin était probablement la seule chose que nous percevions de manière identique. Ce vin tiré d'une même bouteille ne pouvait être différent dans nos deux verres.

Mon interlocuteur a sorti une carte d'Ukraine de la bibliothèque et m'a montré une ligne grasse tracée au crayon qui courait le long d'une voie de chemin de fer. «C'est la route que je suivrai», a-t-il affirmé en la parcourant du doigt et en marquant un arrêt à chaque station.

J'ai fini par sentir que le vieil homme m'avait épuisé. J'ai noté son numéro de téléphone et lui ai promis de l'inviter prochainement dans mon nouvel appartement pour prendre un verre de vin.

– Et le livre, vous voulez l'acheter? a-t-il demandé une nouvelle fois, alors que je me dirigeais déjà vers la porte.

– Combien en voulez-vous?

– Cent grivnas!

On aurait dit qu'il fixait intentionnellement un prix excessif, non pour le vendre cher, mais pour montrer qu'il était inestimable.

– Je n'ai pas une somme pareille sur moi, ai-je répondu, et aussitôt j'ai entendu en réponse quelque chose qu'on pouvait interpréter comme un soupir de soulagement.

3

Le surlendemain, le vieux Klim est venu me rendre visite. Nous avons vidé deux bouteilles de vin, sans cesser de parler. Ce que mon visiteur m'a appris a excité mon imagination légèrement éméchée. Apparemment, le défunt Slava Guerchovitch avait découvert un secret – philosophique ou peut-être plus matériel – qui lui avait valu de périr d'une décharge électrique, par l'intermédiaire d'un appareil bricolé. Le fameux secret, cause de cette mort originale, figurait sans doute, entièrement ou en partie, dans la lettre rédigée par Chevtchenko à Mangychlak, lettre qui avait échoué on ne sait comment entre ses mains pour être finalement enterrée avec son manuscrit et son corps au cimetière de Pouchtcha-Voditsa.

La première pensée qui m'est venue tout naturellement aurait pu être qualifiée de sacrilège : sortir le manuscrit et la lettre du cercueil pour me convaincre de l'existence réelle de ce secret auquel le vieux Klim semblait croire dur comme fer. En droit criminel, on rencontre assez souvent le mot « exhumation ». Mais il s'agit toujours d'extraire un corps de sa tombe. Mon intention d'exhumer quelques feuilles de papier était moins répugnante ; cependant, sachant qu'elles se trouvaient sous la tête de Guerchovitch, comment soulever cette tête sans toucher du doigt la substance même de la mort ?

Dès le lundi – le jour le plus universellement honni de la semaine – j'ai pris le tramway pour Pouchtcha-Voditsa.

Le cimetière, conformément à mon attente, était désert. Une brise légère agitait les pins élancés qui poussaient entre les tombes. Les grincements de cette forêt produisaient une impression étrange, comme si je déambulais dans une ville abandonnée depuis longtemps, reconquise par la nature, parmi des ruines invisibles que la terre aurait recouvertes.

Au début je me suis simplement promené en regardant les inscriptions soigneusement gravées. Puis, l'un après l'autre, j'ai parcouru les sentiers étroits séparant les rangées de tertres. Le cimetière était situé sur une colline; sur l'un de ses côtés, une pente raide surplombant un lac lui servait de frontière naturelle. J'ai lu les noms pour découvrir enfin celui que je cherchais à l'extrême sommet de la pente, négligemment tracé sur une plaque soudée à une croix métallique badigeonnée de peinture argentée. La pauvreté de la sépulture m'a surpris sur le moment, mais m'étant installé sur le banc près de la tombe voisine – en écoutant un coucou dont le chant, d'après la superstition, comptait les années restant à vivre à je ne sais qui –, la pensée m'est venue qu'un passionné de philosophie n'avait pas besoin d'un tombeau en marbre. Peut-être n'aurait-il pas voulu de croix non plus. Cette dernière avait sans doute été commandée par ses amis. Les parents se soucient généralement plus de leurs morts, ils ne doivent pas faire honte à la famille: regardez, Duschnock a un monument avec des lettres de bronze, notre cher disparu se doit d'être à la hauteur.

Je suis resté une quinzaine de minutes à me tenir ce genre de réflexions, puis j'ai examiné la tombe d'un autre point de vue, comme un coffre-fort qu'il me fallait ouvrir. Pour parvenir à la conclusion que tout travail réclame un professionnel. Je savais exactement quel genre de spécialiste il me fallait: pas des fossoyeurs, bien sûr, qui coûtaient très cher et qui risquaient de me dénoncer, vu que mon projet était certainement illégal. Je devais trouver des clochards qui ne soient pas encore parvenus au dernier stade de l'alcoolisme et deux pelles. Il faudrait creuser la nuit, ce qui avait aussi son charme mystique. Je considérais l'entreprise sans peur ni doute, mû par la passion de la découverte. J'étais prêt à courir des risques, sentant qu'au fond je n'en courais pratiquement aucun. À une époque où tout le monde se moque des vivants, qui se soucierait d'un mort dont le cercueil ne quitterait sa tombe que pour quelques minutes, juste le temps de lui mettre sous la tête quelque chose de plus moelleux qu'un manuscrit?

4

Dans la nuit du mercredi au jeudi, j'étais de retour au cimetière, cette fois en joyeuse compagnie (mais un peu inquiétante). J'avais recruté mes deux clochards à la gare en leur promettant deux bouteilles de vodka à chacun. Ils étaient en train de tourner autour de la tombe avec leurs pelles, en quête d'un angle adéquat où peut-être d'un élan d'inspiration pour se mettre à l'ouvrage.

– Mais qu'est-ce que tu cherches? n'arrêtait pas de demander l'un d'eux, trapu, au visage violacé.

Il s'appelait Jora, et chacun de ses regards était ponctué d'un sourire crispé particulièrement déplaisant.

– Je l'ai déjà dit, il y a des papiers sous sa tête...

Jora a émis un grognement dubitatif et a commencé à creuser. Son collègue Senia – un petit maigrichon d'une quarantaine d'années – s'est mis aussitôt à travailler de la pelle de l'autre côté.

Ils rejetaient la terre sur l'allée entre la tombe de Guerchovitch et le petit enclos entourant la sépulture voi-

26

sine qui était mieux entretenue. Le tas grandissait. Le ciel bas, couleur bleu sombre, exhalait un souffle tiède, et des oiseaux d'espèce indéterminée poussaient par intermittence des cris rauques.

Après quelques pauses cigarette, les deux compères silencieux travaillaient plus mollement et sans enthousiasme. Enfin, la pelle de Jora a heurté du bois, et ils se sont réveillés pour dégager le couvercle du cercueil.

– On le remonte ou on le fouille sur place? a demandé Jora.

– On peut retirer le couvercle sans le remonter? ai-je demandé, supposant, je ne sais pourquoi, que les deux clochards s'y connaissaient mieux que moi en profanation de sépulture.

Jora a jeté un coup d'œil appréciateur au fond du trou qui était peu profond.

– On peut l'arracher puis le remettre. Même si on en casse un bout, ça ne lui fera ni chaud ni froid.

Jora et Senia ont soulevé le couvercle avec leurs pelles. La lune, si brillante fût-elle et secondée par des myriades d'étoiles, ne pouvait éclairer l'intérieur du cercueil. On distinguait seulement quelque chose de sombre qui ne formait qu'un seul bloc. M'inclinant, j'espérais au moins reconnaître les contours d'un corps, mais en vain. Quant à l'odeur qui s'en dégageait, elle était sucrée, comme imprégnée de cannelle.

– Ben quoi? a demandé Jora. Tu y vas toi-même?

J'ai compris qu'il s'adressait à moi. Je me suis alors retourné.

– Moi? Mais on s'était pourtant mis d'accord...

Soudain, quelque chose de lourd s'est abattu sur ma tête. Je me suis senti tel un papillon pris dans un filet opaque. Et aussitôt, comme si le chasseur de papillons avait ramené son filet d'un geste brusque, j'ai perdu l'équilibre pour m'écrouler sur la terre tiède et sombre et j'ai entendu un chuchotement de voix qui s'éloignait.

Quand j'ai repris conscience, l'aube commençait de poindre. Des oiseaux s'égosillaient déjà comme s'ils répondaient à l'appel lors d'une inspection matinale. Ma main s'est tendue machinalement vers ma nuque où mes doigts ont palpé du sang séché. Je me suis levé avec circonspection. Une pelle était fichée en terre, l'autre traînait non loin, sans doute celle qui avait servi à m'assommer. Mes poches avaient été fouillées et mon argent – heureusement une somme modique – avait bien évidemment disparu. Au fond de la tombe, le défunt avait été retourné sur le côté. Près de sa tête – totalement noire – se trouvait un paquet d'où dépassait une chemise cartonnée.

Je n'ai pu retenir un sourire en pensant à mes complices de cette nuit. Ils escomptaient découvrir un vrai trésor: de l'or ou quelque autre objet précieux, puis, suivant un scénario éculé, se débarrasser du troisième homme pour partager le butin entre eux deux. Mais pour fruit de leurs efforts, ils n'avaient finalement récolté que l'argent qui leur était de toute manière destiné.

Ayant totalement recouvré mes esprits, je suis descendu dans la fosse. Guerchovitch semblait s'être spécialement couché sur le côté pour que j'aie où poser le pied. J'ai pris le paquet, puis je suis remonté. J'ai jeté verticalement le couvercle au fond de la fosse, l'ajustant au niveau des pieds avant de le lâcher. Il s'est accroché à une racine. J'ai utilisé la pelle pour obliger le couvercle à se remettre en place. Il m'a fallu encore une demi-heure pour combler la fosse, égaliser le tertre et remettre la croix.

Cette corvée achevée, j'ai ramassé le paquet, et la même odeur étrangement douceâtre a attiré mon attention: elle semblait désormais émaner de mes vêtements; le paquet aussi sentait la cannelle.

Le soleil commençait à chauffer. J'ai regardé la croix une dernière fois. Il était temps de partir. Quelqu'un risquait de se montrer. Quelle heure pouvait-il être?

Machinalement, j'ai remonté ma manche pour consulter ma montre. Il était un peu plus de cinq heures. «Pourquoi n'ont-ils pas pris ma montre? me suis-je demandé avec une ironie amère. Ils ne sont donc bons qu'à vider les poches?»

Je me suis dirigé vers l'arrêt du tram. Quelque part au loin, sans doute dans le petit bois entre Kourenevka et Pouchtcha-Voditsa le premier tramway roulait déjà, tintinnabulant tel un énorme réveille-matin. Il allait me ramener chez moi. Me faire oublier le sang séché sur ma nuque et l'odeur sucrée qui avait imprégné mes habits. Une odeur qui possédait des propriétés apaisantes et qui faisait naître sur mes lèvres un sourire insouciant, indépendamment du sujet de mes réflexions.

5

Lorsque je suis arrivé à la maison, l'horloge de la cuisine marquait sept heures moins cinq. M'arrêtant devant le miroir de l'entrée, j'ai constaté que mes vêtements avaient besoin d'une bonne lessive et que je ressemblais à un mendigot qui aurait passé la nuit sur un tas d'argile. Enfilant une robe de chambre, j'ai mis mes frusques à tremper dans une grande bassine. Puis j'ai décidé de faire trempette à mon tour. J'ai fait couler de l'eau chaude et j'ai plongé, faisant déborder la baignoire. La chaleur m'a pénétré jusqu'aux os, et j'ai ressenti un agréable tiraillement au niveau des clavicules, comme au sauna. Peu à peu, mon corps s'est senti renaître, et ma tête, libérée du léger bourdonnement, reliquat du coup de pelle qu'elle avait encaissé, s'est remise à fonctionner, alignant mes pensées afin que je puisse les passer calmement en revue.

L'épisode des deux clochards et de l'exhumation appartenait désormais au passé. D'ici une petite demi-heure, une fois lavé de frais, je m'installerais dans la cuisine où m'attendait la chemise pour laquelle je m'étais lancé dans cette aventure. Mais les temps présents, périlleux et dynamiques, étaient propices aux aventures en tous genres.

Après m'être essuyé avec un drap de bain en éponge, j'ai constaté avec étonnement que l'odeur sucrée récoltée au cimetière était toujours là. Je me suis penché sur la bassine où trempaient mes vêtements. Mais la bassine et son contenu sentaient la lessive en poudre, l'odeur de cannelle flottait plus haut, au niveau de mes épaules et de mon visage.

«Bah, ai-je pensé, il y a pire comme odeur, et aucune n'est éternelle.»

La chemise contenait un paquet de feuilles couvertes d'une fine écriture en pattes de mouche qui m'était déjà familière. Mais je n'étais pas en état de m'y plonger pour le moment. Je voulais en premier lieu trouver la lettre dont Klim m'avait parlé. J'ai rapidement feuilleté le manuscrit, en le tenant en éventail. Une enveloppe de format moyen est tombée par terre. J'en ai sorti un feuillet de papier jauni, peut-être arraché d'un cahier, dont l'encre violette avait pâli jusqu'à devenir à peine lisible.

Je l'ai parcouru en un éclair, et avant même d'avoir compris le sens de ce que je venais de lire, j'ai senti que je venais de toucher du doigt une énigme digne d'intérêt. Le feuillet s'intitulait *Rapport,* mais ce n'était rien d'autre qu'une lettre de dénonciation, écrite à Mangychlak. Un certain Paleev, capitaine de cavalerie, faisait savoir au colonel Antipov que «le soldat Chevtchenko, durant ses sorties hors du fort de Saint-Pierre, va souvent s'asseoir derrière une dune pour écrire, au mépris de l'interdiction qui lui en a été faite, et hier il a caché quelque chose dans le sable à environ six mètres du vieux puits en allant vers la mer».

Dehors, le soleil déversait déjà ses rayons. Le matin resplendissait, effaçant la frontière entre le printemps et l'été. Ayant mis de côté la dénonciation rédigée en janvier 1851, je prenais le thé en me demandant ce que Chevtchenko avait bien pu enterrer dans cette lointaine presqu'île du Kazakhstan. Il n'avait pas d'argent, et s'il en avait eu, pourquoi l'aurait-il enfoui dans le sable? Non, il n'était pas homme à dissimuler ses maigres économies. Je me souvenais de mes années d'école et de l'histoire du carnet secret où le soldat Chevtchenko notait ses poèmes et qu'il transportait toujours avec lui dans sa botte. Peut-être était-ce son fameux carnet qu'il avait enterré pour le soustraire aux regards des délateurs du genre de ce capitaine Paleev?

«Ça serait bien de le retrouver, me suis-je dit, me représentant le bruit que ça ferait en Ukraine. On m'en donnera bien cent ou même deux cent mille dollars, ou alors l'État m'assurera une pension. Pour prix d'une relique aussi sacrée!»

Il n'en restait pas moins que l'objet inconnu enterré à Mangychlak n'avait sans doute qu'une valeur purement historique. Susceptible d'inspirer quelques thèses de doctorat, et rien de plus.

J'ai pris le manuscrit de Guerchovitch pour le feuilleter une nouvelle fois, et brusquement, j'ai vu un dessin de nature indubitablement topographique. Je suis revenu en arrière pour le retrouver, mais mon intérêt pour cette carte s'est volatilisé aussitôt, car Guerchovitch avait noté en dessous : «Copié à l'exposition du musée des archives littéraires d'après les matériaux de "l'expédition Chevtchenko"».

J'ai poussé un soupir et j'ai regardé par la fenêtre. Les vagues jaunes du soleil atteignaient déjà ma table de cuisine. J'ai bâillé et je me suis frotté les yeux : le coup de fouet du bain n'avait pas duré. Mon corps réclamait sa dose de sommeil.

6

En fin d'après-midi, ayant récupéré, je suis retourné m'asseoir à la cuisine. J'ai d'abord apaisé ma faim avec un morceau de saucisson avant de reprendre le manuscrit de Guerchovitch pour le parcourir d'un regard plus frais.

Derechef, un parfum de cannelle m'est monté aux narines. J'ai reniflé les feuillets. Puis ma main. Cette dernière sentait beaucoup plus fort que le papier.

Refusant de me torturer les méninges sur l'origine possible de cette odeur, j'ai concentré mon attention sur le texte.

Le début m'a semblé reprendre les idées notées dans les marges du *Kobzar*, mais à la septième page, les réflexions de Guerchovitch ont bifurqué vers une autre direction.

«La richesse nationale naît à l'intérieur de l'homme élu, le condamnant à errer, cherchant vainement et douloureusement un moyen d'utiliser cette richesse, car en tant qu'élu, il peut être aimé et respecté par son peuple, mais demeurer cependant incompris, ce qui renforce sa tristesse. Sa souffrance risque de brouiller son esprit et d'amener d'étranges et tragiques tournants dans son destin, le conduisant parfois bien loin de sa Patrie (de la femme aimée) ».

Suivait le descriptif des voyages de Grigori Skovoroda[1] à travers l'Ukraine. Mais dès la page suivante, Guerchovitch revenait au destin tragique de Chevtchenko. Et ses réflexions à propos de la lettre de dénonciation du capitaine Paleev se révélaient fort proches des miennes.

« L'endroit choisi par T. Chevtchenko (près d'un puits) pour enterrer un objet inconnu témoigne de son intention de revenir le récupérer ou de permettre à quelqu'un d'autre de le retrouver facilement d'après sa description. Cet endroit existe certainement encore, puisqu'il se situe à deux kilomètres au moins de la mer. Quant à l'objet dissimulé, il peut s'agir d'un manuscrit ou d'un carnet, qui sous un climat chaud, se conserve très bien dans le sable. Peut-être y exprime-t-il des pensées que ses contemporains étaient encore inaptes à comprendre. Auquel cas il n'a probablement pas eu recours à une forme poétique (plus accessible aux lecteurs de cette époque). »

Je me souvenais que le manuscrit de la théorie de la relativité d'Einstein avait récemment été exposé aux enchères à New York pour une somme de quatre millions de dollars, mais que l'acheteur potentiel n'en proposait que trois.

« Je me demande combien pourrait valoir un manuscrit inédit de Chevtchenko à une vente aux enchères au Canada? C'est au Canada que vivent les Ukrainiens les plus fortunés et

---

1. Grigori Skovoroda (1722-1794), célèbre philosophe, poète et humaniste ukrainien.

les plus sentimentaux, l'un d'eux pourrait fort bien débourser un million de dollars ou deux, même si ce sont des dollars canadiens, en versant des larmes d'attendrissement.»

Souriant au jeu de mon imagination qui me dessinait cette scène touchante de la vie de la diaspora ukrainienne, j'ai pris conscience d'un fait singulier: durant toute l'époque soviétique on avait systématiquement cherché à remplacer dans l'esprit des jeunes générations l'idée de trésor matériel par celle de trésor spirituel. Adolescents, nous avions tous lu les romans de Stevenson, mais nous lisions également les œuvres des classiques soviétiques où de jeunes chercheurs de trésors découvraient dans un bocal enfoui sous terre, en guise d'or et de diamants, une carte du Parti et une décoration de guerre. Et aussitôt ils se mettaient au garde-à-vous pour rendre hommage aux héros morts pour une juste cause. Telle était sans doute la source inconsciente des réflexions du défunt Guerchovitch. Et de sa passion pour les trésors culturels et les valeurs symboliques. Et si c'était une pièce d'or ou même deux que Chevtchenko avait enfouies dans le sable, et qui s'y trouvaient peut-être encore? De crainte que quelque officier ivre, ayant perdu toute conscience morale à force de vivre dans ce coin désolé, ne s'en empare? Les beaux raisonnements de Guerchovitch n'étaient alors rien de plus qu'un jeu de cache-cache avec la réalité. Pareil au jeu des livres-gigognes qu'ils avaient inventé avec Lvovitch et Klim.

«Bon, tout ça est fort intéressant, mais comme disait mon vieil alcoolique de voisin là où je vivais avant: "On a le droit d'être heureux de vivre, mais il ne faut pas oublier de porter les bouteilles à la consigne!" Je vais lire ce manuscrit quand j'aurai le temps et ça m'enrichira peut-être sur le plan spirituel, mais il faut aussi que je gagne mon saucisson...»

J'ai rangé les feuillets dans la chemise, et après avoir reniflé ma main une nouvelle fois, je suis allé m'habiller. Une nuit sur trois, je devais me mettre sur le pied de guerre pour garder un dépôt d'aliments pour bébés de fabrication finlandaise appartenant au fonds de bienfaisance Le Corsaire.

7

Ayant pris la relève de mon collègue Vania – étudiant à l'institut de gymnastique – je me suis installé derrière le vieux bureau surchargé de tout l'attirail indispensable au veilleur de nuit: bouilloire électrique, téléviseur portable, matraque en caoutchouc, téléphone et ballon de gaz asphyxiant. Mes moyens de défense étaient réduits au minimum et n'éveillaient en moi nulle envie de protéger les biens confiés à ma garde jusqu'à la dernière goutte de mon sang. Cependant, mon salaire était versé régulièrement et je n'avais pas l'impression de courir de risques: les aliments pour bébés, périmés qui plus est, à en croire les dates indiquées sur les caisses en carton, n'étaient guère susceptibles d'éveiller l'intérêt de pilleurs potentiels.

Un rat bien nourri est passé sans se presser entre les caisses et le bureau. Je l'ai suivi d'un regard amusé. J'ai allumé le téléviseur et j'ai pris la bouilloire pour la remplir au lavabo situé à trois pas, entamant le rituel qui présidait à mon «travail». Après avoir bu du thé et regardé deux films, j'alignais généralement quatre chaises contre le mur pour m'endormir paisiblement jusqu'au matin, où j'étais réveillé par des coups frappés à la porte. Après quoi apparaissait Grichtchenko, le directeur du Corsaire, avec son vieil attaché-case depuis longtemps informe. Grichtchenko avait la cinquantaine et ressemblait à un comptable : grassouillet, le visage rond et le cheveu rare. Il semblait incapable de sourire, mais l'expression de son visage – toujours perplexe – avait de quoi amuser n'importe qui.

Après avoir parcouru du regard le vaste sous-sol rempli de cartons marqués d'un carré de papier bleu avec l'image d'un bébé heureux, il m'adressait généralement un signe de tête. Qui signifiait que j'étais libre. Et je partais pour trois jours et deux nuits, jusqu'à mon tour de garde suivant.

Mais cette nuit-là, je n'ai pas réussi à dormir. Le téléphone a sonné au milieu d'un film d'action. J'ai pris le combiné et je n'ai d'abord entendu qu'un souffle rauque. Ça ne ressemblait pas à une plaisanterie, aussi ai-je patiemment répété «Allô!» plusieurs fois de suite.

– Ferme la porte! a ordonné la voix inhabituellement enrouée de Grichtchenko. Et bloque-la avec quelque chose.

– Mais elle est déjà fermée! ai-je répondu en regardant la lourde porte métallique protégée par deux verrous.

Grichtchenko a raccroché sans dire au revoir. J'ai reporté mon attention sur le petit écran où de méchants bandits venaient de mitrailler un gentil bandit dont la chemise blanche était tachée de sang noir.

Après la fin du film, je me suis souvenu du coup de téléphone et j'ai soigneusement inspecté la réserve. Elle était dépourvue de fenêtres, et des hôtes indésirables n'auraient donc pu y pénétrer autrement que par la porte, qui datait de l'époque soviétique, quand on produisait au moins une tonne de métal lourd par habitant. Il aurait fallu un tank pour la défoncer. Un système de ventilation traversait le plafond pour s'enfoncer dans le mur. C'était un gros tuyau que les rats avaient coutume d'emprunter pour passer d'un

local à l'autre. Il suffisait d'un seul rat pour qu'un grondement sourd fasse tout vibrer. Les amoncellements de caisses en carton soutenaient le tuyau par en dessous, et les rats n'avaient donc aucun mal à s'introduire dans les trous du système de ventilation. Mais en ce moment, la réserve était silencieuse, et le seul rat que j'avais vu était passé discrètement par terre sur la pointe des pattes.

J'ai changé de chaîne et je suis tombé au milieu d'un film de karaté. Pour une fois, j'étais prêt à me contenter d'un film et demi avant d'aller dormir.

Le téléphone s'est remis à sonner.

– Allô! (C'était une voix de femme.) Je voudrais parler à Viktor Ivanovitch.

– Vous faites erreur, ai-je tranquillement répondu sans détacher les yeux de la bagarre sur l'écran.

– Bon, alors à quelqu'un d'autre, a dit joyeusement la femme.

– C'est une blague?

Une voix d'homme a brusquement pris le relais.

– Écoute voir! Je me fiche de savoir ton nom… Si tu tiens à la vie, ouvre la porte et libère les lieux bien gentiment. Pigé?

Instinctivement, j'ai raccroché et j'ai éteint la télévision.

Le silence m'a aidé à rassembler mes pensées. Je me suis rendu compte que Grichtchenko avait eu une bonne raison d'appeler. Il se passait quelque chose là-bas, à l'extérieur de l'entrepôt. Mais tant que je me trouvais à l'intérieur, je n'avais rien à craindre.

Malgré tout, je n'étais guère rassuré. Bizarre, la nuit précédente, j'avais reçu un coup de pelle sur la tête après avoir profané une tombe et je n'avais pas eu peur. Mais ici, c'était différent. J'étais aussi protégé que dans une forteresse, et pourtant j'étais rempli d'appréhension.

J'ai haussé les épaules, tendant une nouvelle fois l'oreille. Pas un bruit.

Une minute plus tard, le téléphone se remettait à sonner. J'ai pris le combiné pour le reposer aussitôt.

la sonnerie a retenti une nouvelle fois.

– Kolia… c'est toi ? a râlé Grichtchenko.

– Ben oui… Qu'est-ce qui se passe ?

– N'ouvre à personne ! Ces salauds… Je viendrai demain matin ! Au revoir.

Il a raccroché.

J'ai laissé le combiné sur la table en me disant que j'avais eu mon compte de conversations téléphoniques pour la nuit.

Tandis que je somnolais sur ma rangée de chaises, on a frappé à la porte. Violemment, avec insistance. Je suis resté couché sur le dos, immobile, les nerfs tendus. Attendant que le silence revienne. Il n'est revenu qu'au bout de vingt minutes. Et je n'ai plus fermé l'œil jusqu'au matin.

Peu après huit heures, courbaturé après ces multiples émotions et une nuit d'insomnie, j'ai préparé du thé et j'ai allumé le téléviseur. Avec des gestes circonspects, prêtant l'oreille au moindre chuintement en provenance de la rue. Il est vrai qu'on n'entendait pas grand-chose. Uniquement le passage des voitures. L'une d'elles s'est arrêtée à proximité. Je me souvenais vaguement d'un autre entrepôt de l'autre côté du mur, mais j'ignorais ce qui se trouvait aux autres étages du bâtiment.

J'ai bu mon thé en attendant neuf heures qui marquaient généralement la venue de Grichtchenko. Le téléviseur montrait une publicité pour une pâte dentifrice et je l'ai éteint, comme si ce geste pouvait accélérer le temps. Grichtchenko n'arrivait toujours pas. J'ai examiné les papiers disposés sous le plexiglas transparent qui recouvrait le bureau: des cartes de visite, une facture. Une feuille avec les numéros de téléphone des veilleurs de nuit, dont le mien, et aussi celui de Grichtchenko. Je l'ai appelé, mais personne n'a décroché.

À dix heures, j'ai commencé à me sentir mal dans mon assiette. J'ai fait plusieurs fois le tour du local en examinant les caisses et en réfléchissant aux événements de cette nuit qui avaient fini par me rapporter un sacré mal de crâne. À quoi bon vouloir pénétrer dans cet entrepôt? Qui voudrait voler des aliments pour bébés périmés?

Je me suis approché d'une petite pile de caisses pour prendre celle du haut. Après une hésitation, j'ai déchiré le ruban adhésif et j'ai regardé à l'intérieur. La caisse était pleine de boîtes de conserve avec des étiquettes bleues où s'étalait un bébé d'importation au sourire béat. J'en ai secoué une. Pour entendre le bruit d'une masse farineuse se déplaçant de haut en bas: la boîte n'était pas totalement remplie, mais ça n'avait rien d'extraordinaire.

Je suis revenu vers le bureau avec la boîte et j'ai rebranché la bouilloire. J'ai regardé une nouvelle fois l'étiquette: c'était du lait vitaminé en poudre. J'avais justement envie d'un café au lait.

J'ai ouvert la boîte, j'ai mis dans ma tasse une cuiller de poudre d'un blanc jaunâtre, j'ai ajouté une cuiller de Nescafé et j'ai versé de l'eau chaude par-dessus.

J'ai bu quelques gorgées, et aussitôt, je me suis senti beaucoup mieux: ma fatigue s'est envolée comme par miracle et mon humeur s'est améliorée. Je n'avais jamais goûté un aussi bon café au lait et la pensée coupable m'est aussitôt venue d'emporter quelques boîtes de ce mélange. Il était peut-être périmé pour les enfants, mais convenait très bien pour le café.

Après avoir vidé ma tasse, je me suis recouché sur les chaises, sans plus penser aux incidents de la nuit ni au retard de Grichtchenko. J'avais l'impression de planer. Bientôt, je me suis retrouvé en train de voler dans une dimension inconnue, multicolore et sans limites, remplie de formes étranges. Près de moi passaient des météores jaunes et rouges, des comètes zigzaguaient, laissant s'éteindre derrière elles une traîne de feu courbe. Mon corps obéissait sans effort à ma volonté : il me suffisait de penser qu'il convenait de tourner à droite pour éviter de heurter quelque objet volant, et mon corps accomplissait aussitôt la manœuvre. C'était la première fois que je ressentais aussi nettement l'unité de l'âme et du corps, devenu léger et totalement contrôlable. Je n'avais nul besoin de faire fonctionner mes muscles. Je volais, sans même me retourner pour contempler la terre. Sans doute déjà invisible parmi des myriades de corps célestes.

8

Mon vol a duré deux jours. À l'atterrissage, je me suis retrouvé dans la même pose qu'au moment du départ : allongé sur des chaises alignées contre le mur, avec pour premier désir celui de crier. En plus d'une atroce sensation de faim, tout mon corps était perclus de douleur et l'ankylose de mes articulations se transmettait directement à mes pensées et à mes émotions. À grand-peine, j'ai levé le bras pour regarder ma montre : il était une heure et demie. Du matin ou de l'après-midi ? Il aurait fallu se lever et ouvrir la porte pour vérifier s'il faisait clair au dehors. Je suis parvenu à m'asseoir sur l'une des chaises, mais j'ai ressenti une telle douleur dans le dos que je me suis recouché immédiatement. Cinq minutes plus tard, j'ai renouvelé ma tentative et j'ai pu rester assis, au prix d'un extraordinaire effort de volonté. J'ai lentement bougé les bras, effectuant de minuscules exercices pour faire travailler mes muscles. Je n'ai pu me mettre debout qu'au bout d'une heure et demie. En proie à un léger vertige, j'ai fait mes premiers pas en direction du bureau. Enfin, je me suis assis, l'œil bêtement fixé sur le téléphone dont le combiné décroché était posé près de la bouilloire. Sa vue venait d'éveiller le souvenir de ma nuit d'insomnie. Et de la tasse de café agrémenté de «lait en poudre pour bébés».

«Plutôt une potion magique pour le vol plané...», me suis-je dit.

J'ai marqué une pause avant de me diriger vers la porte métallique pour y coller l'oreille: pas un bruit. C'était sans doute la nuit... Que faire? Attendre le matin? Ou essayer de m'éclipser dès maintenant? Pourquoi personne n'était-il venu durant ces deux jours? Grichtchenko avait pourtant les clés! Il est vrai que la porte était verrouillée de l'intérieur. Moi seul aurais pu l'ouvrir et j'étais en quelque sorte absent. Peut-être était-il venu, avait-il frappé, téléphoné...

L'inquiétude me gagnait. Ma situation rappelait l'état d'un homme enterré vivant dans un caveau. Cependant, j'avais la possibilité d'en sortir. Il suffisait d'un peu de chance pour le faire sans être remarqué et tout oublier comme ce vol cosmique qui n'avait jamais eu lieu. Et pourtant, j'étais allé dans l'espace, je m'en souvenais dans les moindres détails, et si j'avais été peintre, j'aurais pu dessiner certaines météorites et comètes rencontrées durant mon voyage.

Il y avait un miroir au-dessus du lavabo dont je me suis approché pour me mettre un peu d'eau sur les yeux et voir de quoi j'avais l'air. Mon visage semblait sorti d'un documentaire sur Auschwitz. Bon, j'exagère peut-être, mais je ne m'étais jamais vu de tels cernes et un nez pointant comme celui d'un cadavre.

Après m'être passé la tête sous l'eau froide, je suis revenu vers la table. Avec un certain écœurement, j'ai mangé le sandwich au saucisson qui me restait. Le pain était rassis et le saucisson était aussi loin d'être frais que j'étais loin d'être repu.

J'ai branché la bouilloire, j'ai regardé le bocal de café, puis, machinalement, la boîte de «lait vitaminé en poudre».

«Non, je ne survivrai pas à un autre vol de ce genre.»

Je me suis fait du thé. Ma montre marquait quatre heures moins cinq. Pas un bruit. Même les rats ne trahissaient pas leur présence.

J'ai rangé dans mon sac trois boîtes de «lait en poudre». Pour quoi faire? Sans doute avais-je envie de retourner un jour dans l'espace. J'ai écouté à la porte et, n'entendant rien, j'ai tiré les lourds verrous. J'ai attendu quelques instants avant d'ouvrir, l'air de la nuit s'est engouffré à l'intérieur, agréable comme un gin-tonic avec des glaçons.

«Allez, j'y vais!»: ouvrant plus largement la porte, je suis sorti. J'ai doucement refermé derrière moi et j'ai tourné la clé dans la serrure. Le lourd cadenas a émis un petit bruit métallique. J'ai rangé la clé dans la poche de mon pantalon et, rentrant la tête dans les épaules, j'ai longé le mur du bâtiment sur la pointe des pieds. Au moment de parvenir à l'angle, les phares d'une voiture m'ont soudain éclairé en plein dos. J'ai fait un bond en avant, j'ai contourné le bâtiment et je me suis mis à courir dans le noir, sans regarder autour de moi. J'ai entendu le bruit d'un moteur et il m'a même semblé un moment qu'il se rapprochait, mais quand je me suis enfin arrêté, tout était silencieux.

«Je les ai semés!» ai-je pensé, soulagé, sans avoir la force de sourire.

J'avais toujours mon sac avec les trois boîtes de lait magique. Je ne l'avais pas lâché malgré la terreur de cette course-poursuite, réelle ou imaginaire.

9

De retour chez moi dans le crépuscule de l'aube, j'ai encore commencé la journée par une lessive et un bain.

Ce dernier m'a enfin rendu toutes mes facultés, et la faim m'a saisi aux entrailles avec une telle intensité que je n'ai même pas pris le temps de m'habiller. Je me suis seulement essuyé avant de me ruer à la cuisine. Il y avait un reste de saucisson dans le réfrigérateur, ainsi qu'une boîte de sprats et un morceau de pain gardé au frais. À mesure que mon ventre se remplissait, j'ai commencé à avoir froid. La température de l'appartement était normale, mais mon organisme avait sans doute besoin de se réadapter à l'atmosphère terrestre après deux jours d'errance cosmique. J'ai enfilé une robe de chambre avant de prendre le thé.

En robe de chambre, même le thé m'a paru meilleur. Un sentiment de confort m'a envahi, et mon regard s'est tourné vers le rebord de la fenêtre où reposait le manuscrit de Guerchovitch dans sa chemise gris verdâtre. Je la regardais différemment après mes aventures inattendues. Mais mon intérêt pour les idées du défunt philosophe amateur n'avait pas disparu. Bien au contraire.

J'ai pris le manuscrit, mais je n'avais pas la force d'en déchiffrer l'écriture minuscule. Je me suis souvenu des trois boîtes dans mon sac noir que j'avais laissé dans le corridor, et je suis allé les prendre pour les ranger dans le meuble de cuisine. Puis je suis allé me coucher, cédant aux injonctions de mon corps fatigué.

10

Un nouveau jour s'est levé, frais et ensoleillé. J'ai eu la joie de me réveiller de bonne heure, vers sept heures du matin. J'ai préparé du café.

«Bon, me suis-je dit, considérons que je n'ai plus de travail. Ça ne m'intéresse plus de savoir ce qui s'est passé là-bas. Je tiens trop à la vie.»

D'un geste délicat, j'ai pris la tasse de café pour la porter à mes lèvres. J'ai voulu humer l'arôme de l'arabica, mais une odeur persistante de cannelle a frappé mes narines, me ramenant à mes interrogations. Ma main sentait plus fort que le café.

J'ai secoué la tête. J'ai bu une gorgée: le café était bon malgré tout.

«Il faut vivre!» ai-je pensé. (Les pensées optimistes sont généralement d'une grande banalité.)

Je ne voulais plus jamais enseigner l'histoire. C'était une tâche trop ingrate. Il me fallait donc trouver un nouvel emploi de gardien. J'avais une excellente santé, huit années de natation et trois années d'escrime derrière moi. De quoi disposer les employeurs potentiels en ma faveur. L'idéal serait de retrouver quelque chose une nuit sur trois. Qui me laisse du temps pour les énigmes philosophiques. La vie doit être une source de plaisir, à chacun selon ses besoins.

Le soleil printanier brillait derrière la fenêtre et des bribes de phrases criées au mégaphone parvenaient jusqu'à moi: encore un meeting quelconque sur la place Sainte-Sophie.

J'ai décidé de faire un tour. Sortant de chez moi, je suis passé devant les manifestants au-dessus desquels étaient déployés les drapeaux rouge et noir des nationalistes ukrainiens de l'UNA-UNSO. Dans un camion, un individu arborant une longue moustache grise qui descendait plus bas que son menton criait des slogans dans un porte-voix. Je n'avais aucune envie de les écouter, ne m'intéressant guère à ces éphémères mouvements de masse. La politique n'est jamais que le matériel de construction de l'histoire future, une sorte de ciment. Il suffit d'y mettre le pied, et c'est fini. On te piétinera, pour t'exhumer par la suite et faire de toi une pièce d'exposition dans un musée historique de province.

Je suis passé entre le camion et la foule dont l'attention était captivée par l'orateur, remarquant quelques regards irrités adressés à ma personne, sans doute parce que je ne faisais pas mine de m'arrêter pour me joindre à leur glorieux rassemblement. Malgré ma sympathie – j'apprécie les gens qui ont un but dans la vie, quel qu'il soit, à condition qu'ils ne tuent personne et ne se tuent pas eux-mêmes – je n'avais rien de commun avec ces enthousiastes. Leur proposer autre chose que ma sympathie aurait d'ailleurs été dangereux pour moi. J'aimais trop ma propre personne et ma liberté; même dans mes rapports avec les femmes, je préférais la passion à l'amour: c'était un sentiment plus fort, qui n'obéissait à aucune règle et s'évaporait aussi vite qu'il était venu.

L'orateur au mégaphone a crié dans mon dos encore un bout de temps, mais arrivé devant l'Opéra, je l'avais déjà oublié. Je me suis promené sur le Krechtchatik[1]. J'ai fait un saut au café, faisant monter d'un cran mon taux de caféine.

J'y suis resté quinze minutes avant de poursuivre ma promenade. Mes pas m'ont porté jusqu'au square de l'Université. Ce n'était pas un jour de «club», seuls deux vieillards jouaient aux dames sur un banc, sans le moindre spectateur.

J'ai soudain remarqué un couple qui venait de s'arrêter à cinq mètres derrière moi: un jeune type aux joues creuses à la moustache noire et une femme à cheveux noirs au visage aussi maigre que celui de son compagnon. L'homme fumait la pipe. L'espace d'un instant, nos regards se sont croisés et j'ai lu de la tension et de l'hostilité dans celui de l'inconnu.

Je me suis demandé ce que j'avais pu faire pour leur déplaire, puis je me suis dit que j'avais dû rêver.

J'ai reporté mon attention sur le damier, oubliant ce drôle de couple. Quand je me suis retourné cinq minutes plus tard, ils n'étaient plus là.

Je n'ai pas tardé à rentrer chez moi; cette promenade m'avait donné du tonus et m'avait mis de meilleure humeur.

Je remontais la rue Vladimir, croisant les participants du meeting qui venait de prendre fin. J'avais l'impression de naviguer à travers une banquise, mais ils n'étaient pas si nombreux et j'arrivais à louvoyer.

Parvenu à l'entrée de mon immeuble, j'ai remarqué quelque chose d'étrange du coin de l'œil. Me retournant,

---

1. Le Krechtchatik est la principale avenue de Kiev.

j'ai aperçu de l'autre côté de la rue le couple de tout à l'heure. Ils étaient sans doute en train de m'observer, mais ils se sont rapidement détournés lorsque j'ai regardé dans leur direction.

Perplexe, je suis rentré chez moi.

Je suis allé m'asseoir dans un fauteuil pour réfléchir. Peu à peu, j'ai retrouvé mon calme. C'était probablement une coïncidence, ça m'était déjà arrivé : tu te promènes en ville et tu croises trois ou quatre fois de suite la même personne. Qui commence aussi à se poser des questions à ton sujet, tandis que tu t'interroges sur les raisons qui la poussent à te surveiller. Ces deux-là ne ressemblaient pas à des bandits ni à des trafiquants de drogue et n'avaient certainement rien à voir avec les événements de l'entrepôt.

11

Le téléphone m'a réveillé au milieu de la nuit. Une déplaisante voix d'homme un peu rauque a fait irruption dans ma tête ensommeillée.

– Tu entends, mon salaud ? On t'avait demandé de sortir, mais personne ne t'avait demandé de refermer la porte ! Tu nous dois dix mille dollars pour le dérangement. Dans une semaine exactement, on viendra chercher le fric pendant la nuit. Si tu ne l'as pas, c'est ton problème. On te confisque ton appartement.

– Qui êtes-vous ? ai-je demandé machinalement.

– T'es bouché ou quoi ? s'est indigné la voix. Si je te dis qui je suis, pauvre con, ce n'est plus dix briques que tu nous devras, mais vingt !

47

Il avait raccroché depuis longtemps que je tenais encore le combiné contre mon oreille. Mon envie de dormir s'était évaporée, remplacée par le sentiment d'une réalité passablement sinistre.

«Mais qu'est-ce qui m'a pris de fermer cette porte? Je n'aurais peut-être pas eu besoin de courir…»

La tristesse et l'angoisse s'étaient emparées de moi. Ma nuit était gâchée et j'aurais aimé croire qu'il s'agissait seulement de ma nuit. Mais ces dix briques que quelqu'un me réclamait pour avoir fermé la porte de l'entrepôt n'avaient pas l'air d'une plaisanterie.

Je me suis levé et j'ai marché un peu dans la pièce; le scintillement nocturne du ciel derrière la fenêtre rendait l'obscurité perceptible.

De nouveau, la nuit se transformait en temps perdu: je ne risquais pas de me rendormir.

J'ai pris le livre gigogne et je me suis réfugié à la cuisine. J'ai préparé du café, je me suis installé, j'ai sorti le *Kobzar* du Tolstoï et, clignant encore des yeux pour m'accoutumer à la lumière de l'ampoule nue pendouillant au bout de son fil électrique, j'ai ouvert ce livre qui avait apporté sens et mystère à ma vie, me distrayant de la grise réalité quotidienne.

La lecture du manuscrit de Guerchovitch aurait sans doute été plus intéressante, mais j'avais peur d'aborder sa pensée sous une forme trop concentrée. Ici, dans les marges du *Kobzar*, chaque commentaire était comme un tableau encadré séparément qu'on pouvait examiner sans risquer le surmenage intellectuel.

«Sa vie durant, l'homme est confronté à sa prétendue vocation d'"être fort", il consacre parfois son existence entière à cultiver consciemment cette qualité, tout en cherchant inconsciemment une protection que seule la femme peut lui apporter. Et la moindre manifestation de sa vocation masculine, il la dédie à la recherche de cette protection. En politique, ce processus naturel est mis à contribution pour développer le patriotisme. Notons que le monument à la patrie représente toujours une femme, souvent dans une pose guerrière. Une femme protectrice des faibles, c'est-à-dire des hommes. »

L'amertume du café était restée sur ma langue, j'aurais voulu conserver ce goût jusqu'au matin: il me maintenait alerte et me faisait oublier l'odeur de cannelle qui semblait flotter désormais dans tout l'appartement.

J'ai encore feuilleté quelques pages.

« L'homme reporte facilement son amour de soi et de sa vie sur l'amour d'une femme, essayant d'en faire une partie intégrante de sa propre existence. »

Cette phrase m'a paru quelque peu banale. Mais conscient qu'il n'avait pas pris ces notes dans l'intention de les publier, je n'ai pas songé pour autant à accuser le philosophe défunt d'être trop imbu de ses réflexions au détriment de la qualité. Il avait fait cette découverte pour lui-même, et si elle n'avait rien de nouveau pour moi, c'est uniquement parce que j'en possédais une connaissance intuitive.

J'ai continué à lire les commentaires, mais distraitement, sans les garder en mémoire ni songer à leur donner une appréciation. Histoire de passer la nuit. Jusqu'au moment où le rideau d'obscurité derrière les vitres a commencé à se dissiper à l'approche de l'aube.

12

Au matin, j'ai repensé à cet appel nocturne et je me suis inquiété pour de bon. Comme si la lumière du jour rendait plus réelles les menaces proférées à mon encontre. Dix mille dollars constituaient une somme faramineuse que je n'avais aucune chance de réunir. Quant à la perspective de perdre mon appartement, elle me donnait des sueurs froides. J'avais déjà dû renoncer à mon deux-pièces au profit d'un simple studio au centre ville, et voilà que quelqu'un voulait faire de moi un sans-abri! J'avais contrecarré les plans de ceux qui voulaient pénétrer dans l'entrepôt d'aliments pour bébés. Mais je n'avais fait que mon travail. Évidemment, ils s'en moquaient. J'ignorais s'ils avaient finalement réussi à entrer.

Non, me suis-je dit fermement, pas question de céder d'un pouce. Je ne possède pas une telle somme et je n'ai aucune intention de leur faire cadeau de mon appartement. J'ai cinq cents dollars d'économies, il faut installer d'urgence une porte blindée. Ils n'iront tout de même pas la découper au fer à souder. Et s'ils s'y mettent, j'aurai le temps d'appeler la police... L'idée qu'on puisse compter sur la police pour se défendre m'a fait sourire[1]. Mais il faut pourtant bien pouvoir compter sur quelqu'un. Après tout, la police avait plus de chances de me protéger que la nouvelle constitution, cependant, elle ne pouvait le faire vingt-quatre heures sur vingt-quatre.

À onze heures, j'avais déjà fixé rendez-vous avec une entreprise de blindage des portes. Un spécialiste est venu

---

1. La police ukrainienne a la réputation d'être encore plus corrompue que la police russe, ce qui n'est pas peu dire.

me rendre visite pour prendre les mesures et me proposer plusieurs modèles de serrures. Nous avons signé un contrat rédigé sur ordinateur. Je n'avais plus que deux jours à vivre sans protection. La porte coûtait moins cher que je ne pensais : trois cents dollars seulement.

Après avoir signé le contrat, je me suis senti plus sûr de moi. J'ai remarqué que le soleil brillait au dehors et que les moineaux chantaient. La vie continuait, et il fallait continuer à vivre, en lui prenant le maximum et en donnant le minimum en retour, pour que la différence dure le plus longtemps possible.

13

Deux jours plus tard, mon appartement avait été transformé en bunker.

La lourde porte une fois installée, j'ai dit au revoir aux deux techniciens, et un brusque sentiment de liberté s'est emparé de moi. J'ai même eu l'impression que la protection de mon appartement s'étendait à ma propre personne et je suis allé me promener, persuadé d'être intouchable.

Il était environ deux heures de l'après-midi. Le soleil était suspendu en équilibre instable au-dessus de la cathédrale Sainte-Sophie. Il n'y avait personne à l'endroit où la tombe du malheureux patriarche Vladimir avait été recouverte d'asphalte et je suis passé sans me presser devant le mystérieux «État-major des gardes-frontières» sur le seuil duquel on apercevait souvent un petit chauve trapu et musclé armé d'un téléphone mobile, qui fuyait sans doute les oreilles indiscrètes de ses collègues. Mais il n'était pas là aujourd'hui. Les passants étaient peu nombreux, pas de meeting ni de manifestation en vue.

J'étais en train de méditer sur le sentiment injustifié de liberté que m'offrait ma nouvelle porte. Soudain, une grosse voiture a freiné à côté de moi, la vitre teintée s'est abaissée et un homme d'environ quarante-cinq ans en tee-shirt bleu marine m'a demandé:

– C'est par où, la rue de Bessarabie?

Je lui ai indiqué le chemin et j'ai suivi la voiture des yeux. Elle était immatriculée à Odessa.

Lorsque la voiture a disparu, mon sentiment de liberté et de sécurité a disparu avec elle. À juste titre. Je me suis mis à regarder à droite et à gauche avec circonspection et j'ai aussitôt repéré ce couple que j'avais récemment croisé plusieurs fois de suite. Le moustachu était en train de me dévisager, tandis que sa compagne examinait des revues à la devanture d'un kiosque.

«Autre coïncidence? Ils habitent peut-être à proximité?»

Ayant fait le tour de la Porte d'Or, je suis rentré chez moi.

Le soir même, le téléphone sonnait.

– La collecte des dollars avance? a demandé une voix déjà familière.

– Non.

– Je te préviens, connard, tu n'auras pas de délai de grâce. Si tu ne nous livres pas l'oseille, on te fera déménager sur le panneau «Avis de recherche». Pigé?

Il a raccroché sans attendre la réponse.

Mon humeur tournait à l'aigre.

À quoi bon cette porte si je ne pouvais me sentir en sécurité qu'en m'enfermant chez moi? «Le mieux serait de disparaître pendant quelque temps. Fermer l'appartement et partir. Ils finiront bien par m'oublier tôt ou tard.»

Et bien que l'époque ne fût guère propice au tourisme, la nécessité de quitter sans attendre ma ville bien aimée s'est imposée à moi. La destination semblait toute trouvée : la presqu'île de Mangychlak, au Kazakhstan, où s'élevait jadis le fort de Saint-Pierre Nouveau.

Rassembler mes affaires m'a permis d'oublier les sensations déplaisantes qui m'avaient envahi après le coup de téléphone.

J'ai fourré dans mon sac à dos *made in China* le manuscrit de Guerchovitch, les trois boîtes de «lait en poudre pour bébé», unc paire de boîtes de conserves qui traînaient dans le placard, recouvrant le tout avec quelques vêtements.

Puis je me suis installé dans la cuisine pour boire le thé. Dehors, il faisait déjà sombre, et l'obscurité me rassurait. Tout le monde dort, me disais-je. Peut-être est-ce aussi le cas de mes ennemis inconnus ? L'heure était bien choisie pour me glisser hors de l'immeuble et me dissoudre dans le noir.

J'ai accueilli l'aube dans le train Kiev-Astrakhan, dans un wagon à moitié vide, en compagnie d'un employé des chemins de fer au visage rouge et chiffonné qui tentait vainement d'allumer des charbons pour chauffer le samovar.

14

Vers midi, le train s'est arrêté à la frontière. Des douaniers ukrainiens à l'allure chagrine sont passés dans les wagons. L'un d'eux m'a demandé avec espoir :

– Vous avez quelque chose à déclarer ?

J'ai secoué la tête négativement.

– Montre voir tes bagages.

J'ai soulevé ma couchette pour lui indiquer mon maigre sac à dos.

À sa mine, j'ai senti que le douanier aurait voulu cracher de mépris, mais il s'est retenu.

Puis les douaniers russes ont pris la relève. Ils étaient deux.

– Vous importez quelque chose?

– Uniquement ma propre personne, ai-je cru malin de répondre.

L'un des douaniers a reniflé l'air avec suspicion.

– Tu fais du commerce de cannelle?

– Non.

Ils n'ont pas voulu me croire et j'ai dû exhiber mon sac à dos. Ils ont eu la dignité de ne pas le fouiller.

Le train s'est remis à tressauter sur les rails. Les mêmes paysages défilaient derrière les vitres, sauf que c'étaient des paysages russes. Enfin, l'eau a bouilli dans le samovar, et l'employé m'a apporté un verre de thé et un peu de ce sucre pratiquement insoluble dont nos chemins de fer ont le secret.

En buvant mon thé, l'œil fixé sur le déroulement du paysage, je me suis dit que j'avais laissé à Kiev deux portes de fer fermées et une tombe ouverte. En tout et pour tout.

15

L'odeur salée de la mer était encore plus forte que celle de la gare. Astrakhan était éclairée par un soleil albinos qui semblait chauffé à blanc. Mais je ne sentais pas la canicule, peut-être grâce au petit vent qui soufflait de la plage.

D'un pas ralenti, j'ai quitté la gare sans trop savoir où j'allais, regardant autour de moi pour me familiariser avec cette ville inconnue. Les rares passants ressemblaient à des clochards ou à des disciples du gourou Ivanov[1] : un gros type, pieds nus, en pantalon de gym, est arrivé à ma rencontre, la bedaine ostensiblement pointée vers l'avant, témoignage d'un passé normal. Et m'a dépassé sans s'arrêter.

J'ai prêté attention à la surabondance de drapeaux russes décorant les façades. Leur claquement plaisant m'accompagnait dans ma marche, m'emplissant d'un sentiment de fierté inexplicable, malgré mon évidente condition d'étranger, de voyageur de hasard.

J'ai regardé par curiosité le nom de la rue : rue Togliatti. Un volet s'est ouvert bruyamment au-dessus de moi, j'ai levé la tête pour apercevoir une femme d'un certain âge au regard ensommeillé. Elle a disparu à l'intérieur, sans refermer sa fenêtre.

Une banderole proclamait : « Le jour de la ville est sponsorisé par la société par actions Koulibine. » Ah, j'étais donc tombé sur la fête municipale. Peut-être pourrais-je en profiter moi aussi ?

Tout dormait encore ; pourtant les aiguilles de ma montre venaient de se rejoindre, indiquant dix heures moins dix.

Un quart d'heure plus tard, j'apercevais une queue devant une boulangerie. Les visages affichaient une inquiétude dont j'ai aussitôt appris la cause : du fond du magasin, une voix de femme a annoncé qu'il ne restait plus de pain. La file d'attente s'est fragmentée sous mes yeux et les gens

----

1. Porphiri Ivanov (mort en 1983), gourou fondateur d'une école de santé dans les années vingt. Il préconisait notamment de marcher pieds nus, de faire beaucoup d'exercice et de prendre des bains d'eau glacée. Son enseignement reste très populaire dans l'ex-Union soviétique.

sont partis en courant dans deux directions opposées. Au bout de trois minutes il ne restait plus personne, la boulangerie avait fermé ses portes et la rue était redevenue déserte.

«Bah, ai-je dit à mon ventre affamé, les jours de fête, on vend généralement plein de choses dans les rues, je trouverai sans peine à manger avant de prendre le bateau.»

Après une demi-heure de déambulations, je me suis retrouvé à mon point de départ alors que j'avais cru avancer en ligne droite: sans doute la ville était-elle ronde comme la sphère terrestre. La gare s'était animée, peut-être parce que d'autres trains venaient d'arriver ou que les habitants avaient enfin émergé du sommeil. Cette fois, j'ai emprunté une autre rue, aussi large que la première, pour croiser au bout de dix pas un homme muni d'un sandwich peu ordinaire: un pain coupé dans le sens de la longueur avec une épaisse couche de caviar dessus. Il tenait ce super casse-croûte des deux mains et mordait dedans avec un plaisir manifeste.

Je savais qu'Astrakhan était un grand port de pêche, aussi ai-je interprété cette scène comme une toquade patriotique. Mais quand, au bout de dix minutes, j'ai rencontré plusieurs autres citadins munis de sandwiches identiques – dont une vieille en haillons décorée d'une médaille «pour la victoire sur l'Allemagne» – j'ai commencé à me poser des questions. Ça ressemblait davantage à une distribution de bienfaisance. Sauf que pratiquement tout le monde semblait en profiter, y compris des personnes qui n'avaient pas l'air de végéter dans la misère.

Le mystère s'est éclairci assez vite. J'ai débouché sur une place où même les kiosques de vente étaient ornés de drapeaux russes. Quelques personnes attendaient devant, tendaient leur tartine de pain et la récupéraient enduite d'une couche de caviar, sans qu'on leur réclame le moindre document. J'en ai tiré la conclusion que si je trouvais du pain, je pourrais bénéficier du même repas de roi. J'ai parcouru les rues avoisinantes au pas de gymnastique, mais c'était trop tard : les boulangeries étaient fermées et devant l'une d'elles, une petite vieille m'a expliqué d'un ton de commisération que tout le pain avait été vendu la veille.

En désespoir de cause, je me suis approché d'un kiosque dont le dernier client venait de s'éloigner.

– Vous n'auriez pas du pain ? ai-je demandé.

– Tu veux rire ! a répliqué en souriant le jeune vendeur.

– Même du pain noir ? J'ai très faim, je viens de débarquer du train...

Le gars a soupiré et m'a dit, toujours souriant :

– Tends la main !

Sans comprendre, j'ai tendu la main, pensant qu'il allait me donner quelque barre de chocolat gratuite. Mais il s'est baissé deux secondes, après quoi j'ai senti quelque chose de gluant s'étaler sur ma paume.

– Mange-le comme ça, a-t-il déclaré.

J'ai sorti ma main, couverte d'un bon centimètre de caviar.

Remerciant mon bienfaiteur, je me suis éloigné du kiosque en me demandant comment j'allais manger ça.

– Tu peux venir en reprendre ! m'a crié le vendeur.

Je marchais dans la rue, tenant la main devant moi et léchant de temps à autre les grains de caviar agréablement salés. Je me sentais à mon tour d'humeur festive, comme si la fête s'était transportée à l'intérieur de moi. Je n'enviais plus ceux qui avaient fait provision de pain, moi non plus je n'étais pas à plaindre. J'ai demandé à un passant comment aller au port. Il a fait un geste de semeur, et j'ai compris que le port était très vaste. J'ai pris la direction indiquée, en dégustant mon sandwich à un seul côté.

Vers le soir, ayant mangé mon caviar et parcouru plusieurs quais immenses sans trouver un seul bateau de passagers, épuisé, je me suis assis dans le parc près du monument à Kirov. Il faisait encore clair. Évidemment, j'aurais dû me renseigner. Mais je n'avais envie de m'adresser à personne : j'avais déjà l'expérience des rencontres de hasard et de leurs conséquences hasardeuses. N'importe quel autre jour, j'aurais acheté une carte de la ville dans un kiosque à journaux. Mais les kiosques étaient tous fermés, sauf ceux où l'on vous badigeonnait de caviar. Je suis donc allé m'installer sur un banc vert massif aux accoudoirs de fonte. J'étais seul, pas même un promeneur en vue.

Après une demi-heure de repos, je suis sorti du parc pour me retrouver dans une rue où j'ai aperçu un bar ouvert, avec une grande enseigne en bois, de nombreuses fois repeinte. M'approchant plus près, j'ai constaté que l'établissement avait dû souvent changer de nom. Désormais, il s'appelait *Le Marin*. L'intérieur était faiblement éclairé par des ampoules teintées en rouge et en jaune dépourvues d'abat-jour, directement fixées au plafond bas. Sur le comptoir trônait une batterie de bouteilles de vodka : Vodka du front, Pougatchev, Petite Larme, Vague de la Caspienne… Le choix ne manquait pas, mais je n'avais pas envie de vodka.

— Vous prenez quoi ? a demandé la femme derrière le comptoir d'une voix rongée par le tabac.

— Vous avez du vin ?

— Mille roubles le verre[1].

---

1. Il s'agit de roubles anciens, d'avant la récente réforme monétaire.

J'ai pris du rosé, me séparant d'une coupure chiffonnée. Et je suis allé m'asseoir à une table en plastique bancale. J'ai posé mon sac à dos contre le mur. J'ai bu une gorgée. Je n'ai senti aucun goût, seulement une vague de chaleur qui a parcouru mon corps fatigué.

Une femme a fait irruption dans le bar.

– Nioura, prête-moi trois mille roubles!

La patronne lui a tendu l'argent, et la femme est ressortie en courant.

J'ai bu la moitié de mon verre et j'ai senti l'ivresse me gagner. Il aurait fallu que je mange quelque chose, mais la langueur de l'alcool s'était déjà répandue en moi. Machinalement, j'ai porté la main à ma bouche pour la lécher. Le goût du caviar semblait avoir pénétré ma peau, j'ai continué à lécher ses grains invisibles, entre deux gorgées. Jusqu'à ce que je m'endorme sur place, la tête sur la table, de manière à la rendre un peu plus stable.

La peur m'a réveillé, pénétrant ma conscience libérée des vapeurs du vin, mais encore ensommeillée. Il faisait sombre dans le bar, malgré la lumière du matin qui se faufilait avec insistance par l'unique fenêtre grillagée. Mon crâne était lourd, ce qui ne m'empêchait pas de penser. J'ai regardé autour de moi et je me suis dirigé vers la porte. Elle était fermée de l'extérieur. J'étais seul. Avec pour seule compagnie les bouteilles de vodka alignées sur le comptoir. L'interrupteur était près de la porte. J'ai allumé. J'ai vu une bouilloire électrique derrière le comptoir et une boîte de café soluble. Dans l'arrière-salle, j'ai trouvé un lavabo dont j'ai fait aussitôt usage. Je me suis préparé un café en y ajoutant quelques gouttes de Vodka du front et je suis allé me rasseoir à ma table. Ma tête s'était éclaircie, et mon corps retrouvait peu à peu ses forces. J'avais faim, il est vrai, mais quand on boit du café, les pensées ayant trait à la nourriture reculent au second plan. Ma montre indiquait huit heures et demie.

À neuf heures, la serrure a cliqueté et la lumière du soleil a jailli dans le local.

– Ah, tu es réveillé! Comment ça se fait que tu te sois écroulé après un seul verre?

J'ai haussé les épaules.

– J'ai bien vu que tu étais à jeun en entrant, et tu n'as bu qu'un seul verre, a continué la femme d'une voix rauque mais amicale, en enfilant une blouse blanche par-dessus son tee-shirt gris. Je me suis dit: si je le mets dehors, ce pauvre petit gars de Kiev ne trouvera plus son sac à dos ni ses vêtements en se réveillant. Alors j'ai décidé de te laisser ici pour la nuit.

– Comment savez-vous que je viens de Kiev?

Elle a ouvert un tiroir fermé à clé sous le comptoir et a posé mon passeport sur le zinc.

– Qu'est-ce que tu crois? Que je laisse des inconnus dans mon bar, sans vérifier leur identité? Tiens, reprends-le!

J'ai repris mon passeport et j'ai machinalement tâté la poche où se trouvait mon portefeuille.

Elle a souri.

– Voyons, mon poussin, je t'assure que je n'ai rien cherché d'autre dans ta poche. Si j'avais cherché, ç'aurait été plus bas, sauf que chez un type dans les brindes, je ne risquais pas de trouver grand-chose... Mais tu as raison de vérifier, Kolia. Encore du café? Ou un petit verre?

– J'aimerais manger un morceau, ai-je demandé, enhardi par ses manières familières.

– Tu veux des œufs sur le plat?

Quinze minutes plus tard, je les engloutissais avidement.

Assise à côté de moi, coudes sur la table, la patronne me regardait attentivement, comme une mère ou un juge d'instruction. Sa gentillesse me rendant confiant, je lui ai raconté que je voulais me rendre à Mangychlak, sans lui dire cependant pourquoi. J'ai seulement affirmé vouloir marcher sur le sable foulé jadis par Chevtchenko.

– Quelle époque, a-t-elle soupiré. Avant, tout le monde voulait visiter les endroits où Lénine ou Brejnev avaient vécu, et maintenant chaque république a sa propre idole.

– Pourquoi une idole? C'était un type normal; à Pétersbourg, il volait des oies avec ses amis pour les faire rôtir.

– Tu m'en diras tant!

Elle a servi un client de transit, venu boire sa vodka du matin pour filer aussitôt.

– Tu ne peux pas aller à Mangychlak directement, m'a-t-elle annoncé en revenant vers ma table. Si tu veux, je peux me renseigner sur le meilleur itinéraire.

– Oh oui, ce serait gentil.

– Bon. En ce cas, remplace-moi au comptoir. La vodka est à mille roubles les cent grammes et le vin à mille roubles le verre. Je reviens dans une heure… Donne-moi ton passeport!

Ce que j'ai fait.

– Encore une chose, a-t-elle ajouté. Tu as de quoi payer?

– Oui, j'ai un peu d'argent.

Resté seul au bar, je me suis installé derrière le comptoir, regardant les portes ouvertes sur un rectangle de rue inondé de soleil, parfois traversé par des passants.

Un type d'une cinquantaine d'années, en maillot de marin, pas rasé, est entré.

– Où elle est, Nioura? a-t-il demandé.

– Elle revient dans une heure.

Il a hoché la tête et il est sorti sans rien prendre.

Puis sont arrivées deux dames d'un certain âge, très comme il faut et habillées avec goût. Elles ont pris un petit verre de vodka chacune et sont reparties.

Enfin, Nioura est revenue. Je m'étais si bien familiarisé avec le bar que j'aurais pu, me semblait-il, m'y établir sans peine. Mais en avais-je envie? Non, je voulais aller à Mangychlak, même si j'ignorais ce qui m'y attendait. Ou peut-être justement pour cette raison? Je risquais aussi de n'y rien trouver du tout. Sans cette stupide mésaventure de l'entrepôt, je ne serais parti nulle part. Il y avait simplement un point A que je devais fuir en direction du point B. Rien n'incite tant au voyage que de voir sa vie en danger.

– Eh bien, mon poussin, il y a un navire-usine qui part par le canal vers la Caspienne. Si tu veux, tu peux monter à bord, j'arrangerai ça.

– Pour quelle destination?

– Ce n'est pas un bateau ordinaire, mais une conserverie flottante. Ils vont rester sur la Caspienne, puis ils iront décharger leur production à Gouriev ou ailleurs.

– Et pour aller à Mangychlak?

– Tu verras sur place. Il y a beaucoup de bateaux qui l'accostent… Une copine, Dacha, travaille à bord. Elle t'aidera.

J'étais fort content de cette rencontre de hasard. Même la voix rauque de Nioura paraissait douce et compatissante à mes oreilles. Je suis resté dans son bar jusqu'au départ du navire-usine, lui donnant un coup de main et la remplaçant à l'occasion. Je dormais sur place, lui confiant mon passeport pour la nuit et me laissant enfermer de l'extérieur. Le jour venu, Nioura m'a accompagné au port pour me confier à Dacha, une femme d'environ trente-cinq ans au visage rond, qui ressemblait vaguement à une brioche en vêtements bariolés.

16

La conserverie flottante, un bâtiment rectangulaire aux nombreux étages d'allure pataude, a appareillé à midi. Je me tenais sur le troisième pont et il me semblait que c'était la ville qui s'éloignait du bateau. Le soleil ce jour-là était particulièrement acerbe: bas dans le ciel, il vous rôtissait bien à point. L'acier du géant flottant était assez brûlant pour faire cuire une omelette. Seul un vent frais aurait pu dissiper l'atmosphère étouffante, mais l'air demeurait immobile. Le navire-usine ne naviguait pas, il rampait imperceptiblement sur l'eau lisse, si lentement que même la surface de la Volga ne réagissait pas.

– Hé, mon lapin! Ne reste pas là, rentrons dans la cabine! m'a crié Dacha.

Je n'avais pas encore eu le temps de bien voir cette cabine, me contentant d'y déposer mon sac. C'était un petit réduit à deux places, avec une fenêtre voilée d'un tissu couleur salade. Dans un coin, près de la porte en fer, il y avait un lavabo et un seau à ordures en dessous. Sous la fenêtre se trouvait une petite table avec un réveil et un lourd cendrier en verre. Sur les côtés, comme dans un compartiment de train, étaient disposées deux couchettes étroites, déjà prêtes pour la nuit, l'oreiller disposé en diagonale, un coin vers le haut. Dacha m'a indiqué celle de droite:

– C'est la tienne, tu resteras ici dans la journée, et le soir, quand les gens sont ivres, tu pourras aller te promener, mais ne te perds pas!

– Le voyage dure longtemps? ai-je demandé.

– Ça dépend pour où. Si j'ai bien compris, tu vas à Komsomol?

– Quel Komsomol?

– La baie du Komsomol.

– Pour quoi faire?

– Nioura m'a dit que tu voulais aller à Mangychlak. La baie du Komsomol, c'est le point le plus proche, on doit s'y rendre après Gouriev, et ensuite, on s'en ira dans la direction opposée, jusqu'à Moumra…

La baie du Komsomol? Ça ne me disait rien, ce nom n'avait rien de kazakh. Et j'ignorais ce que je devrais faire une fois là-bas. Y aurait-il un port? Une ville? Un village de pêcheurs?

– Le navire-usine va accoster à Komsomol?

– Non. On va juste récupérer le poisson sur les chalutiers, on restera un jour ou deux et on repartira.

– Mais comment ferai-je pour descendre?

– On se mettra d'accord avec un autre bateau, a promis Dacha d'une voix assurée. Bon tu restes ici; si tu veux, il y a de la vodka dans le meuble sous la table, et tu peux boire l'eau du robinet. Si tu as faim, tu trouveras aussi des conserves. Moi, il faut que j'aille à la réunion.

La lourde porte ovale s'est ouverte et refermée en souplesse. Je suis resté seul. Je me suis assis sur ma couchette et j'ai écarté le rideau. À deux mètres de la fenêtre, on voyait le bord du bateau peint en gris derrière lequel courait une berge invisible. Une bande de ciel bleu recuit par le soleil, c'était là tout ce que je pouvais apercevoir des fameuses rives de la Volga.

Je me suis allongé pour écouter le silence. Qui s'est révélé assez bruyant: divers chuintements et bourdonnements s'infiltraient de partout à l'intérieur de la cabine.

Mais l'absence de sons brutaux faisait paraître ces bruits paisibles et aussi peu dérangeants que ceux de la nature. Ils constituaient un fond propice à la réflexion.

J'ai adressé une pensée de reconnaissance à la ville d'Astrakhan que nous venions de quitter. Approchant ma main droite de mon nez, j'ai souri aux effluves persistants du caviar. Puis j'ai machinalement senti ma main gauche et le fort parfum de cannelle a aussitôt pris le dessus. Ça ne m'a pas peiné, au contraire : c'était comme une nouvelle confirmation de la diversité de la vie et de ses odeurs. Je me suis souvenu de Kiev, du cimetière de Pouchtcha, du manuscrit trouvé dans la tombe. Je n'avais pas envie d'évoquer le reste et j'ai reniflé une nouvelle fois ma main droite. Amusant comme les odeurs peuvent orienter les souvenirs et les pensées. J'ai souri à mon passé récent d'un sourire paresseux et un peu somnolent. Avant de m'endormir.

17

Le soir, de retour du travail, Dacha m'a laissé sortir. De peur de me perdre, je suis resté sur le même pont. En vingt minutes, sans me presser, j'en avais fait le tour. Sur les flancs de la conserverie flottante, les rives lointaines, chichement parsemées de verdure, défilaient vers l'arrière, en direction d'Astrakhan. Sur la droite, un soleil rouge battait en retraite devant la fraîcheur du soir. L'air était imprégné de l'odeur du fleuve, le vent ébouriffait mes cheveux. L'humidité était vivifiante. Pas seulement pour moi. Le navire-usine bouillonnait d'activité. De ses entrailles, dans les longs couloirs d'acier, à travers les fenêtres voilées des cabines on entendait monter des bruits de voix, des rires, des cris. Au fur et à mesure que le soleil déclinait sous le poids du soir, rosissait et devenait plus faible, les bruits s'amplifiaient; il était clair qu'ils allaient bientôt se répandre par-dessus bord et qu'au loin, sur la rive, quelque pêcheur assis devant son feu de bois n'allait pas manquer de se retourner pour regarder ce monstre flottant, aux hublots carrés illuminés par dizaines, qui répandait une multitude de voix sur la Volga ensommeillée.

La nuit est tombée plus vite que je ne l'aurais cru. Je me suis retrouvé plongé dans le noir, aussitôt souligné par le carré de lumière jaune d'une cabine voisine. Je me tenais immobile, m'accoutumant à l'obscurité. Deux silhouettes se sont arrêtées à proximité. Deux étincelles de cigarettes, telles des lucioles, décrivaient périodiquement une courbe, nette et maintes fois répétée de la bouche au bastingage et retour.

J'ai prêté l'oreille, espérant identifier les silhouettes à leurs voix. Mais elles se taisaient. Au bout de cinq minutes, l'une des étincelles a volé par-dessus bord en étoile filante et une voix de femme étouffée a dit: «C'est tout ce qu'il mérite, ce salaud!» Une deuxième voix, également féminine, mais plus sonore a approuvé: «Pour sûr!» et les deux femmes se sont éloignées, laissant un point de feu faiblissant sur la rampe du pont. Avant de les suivre des yeux, je me suis approché et j'ai fait tomber le mégot dans l'eau d'une pichenette. La porte de fer ovale menant au couloir commun a grincé.

J'ai décidé de rester là un moment. Je me souvenais du numéro de la cabine et je ne craignais plus de me perdre, à condition de ne pas changer d'étage.

Au bout d'une vingtaine de minutes, je suis rentré.

Dacha, en robe de chambre légère, était assise sur sa couchette. Sur la table il y avait une bouteille de vodka entamée, deux verres et une grande tasse d'eau froide.

– Tu t'es bien promené?

– Oui.

– Tu veux boire un coup?

– Juste une goutte…

Elle a rempli les verres presque à moitié et m'a tendu le mien en remarquant:

– Sale journée.

Je me suis assis sur ma couchette, près de la table. J'ai regardé Dacha. Quels que soient ses vêtements, sa rondeur exceptionnelle semblait vouloir jaillir au dehors. Son corps pareil à une boule formait une courbe unique que seule sa poitrine, grande et haute, venait déformer.

– Qu'est-ce que t'as à me zieuter? a demandé Dacha avec un sourire. T'as jamais vu une jolie femme? Allez, bois!

Nous avons trinqué. Dacha a avalé une gorgée d'eau pour faire passer l'alcool. Puis elle m'a tendu la tasse. J'ai bu à mon tour.

– Tu veux manger?

J'ai fait signe que oui.

Elle a ouvert le meuble sous la table pour en sortir une conserve de poisson.

– C'est notre production, a-t-elle annoncé, non sans fierté. Du poisson à l'huile.

Elle a habilement ouvert la boîte avec un petit canif de fabrication grossière comme en utilisent les cordonniers, avant de sortir deux fourchettes.

Nous avons mangé bruyamment et avec appétit, vidant la boîte en deux minutes. Elle a demandé:

– Encore?

J'ai hoché la tête, et nous avons remis ça. Après la deuxième boîte, je me suis senti repu. Nous avons encore bu un demi-verre chacun.

– Une sale journée, a-t-elle répété en posant la tasse d'eau. D'abord, la chaîne a refusé de démarrer, puis il y a eu un court-circuit dans l'autoclave, puis ce fumier de Mazaï, l'ingénieur chargé de la sécurité, est arrivé, complètement paf dès le matin, et s'est mis à tripoter les filles… Il pourrait faire ça le soir, sur le pont, comme un type bien élevé, mais cette ordure nous met la main aux fesses en plein boulot! On se demande à quoi ça lui sert de nous peloter, il a le zizi qui pendouille comme un macchabée!

Malgré l'effet relaxant de la vodka, je me sentais quelque peu tendu en écoutant Dacha, comme devant une lionne prête à l'attaque. J'ai rapidement compris que mes craintes n'étaient pas fondées. Dacha m'a détaillé la mise en tonneau des harengs, s'attardant avec gourmandise sur le goût du poisson quand le processus de salaison en est à son début.

– Je t'y emmènerai une nuit, quand tout le monde sera soûl, on en mangera à même le tonneau, tu n'as jamais rien goûté d'aussi bon. Tu m'en diras des nouvelles! Encore un petit coup?

Elle a versé ce qui restait de vodka dans les verres.

– Suffit pour aujourd'hui, a-t-elle dit en rangeant la bouteille vide sous la table. L'économie doit être économe[1]. Je déteste faire le tour des cabines au matin comme certains pour quémander un verre. Ce que j'ai doit me suffire.

Nous avons bu. Elle a pris une gorgée d'eau, est allée remplir la tasse au lavabo.

---

1. Un des slogans les plus populaires de l'ère brejnevienne.

– Je ne suis pas une pocharde, il ne faut pas croire, c'est juste pour me donner un peu de force et tuer le temps. Il n'y a rien à faire ici. On navigue, on travaille et on boit. Quand on rentre ou pendant les escales, c'est différent. On peut acheter un bouquin ou aller au cinéma… Tu aimes lire ?

– Oui.

– Lire, c'est bien…

Puis après un silence, en me regardant dans les yeux :

– Mais ça ne suffit pas.

Elle avait les yeux noisette.

Quelqu'un a frappé à la fenêtre.

– Qu'est-ce que c'est ? a crié Dacha.

– Je peux entrer ? a demandé une voix de femme un peu rauque. Pour parler un brin.

– Non, pas maintenant, Katia. On aura tout le temps de parler demain !

Des pas d'une lourdeur qui n'avait rien de féminin se sont éloignés.

– Elle a envie de bavarder, voyez-vous ça ! a remarqué Dacha d'un air mécontent. Quand elle m'a piqué mon copain Vassia, elle n'avait pas envie de me parler, et maintenant qu'il l'a envoyée paître, c'est moi qu'elle vient voir. Si tu as envie de dormir, ne te gêne pas pour moi, tu peux te déshabiller et te mettre au lit. Moi aussi, je vais me coucher dans cinq minutes… Je sors juste fumer une cigarette.

Resté seul, j'ai retiré mon jean et mon tee-shirt et je me suis glissé sous la couverture légère. Qu'aurait fait Chevtchenko dans ma situation ? Son amoureuse sollicitude envers les femmes se serait-elle étendue à Dacha, femme forte à la rudesse toute maternelle ? Elle aussi faisait penser à une patrie (peu importe laquelle). Une femme pareille à un pays. Autosuffisante, volontaire, indépendante…

Un homme est passé sous la fenêtre en jurant à voix basse. Quand ses pas se sont tus, mes pensées ont obliqué vers l'avenir. L'avenir proche qui m'attendait. «Ça serait bien qu'un Russe retrouve les carnets de Chevtchenko. Voilà qui renforcerait l'amitié entre deux peuples frères», ai-je pensé avant de m'endormir.

18

Le jour suivant, nous avons navigué sur le canal Volga-Caspienne que j'ai pris tout d'abord pour la Volga. Mais Dacha m'a éclairé sur ce point.

– Attends un peu qu'on soit sur la Caspienne, mon petit chat, ça ne sera pas aussi calme, a-t-elle déclaré en jetant un coup d'œil par la fenêtre, où seul le ciel pouvait être qualifié de calme, car on ne voyait rien d'autre.

Puis elle est allée travailler pour ne revenir qu'à six heures du soir. J'ai passé la journée à méditer et à dormir. Bref, à prendre des forces. Le soir, je me suis promené sur le pont de mon étage, examinant les habitants du lieu qui passaient par là. Des gens ordinaires, sauf qu'ils avaient les yeux rouges, et le regard un peu trop brillant pour certains. Vivre et travailler dans le même lieu clos entraînait certainement une certaine dérive mentale. À l'école, je m'en souviens, on nous avait parlé des difficultés liées aux voyages dans l'espace, nous expliquant que malheureusement rêver d'être cosmonaute et exercer ce métier dans la réalité étaient deux choses radicalement différentes. Cependant, il était sans doute stupide de comparer une conserverie flottante à une fusée. Il y avait là beaucoup d'hommes et de femmes d'âges différents. Qui pouvaient passer leur temps libre comme il leur convenait. D'ailleurs, ils ne me regardaient même pas, ce qui suffisait à prouver qu'ils ne souffraient pas de la solitude ni du manque de visages nouveaux.

Je me suis incliné pour regarder par-dessus bord. Une rive grisâtre surnageait au loin. Le soleil rouge et comme enflé était suspendu à l'extrémité du ciel de l'autre côté du bateau, soulignant l'approche du soir. L'eau lançait des reflets argentés. L'atmosphère et mon âme avec elle respiraient le calme. Les autochtones avaient cessé de marteler de leurs semelles le pont métallique et s'étaient retirés pour boire ou simplement pour bavarder.

Rafraîchi par l'air humide du soir, j'ai regagné la cabine. Nous avons mangé des conserves en buvant de la vodka et de l'eau. Dacha a parlé de son travail.

– Demain, on ouvre les chambres froides et on commence la mise en conserves. On a assez de poisson pour quatre journées de travail, on aura tout vidé pour le nouvel arrivage. Ça nous fera dans les dix tonnes de conserves... Dommage qu'il n'y ait que des harengs... S'il y a quelques petits esturgeons dans le lot, celui qui les voit les prend pour lui. Mais cette fois, je ne travaille pas à la chaîne mais au contrôle technique... Dis-moi, qu'est-ce que tu vas faire à Mangychlak ? Tu ne cours pas le pavot, par hasard ?

– Non. Je veux voir le fort Chevtchenko. Visiter les lieux où il a vécu.

– C'est qui, Chevtchenko ?

– C'était un poète, il a lutté pour l'idée nationale...

– Comme Jirinovski ?

– Non, c'était quelqu'un de calme et de pacifique. Il écrivait des poèmes sur les femmes... il les plaignait.

– Il plaignait les femmes?

– Oui.

– C'est drôle, ça, a remarqué Dacha, sincèrement surprise. Moi, je ne lis pas de poésie. J'ai lu la série des *Angélique* et *La Mère* de Gorki. Gorki est mieux, mais *Angélique*, c'est plus passionnant. Je ne me souviens pas de l'auteur... La poésie, je n'aimais déjà pas ça quand j'étais petite. Sauf quand Robert Rojdestvenski lisait des poèmes à la télévision. Mais c'était seulement le 8 mars, pour la journée des femmes.

Elle a bâillé en mettant la main devant la bouche.

– J'ai sommeil, a-t-elle remarqué d'une voix fatiguée.

Sans me prêter attention, elle a retiré sa robe indienne aux fleurs délavées pour se retrouver en culotte beige et en soutien-gorge, également à fleurs. Et elle s'est couchée.

– Éteins la lumière, a-t-elle demandé. Et finis la vodka. Il en reste trop peu pour la laisser.

Effectivement, il n'y en avait qu'un fond, que j'ai vidé dans mon verre. Puis j'ai éteint et j'ai gagné le pont par le couloir intérieur. Je me suis accoudé au bastingage pour contempler l'eau aux reflets patinés de vieil argent.

Trois grosses étoiles scintillaient très bas dans le ciel. Surmontées d'une myriade d'autres plus petites, pareilles à des moucherons autour d'une lanterne.

La fenêtre d'une cabine était éclairée derrière moi, on entendait des bruits de verres, des éclats de voix joyeuses qui racontaient des histoires simples de la vie de tous les jours, mais la vodka et la bonne humeur aidant, on les écoutait avec attention. Moi-même, j'y ai prêté l'oreille en souriant pendant quinze bonnes minutes. Une vraie soirée villageoise. Un verre de vodka. Des étoiles au ciel. Une fenêtre éclairée. Une conversation paisible.

J'ai vidé mon verre et, de retour dans la cabine, je me suis endormi au ronflement léger mais insistant de Dacha.

19

Le soir suivant, la conserverie approchait de la Caspienne. Les premières étoiles miroitaient faiblement dans un ciel encore clair. Les travailleurs du géant flottant se promenaient sur le pont. J'étais debout contre le bastingage et je regardais l'eau: Dacha m'avait dit qu'elle deviendrait verte dès qu'on atteindrait la mer.

Un groupe de femmes est passé en riant, une odeur de poisson frais a flotté dans l'air, presque immédiatement chassée par un petit vent salé.

La conserverie tanguait sur des vagues basses, et cette sensation était nouvelle pour moi. J'aurais difficilement pu imaginer que le roulis aurait la force d'incliner cette immense usine flottante, mais je comprenais désormais que la Caspienne pouvait tout faire: rafraîchir, nourrir et noyer...

La voix de Dacha a résonné derrière mon dos:

– Hé, mon canard, tu ne vas pas prendre froid?

– Mais il fait chaud, ai-je répondu sans me retourner.

– Le vent de la Caspienne, ça vaut les pires courants d'air, il vaut mieux rentrer dans la cabine.

Au matin, je me suis réveillé la tête lourde. L'usine tanguait toujours et c'était sans doute la raison de mon sommeil agité et de mon réveil difficile. Dacha était déjà partie. Elle avait laissé sur la table une boîte de «Harengs de la Caspienne», un canif et un concombre. «Quelle touchante attention», me suis-je dit en contemplant ce déjeuner.

J'ai mangé, j'ai fait un brin de toilette. J'ai écarté le rideau : le ciel était de plomb. Apparemment, la météo était en train de se gâter.

Combien de temps allait donc durer ce voyage ? Il n'était pas désagréable, mais sa monotonie commençait à me fatiguer : toujours les mêmes conserves, toujours la même mer. Seul le ciel se permettait quelques changements de couleur.

Une voix mécanique, crachotante mais très forte a retenti dans le couloir. J'ai sursauté et je suis allé ouvrir la porte pour écouter.

« Le médecin de bord est demandé d'urgence à l'atelier numéro trois ! » a répété le haut-parleur.

Dacha est arrivée vingt minutes plus tard. Elle était vêtue d'une combinaison de travail qui avait jadis été blanche, ses cheveux étaient noués d'un foulard vert. Son visage était rouge et ses yeux brillaient.

– La journée a été courte, a-t-elle déclaré avec un sourire en dénouant son foulard et en secouant ses cheveux châtains. On a arrêté la chaîne.

– Pourquoi ça ?

– Une urgence. Les filles ont coincé Mazaï dans un coin et lui ont coupé le zizi. Pendant qu'elles le tenaient, Macha a jeté le zizi dans le doseur et il a dû se retrouver dans une boîte avec le poisson... Ça a fait un de ces ramdams ! (Dacha s'est mise à rire) Mazaï a arrêté la chaîne ; il s'est mis à ouvrir les boîtes pour chercher son petit bout...

– Et il l'a trouvé ?

– Bien sûr que non ! On a sorti cinq cents boîtes, il ne peut pas toutes les ouvrir ; d'ailleurs, même s'il le retrouve, qu'est-ce qu'il peut en faire ? Le recoudre ?

– Les chirurgiens sont capables de recoudre n'importe quoi de nos jours !

– On n'a pas de chirurgien, ni même de vrai docteur; Kolia, notre médecin de bord, est un ancien vétérinaire qui a passé un diplôme d'officier de santé. Il a badigeonné le moignon de Mazaï avec du mercurochrome et a posé un bandage par-dessus. Il y a des gens qui vont acheter cette boîte de conserve, tu imagines! Ils vont penser que c'est un morceau de foie de morue! Ha, ha!

Je ne partageais pas l'hilarité de Dacha. Cette histoire m'avait plutôt déprimé.

«Et profaner les tombes, c'est mieux?» m'a demandé perfidement ma propre conscience.

«Ça n'a rien à voir, lui ai-je rétorqué, les morts, ça leur est égal qu'on les déterre. Ça leur fait peut-être même plaisir que quelqu'un s'intéresse à eux…»

Dacha, sans se gêner pour moi, a enfilé une robe rose, s'est lavé le visage et les mains. Puis, toujours souriante, s'est assise sur son lit.

– Il y aura une tempête cette nuit, il ne faut pas boire d'alcool. Tu as faim?

Sans attendre ma réponse, elle a sorti deux boîtes de harengs de sous la table.

J'ai dû faire la moue malgré moi, car Dacha a ajouté en ricanant:

– Ne t'en fais pas, elles ne sont pas d'aujourd'hui, les filles n'ont rien jeté dedans.

J'ai déjeuné, mais sans le moindre appétit.

– Je vais aller fumer, a dit Dacha, et elle est sortie en emportant les deux boîtes vides.

La tempête a commencé à huit heures du soir, violente et soudaine. Dacha était déjà couchée, et moi, agrippé au bastingage, je regardais les vagues noires comme du goudron et hautes de plusieurs mètres. Elles ne frappaient pas la coque comme je m'y attendais, mais essayaient de pousser la conserverie hors de l'eau. D'abord doucement, puis de plus en plus fort, la soulevant comme un jouet d'enfant. Effrayé, ayant failli passer par-dessus bord, j'ai battu en retraite, refermant derrière moi la lourde porte en fer à joints étanches.

Dacha semblait endormie, cependant on n'entendait pas ses ronflements habituels. La cabine vacillait et je vacillais avec elle, m'efforçant de conserver mon équilibre. Je me suis dévêtu rapidement et je me suis couché, mais presque aussitôt, un coup de roulis m'a expédié par terre. Je me suis agrippé au pied de la table et je me suis remis au lit. Mais dix minutes plus tard, je me retrouvais de nouveau au bas de ma couchette.

— Viens là, mon minou! a dit la voix de Dacha. Un poids plume comme toi n'arrivera pas à garder le lit par ce temps!

C'est là que j'ai compris la raison du gabarit imposant propre à la plupart des femmes du bord. J'ai migré dans le lit de Dacha avec ma couverture; celui-ci avait beau être étroit pour deux, il s'est révélé plus stable que le mien. Dacha m'a enlacé de son bras lourd, maintenant tendrement mon corps trop léger et le protégeant de la tempête.

Je me suis réveillé imprégné de la chaleur de Dacha et de l'odeur de poisson qui émanait de ses aisselles. Dacha dormait encore profondément et je ne voulais pas la réveiller. Aussi suis-je demeuré immobile. Pour distraire mon odorat, j'ai pressé contre mon nez ma paume gauche qui embaumait toujours la cannelle.

20

La tempête s'est calmée le lendemain vers midi. Le mouvement monotone d'une infinité de vaguelettes a pris la relève, trop faible pour ébranler la conserverie qui vaquait, ou plutôt voguait à ses affaires, toute à ses plans de production dont la réalisation devait égayer quelque peu l'uniformité de son existence. Le sentiment de surprise et d'incrédulité que j'éprouvais face à ce mécanisme ne m'avait pas quitté. L'idée même d'une usine flottante ou ambulante, en dépit de son évidence, demeurait extravagante à mes yeux. Même ma propre présence à bord ne constituait pas une preuve suffisante du phénomène. Ça semblait pourtant logique: le bateau-usine suit son cours selon la volonté du capitaine, tandis que le directeur de l'usine surveille la production, et à eux deux, ils approvisionnent le pays en conserves de poisson. Mais c'était tout de même incroyable.

J'ai pris une boîte de harengs sous la table, je l'ai ouverte et, après en avoir soigneusement inspecté le contenu sans rien y découvrir de suspect, j'ai déjeuné.

Dacha était à son travail. J'ignorais toujours où se trouvait son atelier de production, plus haut ou plus bas que cet étage. D'ailleurs, ça n'avait guère d'importance. Je n'avais aucune raison de m'y rendre.

Après avoir mangé, je suis resté quelque temps sur le pont à observer la jonction du ciel et de la mer. Sur cette ligne d'horizon frémissante, des points qui étaient autant de bateaux surgissaient régulièrement, faisant paraître la mer trop exiguë. Je ne craignais pas cette mer, il devait être difficile de s'y perdre… Mais qui sait, mieux valait ne pas tenter l'expérience.

Deux jours plus tard, Dacha m'annonçait qu'un chalutier viendrait cette nuit-là, qui me déposerait à Mangychlak. Ravi de cette nouvelle, je me suis mis à attendre.

Je me souviens surtout de l'étrange vacarme métallique qui a marqué l'arrivée du chalutier. Il a accosté la conserverie et on y a balancé des sacs à grand fracas. J'ai d'abord cru que c'étaient des conserves, mais j'ai compris mon erreur quand le tour des vraies conserves est arrivé, emballées dans des caisses en carton nouées avec des ficelles.

Je me tenais à côté de Vania, un type petit et robuste auquel Dacha m'avait confié. Il surveillait attentivement la manœuvre, échangeant de temps à autre des remarques avec les deux pêcheurs. Enfin, il a crié: «C'est bon, le compte y est. Prenez aussi ce petit gars pour le déposer sur la rive» et il m'a donné une tape sur l'épaule qui m'a fait sursauter. L'homme en bas a hoché la tête. Vania a jeté mon sac à dos bleu et jaune dans le chalutier qu'il a touché avec un bruit sourd. Dacha l'avait généreusement rempli de conserves et il devait peser dans les quinze ou vingt kilos.

– Allez, saute! m'a dit Vania.

Il y avait bien trois mètres entre moi et le chalutier. Il se balançait légèrement sur l'eau. J'ai hésité, craintif.

– Allez, qu'est-ce que tu attends?

J'ai escaladé le bastingage et je me suis immobilisé.

– Saute, ils te rattraperont.

J'ai sauté et les deux pêcheurs m'ont effectivement rattrapé, amortissant le choc.

– Bon, Marat, on s'en va? a dit l'un d'eux en s'adressant à son collègue.

Et ils ont tous deux disparu je ne sais où sur ce petit bateau, me laissant parmi les sacs, les caisses et les filets aux gros flotteurs blancs roulés à tribord.

Le chalutier s'est ébranlé pour s'éloigner lentement de l'immense conserverie.

Il faisait frais près de l'eau. Je me suis assis sur un sac pour bondir aussitôt, sentant quelque chose de pointu. J'ai tâté l'objet et j'en suis resté interdit: sans le moindre doute, le sac contenait des armes: des fusils ou des mitraillettes.

«Ben ça alors! ai-je pensé en m'installant sur une caisse de conserves, belle pêche pour un chalutier.»

– Hé, mon gars, viens donc par ici!

Une silhouette venait d'émerger du poste de pilotage et m'appelait. J'ai pris mon sac et je me suis dirigé vers elle. Un escalier menait en bas, dans la cabine.

– Stépan, a dit l'homme en se présentant, et l'autre, au gouvernail, c'est Marat.

– Kolia.

– Tu veux boire un coup?

– Non, merci.

– Si tu veux boire, n'hésite pas. Nous autres, on ne boit pas, mais on garde toujours une bouteille en réserve pour les invités. Tu ne cours pas le pavot, par hasard?

C'était la deuxième fois que j'entendais cette étrange formule.

– Non, ai-je répondu, ignorant ce qu'elle voulait dire mais le devinant cependant.

– Dommage, a dit Stépan. On t'aurait trouvé du boulot. Bon, va te reposer... On te déposera au matin. L'endroit t'est égal, je suppose? À condition que ce soit loin des lieux habités?

J'ai fait un signe d'assentiment.

Je me sentais soudain gagné par le sommeil, sans doute à cause du bercement des vagues. Je suis descendu dans la cabine pour m'allonger sur la couchette la plus proche.

Aussitôt, une tache de couleur s'est mise à nager devant mes yeux. Puis les ténèbres ont pris le relais: je dormais déjà au ronronnement zélé du moteur diesel qui se trouvait quelque part sous le plancher de la cabine.

Au milieu de la nuit, à travers un sommeil léger, j'ai entendu des voix, et des bruits métalliques. Puis un choc. Je me suis machinalement serré contre mon lit, tendant le bras droit. Bientôt tout s'est calmé et le moteur s'est remis en marche.

On m'a réveillé au matin. La première chose qui m'a sauté aux yeux en montant sur le pont, c'est la disparition des sacs d'armes. Les caisses de conserves étaient toujours là, soigneusement alignées contre le bâbord.

— Tu es presque arrivé, m'a dit Stépan.

J'ai contemplé la rive jaune sale, déserte et hérissée de contreforts. Elle n'avait rien d'attirant. Un sentiment soudain de désespoir ou peut-être d'hébétude m'a figé. Je regardais droit devant moi sans réagir. Le pont tanguait, ainsi que la berge, proche d'une centaine de mètres.

— Marat va se rapprocher, c'est profond par ici, on peut aller plus près. Tu as de l'eau?

— De l'eau? ai-je demandé en émergeant de mon engourdissement.

— De l'eau potable.

— Non.

— Tu es cinglé, ou quoi? a dit Stépan, étonné. Bon, on va t'en donner un baril.

Ce qu'il appelait baril était un bidon de cinq litres en plastique qu'il a sorti de la cabine pour le poser à côté de mon sac à dos.

— Ici, c'est le désert, a-t-il ajouté d'une voix quelque peu irritée, il n'y a pas de robinets ni de marchands de boisson.

J'ai hoché la tête pour montrer combien j'étais conscient de ma bêtise et de mon imprévoyance qui m'avaient conduit au diable vauvert et qui, d'ici vingt minutes, allaient me larguer encore plus loin, à l'écart des routes et des hommes. Les lèvres sèches, j'ai pris le bidon d'eau pour en boire une gorgée.

Je me sentais très mal à l'aise. Mais la rive se rapprochait inexorablement. Elle n'était plus distante que de trente ou quarante mètres. Le plateau pierreux, érodé puis poli à sa base par les vagues, était haut d'environ deux mètres. À intervalles irréguliers, sa ligne supérieure s'interrompait et les vagues léchaient des pierres tombées qui pouvaient servir de marches.

J'ai senti une secousse et Stépan a crié en se tournant vers la cabine : « Marat, arrête le moteur ! »

Nous étions à trois mètres de la rive.

– On va lancer tes affaires, pour qu'elles ne prennent pas l'eau, a proposé Stépan en s'approchant de mon sac.

Nous l'avons jeté sur la rive, puis le bidon a pris le même chemin.

– Saute ! m'a dit Stépan. Le soleil chauffe dur, tu seras sec en cinq minutes.

J'ai pris congé, les remerciant, Marat et lui, et j'ai plongé tout habillé dans l'eau trouble de la Caspienne.

– Hé ! m'a crié Stépan quand, imbibé d'eau, je suis sorti sur l'étroite langue de plage au pied d'une cavité creusée par les vagues. Si tu as quelque chose à transporter, on est à ta disposition ! Demande la péniche *Vieux camarade*.

Le diesel s'est remis en marche. J'ai agité la main, mais ils ne me regardaient plus.

Au fur et à mesure que le *Vieux camarade* s'éloignait, ma sensation de solitude s'intensifiait. Quand son sillon s'est effacé parmi les vagues besogneuses, j'ai soudain éprouvé un sentiment de calme proche de la résignation. J'ai hissé mes affaires sur l'étrange plateau pierreux tapissé de sable chaud. J'ai regardé autour de moi. Puis je me suis assis à côté de mon sac et de mon bidon. Le soleil brillait, le vent imprégné de l'odeur de la mer séchait mes cheveux. Je n'avais envie d'aller nulle part. Je n'avais pas de boussole et j'ignorais tout du désert. La présence d'eau et de provisions ne me rassurait qu'à moitié. Il fallait prendre une décision, mais aucune logique ne pouvait m'indiquer la direction à suivre. J'aurais dû poser la question à Marat ou à Stépan, mais je n'avais même pas eu l'intelligence de le faire.

« Bon, je vais longer la plage pour commencer. J'arriverai peut-être quelque part. Mais il faut d'abord me sécher. »

Mes vêtements humides me gênaient. Alors, j'ai tout enlevé, ne gardant que ma montre, j'ai mis mes affaires à sécher et je me suis couché ; j'avais l'impression d'avoir une grande plage nudiste pour moi tout seul.

21

La canicule m'a réveillé. Des pensées en fusion coulaient lentement dans mon crâne surchauffé. Ça ressemblait à un coup de soleil. Je me suis couvert la tête avec mon tee-shirt. Mes vêtements étaient secs. J'ai secoué mon jean pour en faire tomber le sable, mais je n'avais guère envie de l'enfiler dans une pareille fournaise. Le soleil était presque à son zénith.

J'ai regardé ma montre pour constater qu'il y avait de l'eau sous le verre et que les aiguilles étaient bloquées, indiquant toujours l'heure de mon débarquement, à savoir neuf heures du matin. Ma situation se rapprochait de celle de Robinson Crusoë.

Ma tête légèrement refroidie, mes pensées redevenaient lisibles. J'ai rangé mes vêtements dans mon sac, enfilant un simple short, au cas où je rencontrerais quelqu'un. Le délit d'atteinte à la pudeur semblait cependant fort improbable en ce lieu. J'ai chargé mon lourd sac à dos, j'ai pris le bidon dans ma main droite et je me suis mis en marche, longeant le bord du plateau qui empêchait le sable de tomber dans la Caspienne, dans la même direction que le chalutier depuis longtemps disparu.

La rive, dont le plateau épousait les contours, était irrégulière. J'ai vite compris qu'il valait mieux marcher droit pour économiser mes forces. J'ai dû parcourir un kilomètre au moins avant de sentir des élancements dans les épaules; mes pieds étaient fatigués de marcher dans le sable brûlant qui se dérobait sous moi.

Il n'était guère raisonnable de faire une halte sous le soleil incandescent, je suis donc descendu sur la berge humide et je me suis réfugié dans une petite grotte creusée par les vagues. Il y faisait si froid que j'ai frissonné. La différence de température était incroyable. La grotte était imprégnée d'une odeur d'humidité marine. Le soleil n'y avait pas accès.

J'ai posé mon sac qui avait laissé des bandes rouges sur mes épaules.

J'avais faim. J'ai pris une boîte de harengs, l'ai ouverte avec mon canif et, après en avoir examiné le contenu en le remuant du bout de la lame sans découvrir le moindre élément indésirable, j'ai mangé le poisson avec les doigts et j'en ai avalé le jus «additionné d'huile» comme indiqué sur l'étiquette. Puis j'ai bu un peu d'eau tiède à l'arrière-goût de plastique. Pour rafraîchir un peu le bidon, je l'ai plongé dans la mer en le bloquant entre deux rochers.

Peu à peu, mon corps s'est accoutumé à la fraîcheur, je n'avais plus la chair de poule. Mes forces revenaient.

Assis sur une pierre froide, je regardais les vagues aux lignes obliques qui polissaient assidûment la rive.

«La vie est belle...» me disais-je, bien qu'avec une certaine tristesse teintée d'ironie. Ironisais-je sur mon propre compte, ou cette pensée était-elle une sorte de mirage intérieur provoqué par mon insolation, je ne sais. Voir des mirages dans ma tête dès mon premier jour dans le désert aurait dû me déprimer, mais il n'en était rien. Je me sentais calme et je n'avais pas envie de quitter cet endroit.

J'ignore le temps passé en ce lieu reposant. J'avais beau secouer ma montre, elle refusait de se remettre en marche. L'eau entrée à l'intérieur était partie ou s'était évaporée, laissant une buée qui permettait à peine de distinguer les aiguilles obstinément figées.

Mon intuition m'a soufflé que la chaleur était sans doute tombée. La ligne d'horizon semblait plus proche et tremblotante. Le soir approchait probablement.

Je suis remonté sur le plateau. Le soleil était effectivement en son déclin. L'horizon de sable rougissait. Et l'air n'était plus aussi sec et piquant.

J'ai continué ma route, bien plus facilement que pendant la journée. Cette constatation m'a rappelé un passage dans je ne sais quel livre où des voyageurs traversaient le désert, ne marchant que le soir et la nuit.

«En avant toute et haut les cœurs!»

22

Je me suis endormi très tard dans la nuit, dans l'obscurité parsemée d'étoiles qui s'éclairaient mutuellement. Le sable avait gardé un peu de la chaleur du jour, et l'air, telle une couverture inamovible, me réchauffait lui aussi. Je me suis couvert le visage avec mon tee-shirt.

Je me suis réveillé en sentant un mouvement près de ma joue. Effrayé, j'ai tiré mon tee-shirt et j'ai vu un petit scorpion. J'ai fait un bond en arrière, clignant des yeux sous le soleil du matin. Le scorpion a tourné paresseusement sur lui-même avant de s'enfouir lentement dans le sable.

Cette rencontre avec la faune locale m'a mieux réveillé qu'une douche froide. Ce qui ne m'exemptait pas d'un brin de toilette. Je suis descendu vers la mer pour me rincer le visage avec quelques brassées d'eau vert sale.

Fort de l'expérience du jour précédent, j'ai décidé de marcher tant qu'il ne ferait pas trop chaud puis de trouver une grotte pour attendre le soir.

Sans prendre le temps de manger, j'ai chargé mon sac qui m'a paru encore plus lourd que la veille, j'ai repris le bidon d'eau et j'étais sur le point de partir quand j'ai aperçu des traces dans le sable, trop imprécises pour en déterminer la nature, mais qui tournaient autour de l'endroit où j'avais passé la nuit. J'ai examiné mes propres traces: elles avaient le même aspect. Je les ai suivies jusqu'à la mer pour découvrir une ligne de pas parallèle, à deux ou trois mètres de la mienne, qui descendait elle aussi vers la berge.

Perplexe, j'ai écouté le silence, mais il était d'une pureté cristalline.

Haussant les épaules, mais préoccupé malgré tout, j'ai repris ma route.

Le soleil se levait et commençait déjà à me rôtir, traversant le tee-shirt qui protégeait ma tête. Je n'ai parcouru que deux kilomètres au plus. Conscient qu'il était trop risqué de défier la chaleur du désert, je suis descendu vers la mer. La brusque fraîcheur de l'ombre m'a fait frissonner, mais c'était une sensation agréable.

J'ai mangé et j'ai bu un peu d'eau. Je me suis baigné dans la mer : je n'y avais pas pensé la veille, et cette baignade m'a procuré beaucoup de plaisir. Quelques minutes au soleil, et j'étais déjà sec.

Je suis redescendu m'asseoir sous un rocher pour attendre le soir en contemplant l'horizon. Sa ligne lointaine prédisposait à la réflexion ; je me sentais prêt à accepter sereinement tout ce que le destin me réservait et je n'étais plus en colère contre moi-même ni contre le défunt Guerchovitch qui m'avait inspiré cette expédition. D'ailleurs, si j'étais parti, ce n'était pas à cause de lui, mais plutôt pour fuir la menace des bandits qui ne m'avaient même pas laissé le temps de planifier mon voyage.

La tristesse s'est emparée de moi à la pensée que ces pilleurs d'aliments pour bébés avaient certainement bonne mémoire. Et qu'ils se manifesteraient à nouveau dès mon retour à Kiev, si jamais je rentrais. En plus, je n'avais pas payé les charges ni le téléphone.

L'horizon m'hypnotisait. Un bateau solitaire a surgi pour disparaître quelques instants plus tard derrière la ligne frémissante.

La canicule apaisée, j'ai repris ma route. La chaleur désormais venait moins du soleil que du sable.

Cette fois, j'ai marché longtemps. Environ quatre heures. Et j'aurais continué si je n'avais aperçu un morceau de toile décoloré qui émergeait du sable. La curiosité m'a poussé à le tirer vers moi. Le sable refusait de le lâcher, ce qui n'a fait que m'exciter davantage. J'ai posé mon sac et me suis mis à creuser, mais je n'ai pu dégager que dix ou quinze centimètres. Alors j'ai creusé encore. Bientôt, j'ai constaté qu'il s'agissait d'une tente. Il m'a fallu une heure pour la sortir. J'étais épuisé, ma sueur ruisselait à grosses gouttes qui tombaient sur le sable et s'évaporaient immédiatement. Je me suis assis pour reprendre souffle. Malgré ma fatigue, j'étais ravi de cette découverte : j'avais désormais un abri contre le soleil ou la pluie… Il est vrai que si la pluie s'était mise à tomber en cet instant, je n'aurais éprouvé aucune envie de m'en protéger.

Laissant là mon trophée, je suis allé me baigner. Une fois de retour, j'ai voulu débarrasser la tente du sable resté dedans, comptant l'utiliser dès la nuit-même, d'autant que mon corps avait besoin de repos.

J'ai commencé par m'emmêler dans les cordages, mais j'ai fini par les dénouer et par mettre la tente à plat. J'ai pris le côté opposé à l'ouverture et je l'ai secouée. Quelque chose a bougé à l'intérieur. Constatant que le sable ne coulait presque pas, j'y ai fourré le bras, craignant quelque peu de tomber sur un scorpion. J'ai eu de la chance. Ce n'était qu'un journal jauni. Je suis demeuré figé d'étonnement en constatant qu'il s'agissait d'un numéro de *Kiev Soir*, du 15 avril 1974.

Pour une surprise, c'en était une. Reprenant mes esprits, j'ai continué à inspecter l'intérieur de la tente et j'en ai sorti une boîte d'allumettes et un appareil photo de marque Smena. Il n'y avait rien d'autre.

Cette tente avait sans doute appartenu à un voyageur solitaire. Qui avait quitté Kiev un lointain jour d'avril 1974. Pour disparaître dans le désert. Machinalement, j'ai regardé autour de moi, appréhendant d'apercevoir une momie desséchée.

J'ai sorti l'appareil photo de son étui. Il y avait une pellicule à l'intérieur, presque entièrement utilisée: le compteur de cadres indiquait le chiffre 34. Il n'en restait donc que deux.

Un vague sentiment de peur est venu s'ajouter à ma fatigue. Je me suis souvenu des traces des pas...

«C'étaient peut-être des gardes-frontières? m'a soufflé une pensée. Après tout, l'URSS n'existe plus, tu es au Kazakhstan.»

«De quoi as-tu peur? m'a demandé une deuxième pensée. Ils sont passés à côté de toi, mais ils ne t'ont pas touché, ils ne t'ont même pas réveillé pour te demander tes papiers!»

«À vous écouter, ai-je répliqué, je devrais me réjouir de cette présence mystérieuse et de l'intérêt qu'elle me porte. Je suis fatigué qu'on s'intéresse à moi... Je préférerais que tout le monde ignore jusqu'à mon existence.»

En dépit de ma fatigue, un vague sentiment d'angoisse m'a poussé à rassembler mes affaires. J'ai rangé l'appareil photo dans mon sac, j'ai pris mon bidon et la tente et j'ai parcouru un kilomètre avant de faire halte.

Cette nuit-là, j'ai connu un sommeil léger, me réveillant plusieurs fois, l'oreille aux aguets.

23

Au matin suivant, j'ai parcouru plusieurs kilomètres le long du plateau. La ligne de la berge déviait vers la gauche. Le frémissement monotone des horizons – celui de la mer et celui du sable – noyés dans un brouillard de lait tiède, m'irritait. Je ne cherchais plus les bateaux des yeux et ne scrutais plus avidement le désert. Je marchais droit devant moi, sans être sûr d'avoir choisi la bonne direction.

Il ne me restait guère plus de deux litres d'eau. J'avais pourtant l'impression de l'économiser au maximum, sans parler du fait que je me lavais uniquement à l'eau de mer. Ce poids glouglouttant dans ma main assurait ma sécurité. Et la lourdeur de mon sac me garantissait un ventre plein, même si mes menus ne variaient guère.

La tente dépassait du sac, mais dès que j'aurais vidé cinq ou six autres boîtes de conserve, elle y entrerait.

Ma progression le long de la Caspienne était à la fois chaotique et planifiée. J'étais guidé par une sorte de foi, je croyais au destin, à un destin heureux, bien évidemment, ce qui me rendait plus fort et plus confiant. Après tout, cette découverte d'une tente était un coup de chance inespéré. Qui sait ce que je pourrais trouver d'autre ?

J'ai marché jusqu'au moment où la chaleur est devenue insupportable. Sentant dans mes poumons la force siccative de l'air incandescent, j'ai fait halte sur la plage. J'ai repéré un rocher confortable, j'ai étendu ma tente et me suis installé, en voyageur désormais expérimenté.

Machinalement, j'ai regardé ma montre, mais elle ne fonctionnait toujours pas. Les aiguilles immobiles me rappelaient seulement mon débarquement.

J'ai rafraîchi mon repas en plongeant ma boîte de harengs dans la mer, ainsi que mon bidon. J'ai patienté une demi-heure, puis, après avoir mangé, je me suis allongé, savourant la fraîcheur de la Caspienne. J'ai somnolé à l'ombre, écoutant le murmure des vagues. À travers mon sommeil, je sentais le souffle du vent sur mon visage et j'aspirais mentalement à faire durer ce contact, comme si c'étaient les doigts d'une femme, caressants, tendres et légers.

Le temps passait insensiblement, poussant le soleil vers le couchant. J'ai deviné que le soir approchait avant même de me réveiller. La brise marine s'enhardissait; la surface de la Caspienne brillait moins fort que quelques heures auparavant.

Il était temps de continuer ma route.

Au moment où le soleil rosissait, suspendu au-dessus de la mer, j'ai aperçu devant moi des montagnes basses, ou peut-être des collines. Je me suis senti revivre et j'ai accéléré le pas malgré la fatigue, comme si j'avais l'intention de les atteindre le jour même.

Cependant le vent s'intensifiait, annonciateur de tempête. J'ai décidé de m'éloigner de la mer pour installer mon campement. J'ai parcouru huit cents mètres jusqu'à un petit creux semblable à la trace d'un géant, protégé des rafales de plus en plus froides, et je suis rentré dans ma tente comme dans un sac de couchage, prenant toutes mes affaires avec moi et ne laissant émerger que ma tête. Étendu sur le dos, je regardais le ciel sans y distinguer d'étoiles. Il n'y avait plus rien en haut, rien que du vide à la place de l'azur évanoui.

Le vent émettait un chuintement continu, presque sifflant par moments. Je ressentais une certaine inquiétude. Les bruits de la mer me parvenaient par bribes et j'avais l'impression que le sable se mettait à tanguer.

Je n'aurais jamais pensé que la toile puisse isoler du bruit. Mais une fois la tête rentrée à l'intérieur, le vent a presque cessé d'être audible; l'obscurité et la chaleur m'ont apaisé. Ma main s'est tendue vers mon sac et, trouvant à sa surface un endroit lisse et doux, elle y est demeurée, tandis que je m'assoupissais. Vingt minutes plus tard, une rafale a jeté une poignée de sable sur mon abri. J'ai sursauté. Je comprenais désormais comment cette tente s'était retrouvée enfouie.

Je suis sorti dans la pénombre pour l'épousseter. En fait il y avait très peu de sable dessus. Quand tu es couché et que tout ton corps écoute, le moindre son, le moindre mouvement semblent amplifiés.

Rassuré, j'ai réintégré mon abri et je me suis rendormi.

Une sensation de poids m'a réveillé deux heures plus tard. Quelque chose était couché sur moi. La peur m'a paralysé et je suis demeuré immobile, attendant que mes rêves se dissipent. Puis j'ai bougé, et j'ai entendu un sifflement. Je me suis tourné sur le côté et le poids a diminué. M'enhardissant, je me suis redressé sur les coudes et le poids a totalement disparu. J'ai compris que le sable avait failli m'ensevelir.

Le vent soufflait de plus en plus fort. J'avais mal au dos et aux bras à force de bouger. Je me sentais à bout de forces. Finalement, je me suis dit que ma crainte était excessive et qu'il suffirait de me retourner de temps à autre pour éviter d'être recouvert. J'ai laissé mon corps se reposer.

J'ai essayé de deviner quelle heure il pouvait être, mais cela m'a vite fatigué, intellectuellement cette fois.

Soudain je me suis souvenu de mon supposé vol dans l'espace à l'entrepôt d'aliments pour bébés. Et des sensations procurées par le «lait en poudre périmé» en échange de mes peurs. Échange somme toute profitable. J'ai sorti une boîte de mon sac, j'y ai fourré deux doigts et je les ai léchés, puis j'ai pris quelques gorgées d'eau.

J'ai d'abord eu l'impression que ma bouche se remplissait de lait tiède. Quelques secondes plus tard, une étrange douceur s'est répandue dans mon corps, qui est devenu léger, échappant à mon contrôle.

Je ne pouvais plus bouger ni les bras ni les jambes. Immobile, j'ai tenté de rétablir le contact avec mes membres. J'y suis presque parvenu avec la main droite, ayant même l'impression de sentir le bout de mes doigts de l'intérieur. Mais à cet instant, mon poids est devenu négatif et j'ai commencé à m'élever au-dessus du sol.

J'étais plus léger que l'air, la tente avait disparu, et j'étais emporté avec les grains de sable qui, plus lourds que moi, retombaient dès que le vent faiblissait, tandis que mon vol se prolongeait à la verticale. À un certain moment, j'ai compris que j'étais monté plus haut que le vent, plus haut que le voile de la tempête, car je distinguais les étoiles de plus en plus proches.

D'étranges insectes cosmiques grouillaient autour de moi, me frôlant de leurs pattes ou de leurs antennes. Je n'éprouvais aucune peur, persuadé de leur caractère amical. Un des insectes a voyagé quelque temps en ma compagnie, m'examinant avec une curiosité non dissimulée. Il ressemblait à une écrevisse dépourvue de pinces avec de nombreuses pattes pareilles à celles d'une araignée. J'ai voulu en toucher une et j'ai essayé de lever le bras. Il a refusé de m'obéir, mais l'insecte, devinant mon intention, a pris peur et s'est évanoui dans le ciel bleu sombre qui m'aspirait.

24

Le temps s'étirait tel un chewing-gum, se roulait en boule, changeait de forme, tout en demeurant sur place. Je jouais avec lui comme un cosmonaute en apesanteur avec une goutte d'eau. Je planais désormais librement, mes bras et mes jambes m'obéissaient à nouveau, et j'avais l'impression d'être un oiseau.

Ma visibilité était réduite à dix ou quinze mètres, diverses créatures et objets étranges passaient lentement à proximité et disparaissaient dans la bleuité tendrement accueillante qui semblait dissimuler à ma vue quelque doux secret ou peut-être les portes du Paradis.

À un moment, j'ai remarqué un homme aux vêtements démodés, en longue chemise ceinte d'une corde, à calvitie et moustache grise. Son visage affichait un sourire bienveillant et ses yeux étaient rieurs, mais aussi immobiles que l'objectif d'une caméra. À l'instant où nos regards se sont croisés, j'ai ressenti une vague de chaleur qui est restée présente en moi bien après sa disparition, m'enveloppant avec une sollicitude appuyée. La pensée m'a même traversé que j'allais avoir trop chaud et aussitôt, la chaleur a reculé légèrement, demeurant cependant présente.

Un autre personnage, entouré d'une sphère à demi transparente, m'a salué de la main. Des sphères plus petites gravitaient autour de lui. «Un homme-planète» ai-je pensé, et mon cœur s'est serré. Devant mes yeux à surgi l'image de la Terre, elle aussi auréolée d'azur, à travers lequel on distinguait mers et continents, et la Terre a aussitôt bondi hors de mon imagination, matérialisée en un petit globe qui a commencé à s'éloigner. J'ai voulu la rattraper à la nage comme si j'étais dans l'eau.

La Terre a accéléré l'allure en amorçant une descente. J'ai fait de même, laissant derrière moi la chaleur protectrice. La Terre aussi avait froid. J'ai vu son atmosphère s'épaissir et les continents familiers disparaître, je n'avais plus devant les yeux qu'une boule laiteuse. Je savais néanmoins qu'il s'agissait de la Terre et je continuais à la suivre, jusqu'au moment où j'ai heurté une barrière invisible. Le souffle coupé, j'ai commencé à manquer d'air. Ma vue s'est troublée. Mes membres sont devenus mous et, soudain, quelqu'un m'a saisi par les jambes et m'a tiré en arrière.

« Où ça en arrière ? » ai-je eu le temps de penser avant de sombrer dans le noir.

25

Djamched, un petit Kazakh mince et nerveux aux yeux souriants, vivait dans une yourte avec ses deux filles, Goulia et Natacha. Goulia était d'une beauté époustouflante, avec de longues jambes et un visage très pur, ce qui sautait particulièrement aux yeux par contraste avec sa sœur, cruellement marquée par la petite vérole. Toutes deux dépassaient leur père d'une tête.

Je revenais lentement à moi, couché sur un matelas de chiffons, clignant des yeux à la lumière du soleil qui se frayait un passage par l'entrée de la yourte.

J'étais là depuis deux jours et mes muscles et mes articulations étaient encore engourdis. Deux jours depuis que j'avais repris conscience, j'ignorais combien de temps avait passé avant cela. Mes hôtes prenaient soin de moi, mais évitaient de me poser des questions, considérant sans doute que je n'étais pas en état de répondre. Je n'étais effectivement pas très sûr de pouvoir parler. Ma langue, d'une lourdeur de pierre, reposait sans mouvement et son goût âcre me donnait la nausée. J'aurais voulu me rincer la bouche.

Goulia s'est approchée, vêtue d'une longue tunique verte et d'un pantalon blanc, une grande tasse à la main. Elle s'est inclinée pour me faire boire, une boisson lactée un peu acide qui ne correspondait pas vraiment à ce que j'aurais voulu. J'ai bu cependant, car mes lèvres étaient sèches ; le contact de la porcelaine fraîche était plus agréable que le liquide. Toujours silencieuse, Goulia est allée fouiller dans un carton posé par terre, puis elle est sortie.

Je suis resté seul. Dehors, Djamched parlait kazakh avec ses filles. Une langue belle et sonore. Puis les voix se sont tues. Je me suis endormi.

La fraîcheur m'a réveillé. Il faisait encore clair, mais le soleil n'illuminait plus l'ouverture de la yourte. On entendait les craquements d'un feu de bois invisible, dont des reflets confirmaient la présence. Mon corps était encore lourd mais commençait à m'obéir. J'ai posé les pieds sur le tapis et je suis resté assis une dizaine de minutes avant de me lever ; vacillant un peu sur mes jambes, je suis allé jeter un coup d'œil dehors.

Djamched était assis près du feu, ses filles en face de lui. À une dizaine de mètres se tenaient deux chameaux. Ils étaient immobiles et au premier regard, il m'a semblé voir un animal unique à quatre bosses qui cachait une partie de l'horizon. Mais l'une des bêtes à brusquement secoué la tête, dissipant cette illusion d'optique. Le deuxième chameau a fait un pas en arrière et a incliné la tête vers le sable.

– Ah ! Approche donc ! s'est exclamé Djamched.

Je me suis assis entre ses filles et lui.

– Tu n'as pas mal aux jambes ? m'a-t-il demandé dans un russe parfait.

– Non, je n'ai plus mal.

– Tu as eu de la chance. Sans Khatema, tu serais mort.

– Khatema? ai-je demandé en me tournant vers ses filles dont je connaissais déjà les noms.

Djamched a indiqué les chameaux.

– Khatema a remarqué un morceau de toile qui sortait du sable, elle s'est approchée et elle s'est mise à tirer dessus. Nous l'avons appelée, mais elle n'a pas obéi, alors nous sommes allés voir et nous t'avons sorti de là… Une sacrée chance.

– Merci, ai-je dit, regardant les chameaux avec gratitude.

– Tu allais où? a demandé Djamched.

– À Fort Chevtchenko.

– Mais pourquoi à pied?

J'ai haussé les épaules.

– Tu es un grand voyageur, alors?

– Un très mauvais voyageur, ai-je avoué en soupirant.

– Pas si mauvais pour arriver jusqu'ici. Et pourquoi voyager seul? Tu n'as pas de femme?

– Non, je ne suis pas marié.

Djamched est devenu pensif. Il s'est tourné vers ses chameaux, puis de nouveau vers moi.

– Qu'allais-tu faire à Fort Chevtchenko?

Le feu crépitait, dévorant rapidement les broussailles desséchées que Djamched lui jetait. Les deux jeunes filles se tenaient immobiles et silencieuses, rien n'indiquait même qu'elles nous écoutaient.

– Je viens de Kiev, ai-je dit, soucieux de ne pas mentir, mais ne voulant pas tout révéler sur le but de mon voyage. Je voulais voir le lieu où Chevtchenko a servi comme soldat.

– Tu es ukrainien?

– Non, je suis russe. Mais je vis à Kiev depuis toujours.

Djamched a hoché la tête.

– Il faut que tu fasses la connaissance d'Akyrbaï, il en sait beaucoup sur l'aède Chevtchenko. Il était ami avec ses descendants.

– Quels descendants?

– Ses descendants kazakhs… Son arrière-arrière-arrière petit-fils, avant qu'il n'aille se perdre à Karataü. Ce n'est pourtant pas un endroit où l'on peut se perdre, mais plus personne ne l'a revu après qu'il y soit allé.

– Mais Chevtchenko n'a jamais eu d'enfant ni de petits-enfants!

– En tant que soldat, il n'avait pas le droit de se marier. Mais il a eu un fils d'une Kazakhe qui était fille d'un berger. Depuis, leur lignée a continué, et tous les hommes de la famille étaient de bons aèdes. Le dernier, celui qui s'est perdu à Karataü, était aussi un bon aède. Un très bon aède. À l'époque soviétique, il était capable de mettre instantané-ment en vers n'importe quel article de la *Pravda*. Je n'ai jamais rencontré son pareil depuis lors!

Les filles de Djamched se taisaient toujours, figées comme deux sphinx, ce qui me mettait mal à l'aise. Même les chameaux – ou chamelles – soufflaient et bougeaient. J'aurais tant voulu entendre une voix de femme. D'autant que je les avais entendues parler avec leur père.

– Djamched, ai-je demandé, pourquoi vos filles ne disent-elles rien?

– Elles se taisent quand les hommes parlent.

Il a souri comme s'il avait deviné mon désir et il a pro-noncé quelques mots dans sa langue. Natacha est allée chercher un instrument qui ressemblait à une mandoline. Et elle s'est mise à en jouer en chantant en kazakh. Elle avait une voix fascinante qui donnait envie de chanter avec elle. La mélodie était simple, mais je n'ai même pas osé fre-donner à voix basse. Soudain, j'ai remarqué que Goulia était en train de me dévisager sans la moindre gêne. Je suis resté interdit sous son regard qui rayonnait dans l'obscurité tombante, éclairée seulement par les flammes et la luminosité bleu sombre du ciel. J'ai regardé Djamched avec appréhension, mais son sourire semblait s'être ravivé. Natacha chantait toujours, et j'ai commencé à me demander si l'attitude de mes hôtes n'était pas liée aux paroles de son chant.

Le plus étonnant, c'est que je ne m'étais pas trompé.

– Le chant parle d'un voyageur sauvé par une chamelle qui le conduit dans une maison où vivent deux jeunes filles, m'a expliqué Djamched quand Natacha s'est tue.

Stupéfait, je n'ai su que dire. Puis j'ai demandé :

– Et qu'arrive-t-il au voyageur ?

– Le père des jeunes filles lui propose de choisir celle qui l'accompagnera dans son voyage. L'une des filles est belle et l'autre non. L'une ne l'aimera jamais, l'autre l'aimera et se souviendra toujours de lui. Mais il choisit celle qui ne l'aimera pas et s'en va avec elle…

– Et après ? ai-je demandé en léchant mes lèvres.

– Elle n'a pas fini son chant, a répondu Djamched avec un soupir.

J'ai tourné les yeux vers Natacha qui avait posé son instrument. Puis vers Goulia, croisant de nouveau son regard attentif. Aussitôt, j'ai détourné les yeux, troublé par les paroles de la chanson.

– Avez-vous de l'eau ? ai-je demandé pour changer de sujet.

Goulia est allée chercher une grande tasse dans la yourte. J'en ai bu une gorgée : encore cette espèce de yaourt liquide.

– Vous ne buvez pas d'eau ?

– Si, a répondu Djamched, quand il n'y a rien d'autre.

J'ai fini mon yaourt et j'ai posé la tasse sur le sable.

– Pardonnez-moi, ai-je demandé à Natacha, mais connaissez-vous la suite de cette chanson ?

La jeune fille a regardé son père d'un air effrayé.

– Tu sais, a dit celui-ci, elle l'a improvisée… Elle aussi, c'est un aède, mais il ne faut pas le dire : ce n'est pas bien vu pour une femme. Si ça se sait, personne ne voudra l'épouser… Elle n'a pas terminé son chant, parce que les vraies histoires finissent mal ou ne finissent pas du tout. Un bon aède évite souvent de chanter la fin des histoires qui finissent mal, même quand ce sont des histoires que chacun connaît…

J'avais à nouveau la bouche sèche et j'ai redemandé à boire. Goulia est allée rechercher du yaourt.

– Laquelle de mes filles te plaît-elle ? a soudain demandé Djamched.

Je l'ai considéré d'un air éberlué. Mais il s'est tourné vers ses filles.

– Goulia, ai-je avoué.

Il a hoché la tête d'un air entendu. Ma réponse était prévisible. Un peu plus tard, j'ai pensé que ce serait bien si Goulia avait la voix de Natacha.

26

À mon réveil, Goulia était assise sur mon sac à dos et me regardait. Mon bidon rempli d'eau était posé à côté d'elle.

J'ai compris qu'ils avaient préparé mon départ. Je me

suis souvenu de l'étrange conversation de la veille et du chant inachevé de Natacha.

J'ai cherché Djamched des yeux, mais il n'était pas à l'intérieur. Il était assis dehors, l'air pensif. Le soleil ne chauffait pas encore.

— Bonjour, ai-je dit.

— Bonjour, a-t-il répondu en levant la tête.

— Djamched, dans quelle direction faut-il que j'aille? Quelle est la meilleure route pour atteindre Fort Chevtchenko?

— Goulia connaît le chemin.

— Vous la laissez partir avec moi? ai-je demandé, incrédule.

— Tu as été sauvé par ma chamelle, a répondu Djamched en me regardant dans les yeux, et tu dois respecter ma volonté. C'est toi-même qui as choisi Goulia.

— Oui, mais... est-ce qu'elle est d'accord?

— Quand un père vit en nomade dans le désert avec ses deux filles, on le juge mal. Ça veut dire que personne ne veut les prendre pour femmes.

— Mais vous ne me connaissez pas! ai-je protesté, refusant toujours de comprendre la situation.

Il était d'autant plus stupide de poursuivre cette conversation que Goulia me plaisait vraiment.

— Ma chamelle t'a sauvé, a insisté Djamched d'une voix lasse. Tu sens la cannelle, ça veut dire que tu es un homme de bien, habité par un esprit qui te survivra et gardera ta mémoire vivante en quelqu'un d'autre.

Je n'ai plus rien dit. À quoi bon discuter? Je n'avais aucune envie qu'il change d'avis.

J'ai hoché la tête en signe d'assentiment et j'ai regagné la yourte. Goulia était en train de retourner les pièces de tissu composant mon matelas, ce qui équivalait sans doute à changer les draps. Entendant ma respiration, elle s'est retournée et m'a souri timidement.

Elle portait toujours un pantalon blanc sous une longue tunique bleu marine au col légèrement montant.

– On y va? ai-je demandé, en me disant que je ne l'avais pas encore entendue parler russe.

– On y va. Mais il faut attendre Natacha, elle est partie chercher du fromage.

– Où ça?

Il n'y avait certainement ni marché ni épicerie à proximité.

– Le campement de Marat n'est pas très loin, c'est un neveu de notre père. Il a beaucoup de chèvres et fabrique du fromage. Tu veux du thé?

J'ai acquiescé. Je n'avais rien avalé ces derniers jours à part du yaourt. Curieusement, je n'avais pas faim. Mais mes lèvres étaient toujours sèches.

Goulia est revenue avec un bol de thé vert sans sucre. Je me suis assis sur le tapis, essayant de croiser les jambes comme Djamched. Mes genoux ont craqué si fort que Goulia s'est retournée. Je me suis senti très gêné sans savoir pourquoi.

J'ai bu mon thé lentement pour faire passer le temps. Enfin, Natacha est revenue. Elle est entrée dans la yourte après avoir échangé quelques mots avec son père, un sac de toile à la main. Elle l'a tendu à Goulia sans rien dire, avec un hochement de tête à peine perceptible. Goulia a sorti plusieurs boules blanches du sac et a fait rouler la plus petite sur sa langue, comme pour en vérifier le goût. Puis elle a souri, a retiré la boule de sa bouche et me l'a tendue. Après le thé vert, son goût salé et légèrement acide, avec un soupçon d'amertume, s'est rapidement répandu dans mon palais, y déposant une agréable fraîcheur. L'air que je respirais s'est enrichi de ce goût, le transportant dans mes poumons et faisant circuler la fraîcheur à l'intérieur de moi. Et avec elle une sensation de calme. Calme du corps et non de l'âme. Bien que mon âme fût calme elle aussi.

Une demi-heure plus tard, Djamched m'a aidé à arrimer mon sac et mon bidon sur la chamelle Khatema, avant d'y ajouter le grand bissac de Goulia.

— Quand vous arriverez aux collines, relâchez Khatema, elle reviendra toute seule.

Je ne savais comment prendre congé. Si Djamched avait été russe, je l'aurais embrassé. Mais un Russe n'aurait jamais laissé partir sa fille avec moi. Ou alors j'aurais été forcé de l'appeler papa et de boire le coup de l'étrier avec lui.

Pendant que je réfléchissais, Djamched s'est approché, m'a mis sur la tête un bonnet pointu en feutre blanc et m'a tendu la main.

— Bonne route, a-t-il dit. Si tu la frappes (il a indiqué Goulia) ne la frappe pas au visage.

J'ai acquiescé machinalement. Ce n'est que quelques minutes plus tard que je me suis indigné en mon for intérieur de cette dernière remarque.

Sur le moment, je n'ai pensé qu'à lui offrir quelque chose en échange de son cadeau. J'ai sorti la tente de mon sac pour la lui remettre.

27

Nous marchions à côté de la chamelle en direction des collines lointaines. Le soleil chauffait déjà le sable. La yourte était loin derrière.

– Ton père a dit que tu connaissais le chemin? ai-je demandé pour engager la conversation.

– Oui, nous sommes déjà allés par là-bas, mais sans pousser jusqu'au fort.

Le soleil chauffait dur; sans le chapeau de feutre, ma cervelle serait entrée en ébullition. Je me taisais, ne sachant que dire. Goulia aussi. J'admirais son profil empreint de noblesse et de grâce. «Peut-être parlerons-nous ce soir, quand nous ferons halte», ai-je pensé avec espoir.

Nous nous sommes arrêtés au moment où le soleil déclinant commençait à blanchir, comme refroidi par la brise naissante. Les collines ne semblaient guère plus proches qu'au moment du départ malgré huit heures de marche, sinon plus. Nous n'avions fait qu'une halte pour nous reposer et nourrir Khatema.

– Dis-moi, Goulia, la mer est loin d'ici? ai-je demandé, me souvenant de la fraîcheur de la berge.

– Oui, a répondu Goulia, en levant sur moi ses yeux bruns.

Je me suis demandé comment nous avions pu nous éloigner de la Caspienne. Mon vol cosmique ne m'avait tout de même pas transporté dans les profondeurs du désert!

– Tu aimes la mer? ai-je demandé à Goulia qui était en train de décharger la chamelle.

– Non, elle est froide.

Je l'ai aidée à descendre son bissac. Elle en a tiré une natte rayée, puis une seconde et les a étendues l'une par-dessus l'autre.

Quand le soleil s'est couché et que les dunes de l'horizon ont bu sa sève incandescente, la chaleur est retombée. L'air est devenu plus froid que le sable. Nous étions couchés sur la même natte, la deuxième nous servant de couverture. Nous regardions le ciel. De temps à autre, la chamelle, attachée à la bretelle de mon sac, émettait un soupir rauque.

– Goulia, ai-je demandé, ça ne te paraît pas étrange que nous soyons là, tous les deux...

– Non, a-t-elle répondu avec une telle assurance que j'ai aussitôt oublié la suite de ma question, qui n'avait d'ailleurs aucune espèce d'importance.

J'avais simplement envie d'entamer le dialogue. D'en apprendre plus sur elle pour que la distance entre nous diminue. J'aurais voulu la comprendre et qu'elle me comprenne. Puis la pensée m'est venue qu'elle me comprenait parfaitement.

Songeur, je contemplais le firmament, y cherchant le reflet de ses yeux qui regardaient dans la même direction. Dans les champs du ciel germaient des graines d'étoiles, de manière rapide et chaotique, comme plantées par un semeur amoureux ayant l'esprit ailleurs. Un satellite rampait parmi elles tel un tracteur paresseux. J'ai tourné les yeux vers le beau profil de Goulia en me disant qu'elle aussi devait regarder le satellite, car l'œil humain, naturellement observateur et curieux de tout, est toujours attiré par les objets en mouvement.

J'ai constaté qu'elle dormait. Son souffle léger réchauffait le silence de la nuit. Je l'ai écouté avec un plaisir secret, comme quelque chose d'interdit et d'autant plus désirable.

Le satellite-tracteur avait disparu derrière quelque colline céleste, ne me laissant que des astres fixes. J'ai commencé à m'assoupir, bercé par la respiration de Goulia comme par une musique. Soudain, j'ai senti quelque chose ramper sur mes jambes, sous la natte qui me couvrait.

Figé, je surveillais sa progression par toutes les fibres de ma peau, puis j'ai vu émerger une créature dont je n'aurais su dire s'il s'agissait d'un scorpion ou d'un lézard, son profil fantastique se découpait sur le ciel tandis qu'elle prenait ses quartiers sur ma poitrine.

J'ai intimé l'ordre à mon corps de ne plus bouger.

La créature et moi sommes demeurés immobiles et, je ne sais comment, j'ai fini par m'endormir.

28

Le cri de la chamelle m'a tiré si brutalement du sommeil que, les yeux déjà ouverts, j'ai attendu plusieurs minutes que mon corps achève de se réveiller. Le soleil était en train de se lever, je n'avais donc pas dormi très longtemps. J'ai tourné la tête, mais Goulia n'était plus là. Effrayé, j'ai senti un poids sur ma poitrine et j'ai découvert sur la natte rayée un petit caméléon, rayé lui aussi, la tête levée vers le ciel. Ses yeux ronds aux orbites légèrement proéminentes étaient seuls à bouger de manière bizarre. Croisant les miens, ils se sont arrêtés sur mon visage.

Khatema a blatéré de nouveau, elle semblait inquiète et me regardait en piaffant. Puis elle a reculé d'un pas en traînant mon sac auquel elle était attachée.

J'ai essayé de faire partir le caméléon, mais il était si solidement accroché à la couverture qu'il semblait en faire partie.

Me souvenant que les caméléons ne sont pas agressifs, je me suis levé. La disparition de Goulia m'inquiétait. Pourquoi ne m'avait-elle rien dit si elle s'était éloignée de son propre chef, et si… Un frisson m'a saisi et je n'ai pas voulu poursuivre cette pensée. Ma bouche était sèche. J'ai bu une gorgée d'eau au bidon.

J'ai regardé une nouvelle fois autour de moi et à ma grande joie, j'ai aperçu Goulia à deux cents mètres, qui rapportait une brassée de branchages.

À mesure qu'elle se rapprochait, mon inquiétude faisait place à l'indignation, puis ce sentiment a commencé à se dissiper.

– Bonjour, a-t-elle dit en souriant.

Elle a gratté une allumette pour allumer du feu.

– Bonjour, ai-je répondu.

Goulia a sorti de son bissac un trépied métallique et un petit chaudron et a mis de l'eau à bouillir. J'admirais ses mouvements gracieux et précis. J'ai cependant éprouvé le besoin de lui faire la leçon.

– S'il te plaît, Goulia, ai-je dit le plus gentiment possible, ne disparais plus sans prévenir. J'étais inquiet.

Goulia s'est retournée avec un air étonné, aussitôt remplacé par un léger sourire plein de sagesse.

– Tu n'as pas à t'inquiéter pour moi, j'ai grandi ici… C'est moi qui dois m'inquiéter pour toi.

– Pourquoi donc?

– Parce que tu es à moi et que je dois prendre soin de toi.

– Je suis à toi et tu es à moi? lui ai-je demandé, tout en craignant de sombrer dans le mélo.

– Non, a répondu calmement Goulia. Tu es à moi.

– Et toi?

Sa logique me déconcertait.

– Moi, je suis avec toi. Notre chamelle t'a sauvé.

– Dans ce cas, je ne suis pas à toi mais à vous, ai-je déclaré, me souvenant de ma conversation avec son père, dont je commençais seulement à comprendre le sens.

– Ne sois pas vexé, a-t-elle repris avec un sourire, en me regardant dans les yeux. Tu es à moi. C'est bien toi qui m'as choisie? Non?

– Parce que tu me plais, ai-je dit d'une voix un peu triste.

– C'est bien quand un cadeau choisit à qui il doit être offert, a affirmé Goulia.

Je me suis tu. Cette réplique avait eu raison de moi. J'étais donc son cadeau...

Elle m'a servi un bol de thé vert et des boules de fromage. J'en ai pris une que j'ai fait rouler sous ma langue, remplissant ma bouche d'un goût légèrement salé.

Goulia s'est assise à côté de moi et a remarqué le caméléon qui s'efforçait de paraître empaillé.

– Oh, comme il est beau! s'est-elle exclamée en s'inclinant légèrement.

Il m'a semblé que le caméléon a sursauté en entendant sa voix; il a tourné les yeux vers elle.

J'ai fini par me résigner à ses paroles. Après tout peut-être n'y avait-il rien de mal ni même d'étrange à ce qu'un cadeau choisisse son futur propriétaire. Depuis des millénaires, les femmes ont souvent servi de cadeaux sans avoir le choix.

– J'ai eu très peur, ai-je fini par avouer. La chamelle s'est mise à blatérer et elle a reculé en traînant le sac derrière elle. Je me suis réveillé et tu n'étais plus là...

– Khatema a crié? a demandé Goulia, étonnée.

Elle s'est approchée de la chamelle pour la caresser et observer la trace laissée par le sac.

Elle a parcouru une trentaine de mètres dans la direction opposée.

– Kolia! s'est-elle exclamée. Viens voir!

Je l'ai rejointe et elle m'a montré des traces. J'ai aussitôt pensé à celles que j'avais déjà vues au bord de la Caspienne. Devais-je en parler à Goulia? Je craignais de l'effrayer.

– Ce n'est pas un Kazakh, a-t-elle affirmé calmement.

– Comment le sais-tu?

– Les Kazakhs ne courent pas dans le sable.

Nous avons rassemblé nos affaires. Ne restait plus que la couverture avec le caméléon.

– Il veut qu'on l'emmène, a dit Goulia.

Je n'avais guère envie de le toucher, même si je croyais savoir que les caméléons ne mordent pas.

– On raconte que les caméléons portent bonheur aux nomades, a déclaré Goulia d'une voix pensive.

Elle s'est accroupie pour le caresser. Le caméléon a fait un pas hésitant, tournant vers elle sa petite tête hideuse qui ressemblait si peu à son profil impressionnant de cette nuit.

«Voilà pourquoi il aime se promener la nuit, ai-je pensé. Pour se montrer sous son plus bel aspect…»

– On va te trouver une petite place, a dit Goulia au caméléon en pliant la natte.

Elle a posé l'animal sur mon sac à dos. Le caméléon s'est cramponné à la partie jaune du sac, en jaunissant comme un citron, puis il s'est déplacé vers la partie bleue, imitant aussitôt sa couleur.

J'ai mis mon bonnet de feutre – cadeau de Djamched au cadeau fait à sa fille – et nous sommes partis, précédant Khatema que Goulia tenait par sa longe, maîtresse des sables, de notre petite caravane et des collines lointaines qui ne se rapprochaient guère.

29

La nuit suivante, j'ai dormi d'un sommeil léger mais agréable. J'ai rêvé que j'étais couché à côté de Goulia et que, auréolé de sa chaleur, je retenais ma respiration pour écouter les battements de son cœur. Je me suis réveillé brusquement en sentant quelque chose bouger sur moi, découvrant un tableau désormais familier: le caméléon installé sur ma poitrine, tête dressée. Il semblait monter la garde, tel un soldat de la révolution.

«Pourquoi s'est-il entiché de nous? me suis-je demandé en l'observant. Ou alors il se sent seul dans le désert? Mais bon, s'il porte bonheur, il serait stupide de le chasser.»

J'ai songé qu'il fallait lui trouver un nom, envisageant aussitôt diverses variantes. Aucun prénom humain et aucun sobriquet de chien ne lui convenaient. Une rangée de politiciens caméléonesques a surgi dans mon esprit, mais j'avais scrupule à affubler l'innocent reptile du nom de l'un de ces tristes individus. J'ai finalement décidé de le baptiser Pétrovitch[1] en l'honneur de mon grand-père dont c'était le patronyme. Un patronyme sans prénom, c'était à la fois plus honorable et plus familier qu'un prénom sans patronyme.

– Eh bien, Pétrovitch, ai-je murmuré, elle te plaît, Goulia?

Pétrovitch n'a pas répondu. Même ses yeux à charnières sont demeurés immobiles.

---

1. En Russie, on désigne par le patronyme seul les gens d'un certain âge, généralement issus du milieu populaire. Pétrovitch est un patronyme archétypique qu'on rencontre souvent dans diverses histoires.

J'ai soupiré en regardant Goulia qui dormait paisiblement, le visage tourné vers moi.

«C'est bon signe, ai-je pensé. La nuit dernière, elle a dormi sur le dos…»

Je me suis rapproché d'elle à portée de souffle, attentif à ne pas troubler son sommeil.

Mécontent de me voir bouger, Pétrovitch a migré sur la hanche de Goulia, considérant sans doute qu'il s'agissait du poste d'observation le plus haut du désert.

30

Les collines blanches se rapprochaient. Nous marchions depuis quatre jours. J'avais déjà raconté une bonne partie de ma vie à Goulia, y compris les derniers événements, lui expliquant en détail les raisons de ce voyage. J'aurais tant voulu qu'elle m'interroge, ce qui aurait constitué une marque d'intérêt. Mais elle demeurait silencieuse. Malgré tout, j'étais heureux de me confier à elle, j'exagérais même un peu, forçant par endroits la note tragique ou humoristique. M'arrêtant seulement pour boire quand j'avais la gorge trop sèche à force de parler.

J'ai posé le bidon. Le soleil était encore haut; faute de montre, j'ai tracé mentalement le chemin qui lui restait jusqu'au couchant. L'astre du jour avait encore cinq bonnes heures de labeur devant lui.

— Nous allons faire de l'alpinisme? ai-je demandé à Goulia quand nous sommes repartis.

— Non, nous allons jusqu'à Besmantchak; là-bas, nous laisserons Khatema rentrer et contournerons les collines.

J'ai acquiescé. Mais l'idée de traîner nos bagages sur mon dos ne m'enchantait guère.

Nous avons passé la nuit suivante sur un terrain salifère ; la terre fissurée et comme saupoudrée de cristaux m'a paru excessivement dure ; elle émergeait du sable, formant une bande étroite de cent ou cent cinquante mètres qui s'efforçait d'épouser la forme des collines en pente douce auxquelles elle servait de base. Cependant, la nature se montrait piètre géomètre, par endroits la bande de terre disparaissait, laissant approcher les sables.

Nous avons étendu une couverture, deux petits coussins qui sentaient le chameau et les deux nattes rayées.

Il faisait frais au pied des collines et le soleil une fois disparu derrière l'horizon, il a même commencé à faire froid. Nous nous sommes naturellement retrouvés couchés l'un contre l'autre et j'ai enlacé Goulia. Ses yeux étaient fermés. Peut-être dormait-elle déjà, ou peut-être faisait-elle semblant. Je suis resté sans bouger pendant longtemps, une demi-heure sans doute, à l'admirer ; à un moment, j'ai rapproché mes lèvres des siennes, jusqu'à sentir la tiédeur de son souffle sur mon visage. J'avais très envie de l'embrasser, et de faire plus encore. Mais un cadeau peut-il embrasser son propriétaire sans lui demander la permission ? Cette histoire de cadeau ne me sortait pas de l'esprit. J'ai senti Pétrovitch le caméléon grimper sur ma poitrine.

« Tout va bien, me suis-je dit, notre veilleur de nuit est à son poste. Je peux m'endormir… »

31

Le lendemain, nous sommes arrivés à Besmantchak. Un large défilé triangulaire entre deux collines, avec une tombe au centre dont la dalle de pierre était enfoncée dans le sol, peut-être à cause d'un affaissement de terrain. À côté se trouvait un poteau de pierre de la taille d'un homme avec un ruban vert noué au sommet. N'ayant jamais vu de sépulture semblable, je me suis rapproché par curiosité. Le poteau portait une inscription en caractères arabes.

– Un derviche errant est enterré ici, a dit Goulia en me rejoignant. Ce sont des Kazakhs qui l'ont tué.

– Pourquoi?

– La fille de l'un d'eux est tombée amoureuse du derviche et a dit qu'elle le suivrait partout tant qu'il serait en vie. Alors le père de la jeune fille a tué le derviche et a ramené sa fille chez lui. Puis il est revenu avec ses frères et ils ont enterré le corps.

– Pourquoi n'ont-ils pas laissé partir la jeune fille? ai-je demandé, songeant que cette histoire rappelait un peu la mienne.

– Un derviche ne peut pas avoir de maison et il n'a donc pas le droit de prendre femme.

«Heureusement que je ne suis pas un derviche, ai-je pensé, j'ai une maison à Kiev…»

Nous avons déchargé la chamelle. Goulia a ramassé une brassée de broussailles qui avaient vainement tenté de survivre en ce lieu et a mis l'eau à bouillir. Nous avons siroté du thé en y trempant des boules de fromage.

Désormais, Goulia savait presque tout de moi et je me sentais plus à l'aise en sa compagnie, sauf que je ne savais presque rien d'elle.

– Goulia, ai-je demandé, tu as toujours vécu dans une yourte avec ton père?

– Non. Pas toujours. J'ai fait mes études à Alma-Ata, pendant six ans.

– Où ça?

– À l'école de médecine, a-t-elle répondu en baissant modestement les yeux.

– Et tu es rentrée aussitôt après?

– Oui. Si je m'étais mariée, je serais restée.

– Pourquoi ne t'es-tu pas mariée?

Elle a haussé les épaules.

– Il y avait surtout des fils de riches à qui on n'aurait pas permis de m'épouser… D'ailleurs, ils ne me plaisaient pas. Tu n'as jamais été marié?

– Non. J'ai vécu deux ans avec une amie d'une autre ville. Lorsqu'elle a voulu que sa mère déménage chez nous, j'ai compris qu'il était temps de rompre. L'appartement était petit, nos relations se dégradaient depuis un certain temps déjà et l'arrivée de sa mère n'aurait rien fait pour arranger les choses.

Goulia a hoché la tête.

– Et moi, je te plais? lui ai-je demandé.

– Oui, a-t-elle répondu d'une voix douce.

Je me sentais heureux. L'air tiède et légèrement salé caressait mon visage. Une jolie fille venait de me dire que je lui plaisais. Que demander de plus? Même la recherche de l'objet mystérieux enterré dans le sable par Chevtchenko me paraissait désormais secondaire. D'ailleurs, j'ignorais si cet objet existait réellement. La dénonciation pouvait être mensongère, motivée par la malveillance.

Je suis allé m'asseoir à côté de Goulia, et j'ai plongé mon regard dans ses yeux bruns.

– Est-ce que je peux t'embrasser? ai-je demandé timidement.

– Un mari n'a pas besoin de demander l'autorisation à sa femme.

Ces paroles ont quelque peu dissipé l'atmosphère romantique. Mais je les ai interprétées comme un simple «oui» et nos lèvres se sont touchées. Je craignais que les siennes ne demeurent passives; heureusement, mon appréhension n'était pas fondée.

Nous nous sommes embrassés pendant plusieurs minutes. Ce baiser était à la fois doux et saumâtre à cause du fromage ou peut-être de l'air.

32

La chamelle Khatema s'est éloignée d'un pas lent, s'arrêtant plusieurs fois pour nous regarder.

– Elle saura rentrer toute seule? ai-je demandé.

– Oui. Pour nous aussi, il est temps de partir.

J'ai mis mon sac sur mes épaules et j'ai pris le bidon d'eau. Puis j'ai regardé le bissac de Goulia. Il semblait encore plus lourd que mon propre bagage, et j'ai voulu vérifier.

– Je vais le porter, s'est-elle empressée d'affirmer, le jetant avec grâce par-dessus son épaule.

Nous avons suivi la bande de terre salifère qui contournait les collines, laissant derrière nous Besmantchak et la tombe du derviche assassiné.

Nous avons ralenti le pas à l'approche du soir. La fraîcheur tombante soulageait la fatigue du voyage et la force d'inertie nous a permis de parcourir un kilomètre supplémentaire avant de nous arrêter dans le triangle d'un faux défilé qui était comme une copie en miniature du défilé de la nuit précédente. J'ai posé mon sac et le bidon à moitié vide et je me suis senti revivre. Peut-être parce que j'ai enfin pu redresser les épaules.

Goulia a sorti les nattes. Je l'ai regardée faire, me surprenant à l'admirer avec un sentiment de fierté et même de vantardise (voyez comme ma femme est belle ! ça veut dire que je ne suis pas n'importe qui !).

Il n'y avait personne à qui j'aurais pu me vanter, à part le caméléon, figé au sommet du bissac.

Cette nuit-là, je me suis montré plus hardi, et après quelques baisers, je me suis permis une étreinte plus insistante. J'ai pressé mes lèvres contre son cou, dénoué ses cheveux, me heurtant au barrage de son costume oriental qu'elle gardait pour dormir.

— Tu veux que je me déshabille ? a-t-elle murmuré.

— Oui, ai-je répondu, également à voix basse.

— Alors, il faudra que je me lave, a dit Goulia en me regardant d'un air tendre et interrogatif.

— D'accord.

— Et nous n'aurons rien à boire demain.

— Tant pis.

Elle s'est levée, s'est écartée de deux pas pour se déshabiller lentement. J'observais ses mouvements harmonieux où se lisait son caractère. Mes yeux s'étaient accoutumés à la pénombre ; Goulia se tenait nue entre les étoiles et la terre craquelée, comme sortie d'une illustration des mille et une nuits. Elle est demeurée immobile quelques instants pour écouter le silence ou pour laisser son corps respirer l'air de la nuit. Puis elle a pris le bidon. J'ai entendu son contenu couler sur ses épaules. Elle s'est tournée, et ses formes m'ont fait songer avec ironie aux maigres beautés des magazines. J'enviais l'eau qui caressait son corps, courait sur les pointes de ses seins magnifiques, son dos droit, ses hanches, ses jambes.

Quelques minutes plus tard, il m'a semblé que c'était au tour de l'eau et du monde entier de m'envier. J'ai séché contre ma poitrine l'humidité de sa peau tendre et je l'ai réchauffée de mes lèvres brûlantes; ou plutôt nous nous sommes réchauffés mutuellement. Ses mains pressées contre mon dos étaient très chaudes, mais ce feu me semblait encore insuffisant, et à Goulia aussi, et notre température a continué de grimper jusqu'au bouillonnement extrême de la passion au-delà duquel il n'y a que la mort. Nous avons refroidi en nous écoutant respirer, regardant l'aube se lever sur le désert à travers nos paupières mi-closes. Le matin qui faisait descendre un petit vent frais des collines m'a paru le plus précoce de ma vie. J'aurais voulu le ralentir. Et pendant que le soleil escaladait maladroitement l'horizon dissimulé derrière la colline, il s'est prolongé, à ma grand-joie, figeant le temps comme les aiguilles de ma montre.

33

Malgré notre nuit d'insomnie, nous nous sommes levés assez alertes pour reprendre la route. Mes lèvres réclamaient de l'eau, mais je n'ai rien dit. Je portais en silence le bidon devenu léger. Goulia marchait à côté de moi, d'un pas aérien malgré son bissac, comme échappant aux lois de la gravité. Notre caméléon était perché sur son épaule, imitant sa tunique émeraude.

Le soleil se levait. J'avais envie de thé. J'avais envie d'entendre la voix de Goulia, mais ma bouche était sèche, j'avais l'impression que le moindre mot m'écorcherait littéralement la langue et le palais. J'ai remarqué du coin de l'œil que Goulia m'observait avec une nuance d'ironie. Je me suis retourné. Nos yeux et nos sourires se sont croisés.

– On arrivera bientôt au puits, a dit Goulia comme si elle lisait dans mes pensées.

– Et s'il n'y avait pas eu de puits?

– Moi, j'ai l'habitude, mais ça aurait été dur pour toi.

J'ai eu honte de ma question. Le feu du désir ne doit pas dépendre de la présence ou de l'absence d'un puits. Grâce au ciel, je ne l'avais pas interrogée la veille à ce sujet.

Nous avons marché six bonnes heures avant d'apercevoir le puits, cerclé de grosses pierres. Autour, le sol était lisse, sans craquelures. Le puits n'avait pas plus de cinquante centimètres de profondeur et contenait très peu d'eau: ma main, plongée à la verticale jusqu'au poignet a immédiatement touché le fond argileux. Il y avait là un récipient à anse d'un litre. Nous avons rempli notre bidon, puis nous nous sommes lavés à l'aide du récipient, suite à quoi j'ai constaté que le puits était à sec.

J'ai levé un regard effrayé vers Goulia qui a souri avec indulgence.

– Le temps que le thé soit prêt, il se remplira de nouveau.

Il y avait largement de quoi faire du feu dans cet endroit.

Bientôt, nous buvions notre thé vert en bavardant. J'avais sommeil, Goulia s'en est aperçue et a sorti les nattes. Je me suis endormi instantanément pour me réveiller tard dans la soirée.

Goulia était assise au bord du puits. Elle avait étendu ses tuniques sur la pente du monolithe : une rouge, une vert salade, une vert émeraude, une bleue et deux autres dont j'avais du mal à distinguer la couleur dans la pénombre. Elle avait lavé ses vêtements pendant que je dormais.

J'ai passé la main sur mon jean et j'ai regardé mon tee-shirt d'un air pensif.

– Tu es réveillé ? a demandé Goulia.

– Oui.

– Cette nuit, il y aura un ciel splendide.

– Comment le sais-tu ?

– Le coucher de soleil était très intense.

Je me sentais parfaitement alerte, malgré l'heure tardive.

– Parfait, nous allons regarder le ciel.

Elle a ri.

– Qu'est-ce qu'il y a ? lui ai-je demandé.

– Non, rien…

Je me suis approché d'elle.

– Je me sens si bien, a dit Goulia en levant les yeux vers moi. Je voudrais me sentir toujours aussi heureuse.

Je me suis penché pour l'embrasser sur les lèvres.

Toute parole me paraissait superflue.

– Regarde ! s'est exclamée Goulia en levant le bras.

Une comète à la traîne de feu se dirigeait paresseusement vers l'horizon, s'évanouissant avant de l'atteindre.

Pendant la nuit, j'ai tendu les bras et le sable tiède sous mes paumes m'a paru duveteux.

34

Le lendemain, nous avons marché toute la journée sans voir la fin des contreforts. Nous avons passé la nuit entre deux langues de pierre. Une nuit calme et étoilée. Avant même de me réveiller j'ai senti comme une pression douloureuse au niveau des poignets. En ouvrant les yeux, j'ai compris que mes mains étaient liées derrière mon dos. J'étais étendu sur le ventre, le nez enfoui dans le petit coussin de Goulia brodé de losanges. J'ai remué la tête. Je n'étais pas en état d'avoir peur. J'étais seulement étonné.

Je me suis retourné sur le côté, puis je me suis assis non sans mal, car mes jambes aussi étaient attachées. Goulia n'était pas là, mais on voyait de nombreuses traces de pas dans le sable.

Une folle pensée m'est venue: «Se pourrait-il que Goulia m'ait attaché? Elle en a eu assez de moi et elle est partie après m'avoir ligoté pour que je ne la suive pas…»

Soudain, j'ai entendu des voix, d'abord confuses, puis de plus en plus audibles. À ma grande surprise, elles parlaient ukrainien.

– *Imbécile, pourquoi l'as-tu laissé filer?* [1] a demandé une voix de femme.

---

1. Ici et plus loin, les passages en italiques sont en ukrainien dans l'édition originale. Tout en constituant une langue bien distincte, l'ukrainien est suffisamment proche du russe pour qu'on puisse comprendre le sens général des répliques, mais pas la totalité du texte. Les phrases concernées ont donc été aimablement traduites de l'ukrainien en russe par l'auteur, puis du russe en français par la traductrice, qui a finalement renoncé à son idée première de les faire transcrire en corse ou en provençal afin de ne pas compliquer la lecture du roman.

— Et toi ? tu aurais dû lui courir après. Pourquoi est-ce moi qui dois tout faire ? a répondu une voix d'homme.

Ils ont surgi si soudainement de derrière le contrefort le plus proche que j'ai sursauté. Un gémissement a jailli de ma poitrine en les reconnaissant. Pendant que je réalisais où je les avais déjà vus, ils se sont arrêtés à deux ou trois mètres pour me regarder d'un air à la fois hostile et pensif, comme s'ils étaient en train de se demander ce qu'ils allaient faire de moi.

Cette pause a duré quelques minutes. Puis le jeune type a incliné vers moi sa tête aux cheveux noirs comme s'il voulait me picorer de son nez pointu. Il m'a reniflé.

— Tout son corps sent la cannelle, sauf une main qui sent le caviar ! Il a dû la salir au contact du capitalisme russe ! a-t-il énoncé à l'adresse de sa compagne qui a souri.

— Que me voulez-vous ? ai-je demandé en tirant sur mes liens pour essayer de les affaiblir.

— Rien de particulier, ne t'inquiète pas, a répondu l'homme, toujours en ukrainien. *On va juste bavarder un peu, et peut-être que toi et nous, on fera quelque chose de bien pour l'Ukraine.*

Pas de doute possible, c'était ce même couple que j'avais déjà rencontré, ou plutôt remarqué plusieurs fois dans mon quartier de Kiev. Que venaient-ils faire en plein désert kazakh ? N'était-ce pas leurs traces qui m'avaient accompagné depuis mon débarquement ?

— Vous pourriez au moins vous présenter, ai-je remarqué d'une voix conciliante.

— Nous présenter ? Et à quoi ça t'avancerait ? Je m'appelle Piotr et elle, c'est Galia. Tu n'as pas besoin d'en savoir plus…

— Vous me filez depuis Kiev ?

— Mais non. Nous savions très bien où monsieur avait l'intention de se rendre, alors on est venus à ta rencontre.

– Pourquoi m'avez-vous ligoté?

– Pour pouvoir bavarder tranquillement tous les trois. Si ta copine n'avait pas pris ses jambes à son cou, on aurait bavardé tous les quatre.

– Et de quoi diable voulez-vous bavarder?

– De quoi? Mais de toi, sacré filou de russkof, tu voulais garder ta découverte secrète, pour être le seul à en profiter. Tu voulais t'approprier un trésor national du peuple ukrainien. T'enrichir avec de saintes reliques! Tu mériterais la mort pour un tel sacrilège!

– Doucement, arrête de crier, est intervenue Galia. *Tu vas provoquer une avalanche!*

– Je n'ai jamais eu l'intention de dissimuler quoi que ce soit, au contraire, je voulais tout ramener à Kiev.

– Tu me prends pour un abruti? Tu aurais tout ramené là où on t'aurait payé le plus!

35

La canicule commençait à me tourmenter. J'étais assis sur la natte, pieds et poings liés. Non loin de moi, Galia préparait quelque chose dans notre chaudron. Piotr était parti je ne sais où. Il aurait été stupide de ne pas profiter de son absence, j'ai demandé à la femme:

– Excusez-moi, mais mes bras sont ankylosés… Vous ne pourriez pas me détacher, au moins pour cinq minutes?

Galia s'est retournée, un sourire ironique est apparu sur son visage aux pommettes marquées.

– D'abord les bras, et ensuite les jambes? Et après, il faudra que je te coure après… Je vais te donner à manger, et tu te sentiras mieux.

Elle m'a tourné le dos, ne manifestant aucun désir de poursuivre la conversation.

– Où est Piotr? ai-je demandé au bout de quelques minutes.

– *Il va revenir, il est allé chercher nos affaires.*

Je suis tombé sur le flanc, car je commençais à avoir mal à mon point d'appui. Mes yeux se sont fermés et je me serais endormi si je n'avais senti une odeur familière. Le chaudron plein de gruau de sarrasin était posé à côté de moi. Galia tenait une cuiller en aluminium et me regardait.

– *Je vais te donner à manger. Assieds-toi, ça sera plus pratique.*

Je me suis retourné sur le dos pour me redresser d'un mouvement brusque.

– *Ouvre la bouche.*

Le gruau était brûlant.

– Il faut qu'il refroidisse un peu, ai-je demandé.

– *Surtout pas. Piotr va revenir, et il ne voudra pas que je t'en donne.*

Une deuxième cuiller fumante s'est tendue vers moi.

Ce repas avait des allures de supplice. Je happais l'air, espérant refroidir un peu le gruau avant de l'avaler. Mais l'air était tiède et salé. Finalement, hors d'état d'en supporter davantage et désireux d'éviter les explications, je suis retombé sur le côté, tournant le dos à Galia.

– *Qu'est-ce qu'il y a ? Ce n'est pas bon ?*

Ma bouche était en feu. Du bout de la langue, j'ai détaché quelques bribes de peau de mon palais pour les cracher sur la natte. Mais la douleur a fini par s'apaiser et je me suis assoupi.

C'est la voix de Piotr qui m'a réveillé. J'ai fait semblant de continuer à dormir pour écouter ce qu'ils disaient.

– *Pourquoi as-tu emporté autant de provisions ?* s'indignait Piotr. *Il a mangé ?*

– Oui, je lui en ai donné. Il est doux comme un agneau.

– Et toi, si on t'attachait, tu te débattrais ? J'ai apporté une pelle… Ils n'ont que des pelles minuscules par ici, comme des pelles d'enfant.

– C'est parce qu'ils n'ont pas besoin de creuser. Allez, mange, le gruau est déjà froid.

– Tu ne l'as pas salé ?

– Et qui est-ce qui a offert notre sac de sel à ces petits Kazakhs ? C'est moi peut-être ?

– Bon, bon, ça va. Il t'a dit quelque chose ?

– Non.

– Dommage que la fille se soit enfuie… Si on l'avait attachée avec lui, il se serait montré plus loquace.

Ne percevant ni menace ni animosité particulière à mon égard dans cette paisible conversation, j'ai fait mine d'émerger du sommeil, j'ai soupiré bruyamment et je me suis tourné vers eux.

– Tiens, il s'est réveillé, a dit Piotr.

– Bonsoir ! ai-je dit.

– Bonsoir, bonsoir, a répliqué Piotr. *Pourquoi es-tu de si bonne humeur ?*

– Je ne suis pas de bonne humeur.

– Tu ne cries pas, tu ne nous insultes pas…

J'ai haussé les épaules.

Piotr a sorti sa pipe, l'a allumé au feu de bois.

– Il est bizarre, a-t-il remarqué à l'adresse de Galia. *On l'a fait prisonnier, on l'a ligoté, et lui, il nous dit bonsoir !*

– Peut-être que c'est un type normal qui veut s'entendre avec nous.

– Mais oui, tant qu'on ne l'aura pas détaché, mais ensuite ?

– Écoutez, ai-je dit, fatigué d'entendre parler de moi à la troisième personne, dites-moi ce que vous voulez, et on pourra en discuter.

Piotr et Galia ont paru sidérés par ma proposition. Ils ont échangé un regard.

— *Eh bien concrètement*, a dit Piotr, *je me suis procuré une pelle, et tu vas creuser sous notre surveillance. Tu sais où creuser ?*

— À six mètres du vieux puits, ai-je répondu d'une voix morne.

— *Et où se trouve ce puits ?*

— Près du fort.

— *Il y a longtemps qu'il n'y a plus le moindre puits dans le coin*, a objecté Piotr en me regardant d'un air perspicace comme s'il venait de me prendre en flagrant délit de mensonge. *Je te préviens, tant que tu n'auras pas retrouvé ce que Chevtchenko a enterré, on ne te laissera pas tranquille.*

— Vous pourriez me détacher les mains, au moins pour une petite heure, ai-je demandé, conscient que poursuivre cette conversation n'avait aucun sens.

— *Ne rêve pas ! On te détachera quand tu te seras souvenu de l'endroit, et on te donnera une pelle pour que tu creuses bien gentiment.*

J'étais à nouveau couché sur le côté. Mes bras et mes jambes ankylosés me faisaient souffrir, j'avais l'impression qu'ils ne faisaient plus partie intégrante de mon corps, mais constituaient un poids inutile qui m'empêchait de bouger et de me sentir libre. L'obscurité est descendue du ciel. Le feu crépitait derrière moi, Piotr et Galia parlaient à voix basse. Je me sentais très abattu. Goulia avait disparu et sa présence me paraissait désormais un rêve tandis que je percevais l'horreur de cette journée comme un juste retour des choses. Les événements de Kiev m'avaient rattrapé pour me ligoter. Et encore n'était-ce là qu'une partie de la réalité qui risquait de me rejoindre. Ni la meilleure ni la pire. Il ne me restait qu'à serrer les dents en attendant que mon corps endolori s'endorme. Où était Goulia? Pourvu qu'il ne lui soit rien arrivé.

Je me suis réveillé en pleine nuit. Piotr et Galia dormaient à trois mètres de moi, mon sac et celui de Goulia se trouvaient à leur droite. Ils n'y avaient pas touché, ce qui était pour le moins curieux. Le respect de la propriété privée, inscrit dans la nouvelle constitution ukrainienne, y était-il pour quelque chose? Ils auraient pu y trouver le manuscrit de Guerchovitch et la lettre du capitaine Paleev qui avaient déterminé le but de ce voyage. Leur attitude sentait l'amateurisme, m'empêchant de les considérer comme vraiment dangereux. Je me suis souvenu de ce que je savais sur l'UNA-UNSO. Leurs slogans belliqueux, leurs manifestes, leur programme électoral. Toute cette agressivité de façade avait quelque chose de théâtral. Rassuré par ces réflexions, je me suis rendormi. J'ai rêvé de Goulia, ses yeux bruns me regardaient.

Je me suis réveillé au contact de ses lèvres sèches et brûlantes sur mon front.

Mes mains étaient libres, mes poignets irrités par la corde me démangeaient.

– Chut, c'est moi, a murmuré Goulia. Attends, je vais te détacher les jambes.

Sa tête s'est éloignée de mon visage. Je suis resté couché sans bouger, attendant que sa silhouette voile de nouveau le ciel.

– Ça y est, a-t-elle chuchoté en s'asseyant.

– Et eux? ai-je demandé à voix basse.

– Je les ai attachés.

– Mais alors pourquoi parlons-nous à voix basse?

– Parce qu'il fait nuit. Ils ont peut-être envie de dormir encore un peu.

J'ai essayé de me redresser sur les coudes, mais Goulia m'en a empêché.

– Il est trop tôt. Dormons jusqu'à l'aube. Moi aussi, j'ai sommeil.

36

Au matin, nous avons fait boire du thé à nos prisonniers. Ils n'avaient pas un air très reluisant. Se réveiller en sursaut ne fait de bien à personne.

– *Vous nous payerez ça !* s'est exclamé Piotr.

Puis il est resté silencieux une bonne demi-heure.

– Dites-moi, lui ai-je demandé. Ça fait longtemps que vous me surveillez ? j'ai remarqué vos traces peu après mon débarquement. Pourquoi n'avoir rien fait jusqu'à maintenant ?

– *Quelles traces ?* (Piotr semblait sincèrement surpris) *Comme si nous n'avions rien de mieux à faire que te suivre. Nous t'avons attendu ici ; on pensait que tu serais seul, sans cette Kazakhe !*

– Elle a un nom, elle s'appelle Goulia, ai-je dit sévèrement. C'est ma femme.

Le visage fatigué de Galia a exprimé la surprise. Elle a regardé Goulia d'un air différent, comme si elle venait de découvrir en elle quelque chose qu'elle n'avait pas remarqué auparavant.

Piotr aussi a regardé Goulia, mais son visage est demeuré imperturbable.

– *Donne-moi ma pipe,* a-t-il réclamé.

Je l'ai bourrée selon ses instructions et l'ai fourrée sous sa moustache.

– *Bon, alors qu'est-ce qu'on fait?* a-t-il demandé d'un ton résigné en soufflant une volute de fumée.

– Je ne sais pas, ai-je avoué. Ce n'est pas moi qui vous ai cherchés. Vous détacher serait risqué, parce qu'alors c'est vous qui nous attacheriez, je suis déjà passé par cette étape. Il faut examiner la question. Nous finirons par avoir une idée. Peut-être qu'on va vous laisser ici et continuer notre route…

– *Ça va pas, non? Comment ça, nous laisser? Détache-nous, sinon tu vas le regretter!*

– Vous voyez, ai-je remarqué avec un geste des mains qui m'a permis de savourer ma liberté nouvellement retrouvée, vous commencez déjà à me menacer, qu'est-ce que ça sera quand je vous aurai libérés?

Galia est intervenue.

– *Calme-toi, Piotr, raisonnons calmement. Vous pourriez au moins nous détacher les jambes pour qu'on puisse venir avec vous.*

J'ai haussé les épaules.

– Ça demande réflexion. Voyons d'abord quels sont nos buts. Je peux commencer par les miens. J'espérais découvrir ce que Chevtchenko a enterré et le ramener dans mon Kiev natal pour… comment dire… en recueillir de la gloire et peut-être un peu d'argent. Et vous?

– *En principe, nos buts sont assez semblables,* a répondu Piotr, *sauf que nous n'attendons ni argent ni gloire de notre cher pays. L'important, c'est que tout ce qui appartient à l'Ukraine soit rendu à l'Ukraine, surtout des reliques aussi sacrées.*

– Vous voyez, nos motivations sont presque identiques, ne reste plus qu'à entamer les pourparlers. (J'ai regardé Piotr d'un air d'attente.) Si nous nous mettons d'accord, nous pouvons même y aller ensemble. Mais dites-moi d'abord comment vous êtes au courant pour mon voyage.

– *C'est notre camarade, un capitaine du SBU[1] qui nous a tout raconté sur toi.*

Surpris, je me suis exclamé:

– Vous êtes amis avec les services secrets?

– *Il y a des gens bien partout*, a répondu Piotr.

J'ai regardé Goulia qui réfléchissait de son côté, puis je me suis tourné vers Galia: les yeux baissés, elle avait l'air tristement pensive, alors que le beau visage de ma femme kazakhe était plus sérieux et plus concentré.

– *Détache-moi les mains*, a demandé Galia. *Je vais vous préparer du gruau de sarrasin. Piotr a besoin de manger, il a un ulcère.*

Goulia et moi avons échangé un regard.

– Je vais le préparer moi-même, a dit Goulia. Où est le sarrasin?

Galia a indiqué du menton le sac posé près du feu.

Le soleil commençait à chauffer dur. J'avais faim moi aussi, et la pensée de manger bientôt m'a distrait des considérations sur l'intérêt national.

Nous avons nourri Galia et Piotr à la cuiller avant de manger à notre tour. Puis nous avons préparé du thé, et Goulia a fait goûter ses boules de fromage à nos prisonniers.

La nourriture et le soleil nous avaient privés d'énergie et nous étions près de nous endormir, mais Goulia s'est levée brusquement, a lissé sa tunique vert salade.

– Il faut y aller.

Nos prisonniers avaient l'air épuisés.

– On leur détache les jambes? ai-je demandé à Goulia.

Pendant qu'elle réfléchissait, j'ai contemplé la mer sèche qui léchait la berge de pierre des collines, écoutant dans le silence le murmure du sable: la voix du désert. On

---

1. SBU, nouveau nom de l'ex-KGB ukrainien.

ne percevait aucun mouvement, mais je savais qu'il bougeait lentement, comme l'air qui nous entourait.

— *Écoute*, a dit Piotr. *On peut y aller ensemble, mais sans mauvais tours à la russe !*

Je trouvais singulier que ce soit lui qui me dicte ses conditions et non le contraire.

— *Alors ?* a-t-il demandé.

— Vous savez quoi ? Je veux bien vous détacher, mais à condition qu'il n'y ait pas non plus de «mauvais tours à l'ukrainienne» !

Piotr a mâchonné des lèvres, comme s'il prenait une importante décision.

— *Bon d'accord*, a-t-il soupiré, *détachez-moi !*

J'ai regardé Goulia, elle a approuvé.

37

Nous n'avons guère parcouru plus de dix kilomètres dans la journée. Chacun portait ses bagages. Goulia et moi étions les plus chargés, mais nos nouveaux compagnons ne nous ont pas proposé leur aide.

Nous nous sommes arrêtés au moment où la chaleur déclinait.

— Je vais ramasser de quoi faire du feu, a dit Goulia.

Après quelques instants d'hésitation, Galia l'a suivie. Piotr et moi sommes restés seuls. Je n'avais pas envie de parler le premier, et lui non plus, apparemment. Il a allumé sa pipe.

— *C'est encore loin ?* a-t-il fini par demander.

— Je n'en sais rien. Vous êtes partis d'où ?

— *De Fort Chevtchenko.*

– À combien de jours de marche ?

– *Environ deux jours.*

– Eh bien, c'est juste à côté du fort. « À six mètres environ du vieux puits en allant vers la mer. »

– *Ça, tu l'as déjà dit. Sauf qu'il n'y a aucun puits dans le coin.*

– Il y en avait un jadis. Il faudra le chercher.

– *En ce cas, tu le chercheras.*

J'ai regardé Piotr dans les yeux. « J'ai eu tort de le détacher, me suis-je dit. Cette charmante association risque de mal finir. »

Les femmes sont revenues avec une maigre brassée de broussailles chacune. Elles ont allumé le feu et ont mis de l'eau à bouillir. Elles ne parlaient pas, mais agissaient de concert, à mon grand étonnement. J'ai remarqué que Piotr regardait sa compagne d'un air de reproche.

Nous avons mangé du gruau et bu du thé sans échanger un mot. Il faisait déjà sombre, mais quelque chose nous empêchait de dormir. Peut-être la crainte de nous réveiller ligotés. Soudain, Galia s'est mise à chanter en ukrainien. Sa voix sonnait de manière à la fois étrange et étrangère dans ce désert. Mais son chant était beau, il y était question d'un cosaque parti faire la guerre aux Turcs et de son épouse attendant en vain son mari tué au combat.

Après une pause de courte durée, j'ai eu la surprise d'entendre Goulia chanter à son tour, en kazakh, la mélodie et sa voix agréable étaient en parfaite harmonie avec le sable et les montagnes. Je me suis souvenu du chant de sa sœur. La voix de Natacha était plus belle et plus puissante, mais la chanson de Goulia exerçait le même effet hypnotique. Elle a chanté longtemps et quand elle s'est tue, le silence m'a semblé plus blanc et plus pur.

– *Qu'est-ce que tu chantais ?* a demandé Galia.

– C'est l'histoire de deux familles de nomades qui se croisent dans le désert. Le fils de l'une et la fille de l'autre tombent amoureux au premier regard. Mais les parents attachent chacun leur enfant et partent dans des directions opposées. Quand leurs chameaux les ont emportés très loin, le père dit à son fils: «Lorsque j'avais ton âge, moi aussi je suis tombé amoureux de la fille d'un nomade, rencontrée par hasard. Et mon père a agi de même avec moi. J'ai longtemps souffert, mais j'ai fini par oublier, puis mon père m'a trouvé une fiancée, et ta mère et moi avons vécu heureux. Et s'il en avait été autrement, tu ne serais jamais né.» Et la mère de la jeune fille raconte exactement la même histoire à sa fille: elle aussi a souffert plusieurs années avant d'épouser un jeune homme choisi par son père. Le père du garçon et la mère de la fille s'étaient aimés jadis mais ils ne se sont pas reconnus.

Ces deux chants semblaient avoir dissipé l'atmosphère de méfiance. Nous nous sommes installés pour la nuit entre deux contreforts de l'Aktaü.

Avant de m'endormir, j'ai longtemps réfléchi aux divers moyens de surmonter les barrières nationales. La situation était vieille comme le monde, et il était somme toute logique que les chants des femmes apaisent les conflits entre peuples rivaux. Il existait aussi d'autres recettes. L'explorateur ukrainien Mikloukho-Maklaï, fraîchement débarqué en Papouasie et confronté à une foule armée et surexcitée, s'était ostensiblement allongé sur la plage pour faire la sieste. Nous ne saurons jamais ce que les Papous ont pensé de lui. Il est difficile d'imaginer Mikloukho-Maklaï leur donnant un récital de chansons ukrainiennes. Ou alors il lui aurait fallu l'assistance d'un interprète qualifié pour avoir une chance de s'en sortir.

J'enlaçais Goulia endormie en contemplant les étoiles lointaines. Le ronflement paisible de Piotr rythmait mes pensées et je me suis enfoncé dans l'univers des songes.

38

Mon sommeil était lourd et s'est terminé de manière écœurante. Une douleur familière m'a réveillé. Mes mains étaient à nouveau liées derrière mon dos, bien plus solidement que la première fois, et la corde me sciait littéralement les poignets. «Voilà tout l'effet des chansons!» me suis-je dit amèrement. Mais en me retournant sur le flanc, je suis demeuré interdit: Goulia, Piotr et Galia étaient également ligotés. Cette vision m'a sidéré au point que j'ai oublié mes liens durant quelques instants. Nous étions tous réveillés mais en état de choc. Aucun d'entre nous n'a rien dit. Diverses hypothèses m'ont traversé l'esprit, issues en droite ligne des westerns américains. Personne à l'horizon susceptible d'être le propriétaire des cordes qui nous retenaient. Le silence pesait sur les nerfs.

J'ai forcé mes pensées à ralentir leur cours pour analyser calmement la situation. C'étaient peut-être des Kazakhs? Dans le noir, ils avaient pu ne pas reconnaître Goulia comme l'une des leurs. Ils allaient sans doute revenir bientôt et si c'étaient des Kazakhs, Goulia saurait les raisonner. Nous n'aurions peut-être même pas besoin de chanter.

Un pas lourd a retenti, martelé comme à dessein pour nous effrayer.

Un homme de type slave d'une cinquantaine d'années, vêtu d'un survêtement Adidas a émergé de derrière le contrefort le plus proche. Sa moustache soignée et ses joues au rasage impeccable contrastaient avec la beauté sauvage du désert et notre état à tous les quatre.

«Serait-ce la mafia? ai-je pensé. Mais non, qui sommes-nous pour qu'on nous prenne en otages?» Personne ne verserait le moindre kopeck pour me récupérer, et sans doute en était-il de même pour Galia et Piotr. Ne restait que Goulia, qui selon moi présentait un intérêt même sans espoir de rançon, mais ils auraient pu tranquillement l'enlever pendant que nous dormions.

L'individu en survêtement s'est arrêté près de Piotr pour le dévisager d'un air sarcastique.

— Alors, lui a-t-il demandé d'une voix doucereuse, avec un léger défaut de prononciation, ça ne te suffit pas de nous casser les pieds à Kiev en organisant des manifestations, il faut en plus que tu ailles faire le zouave au Kazakhstan! Attends un peu qu'on soit rentrés. Nous avons un beau dossier vidéo sur toi.

— *Allez vous faire voir! Il ne manquait plus que vous, monsieur le colonel… Et si vous vous présentiez?*

— Comme si tu ne me connaissais pas!

— *Mais l'autre russkof, il n'a sans doute pas encore eu le plaisir de vous rencontrer.*

— Je suis Vitold Ioukhimovitch Taranenko, colonel du SBU.

L'homme a jeté un vague coup d'œil dans ma direction, mais apparemment, c'était Piotr qui l'intéressait au premier chef.

— Et comment s'appellent tes petits copains?

— *Ils sont autant mes copains que vous.*

— Dommage, j'espérais que vous deviendriez amis! Vous êtes bien amis avec le capitaine Semionov! La politique est une chose, et les relations humaines en sont une autre. Pas vrai, Galia?

Galia s'est détournée sans un mot. Le colonel s'est redressé pour s'approcher de moi.

– Alors mon cher Nikolaï Ivanovitch Sotnikov, on fait connaissance?

– Malheureusement, je ne peux pas vous serrer la main, ai-je tenté d'ironiser.

– Ce n'est que partie remise.

Il s'est accroupi pour me dévisager, a sorti de sa poche une tablette de chewing-gum et s'est mis à mastiquer.

– Que ça vous plaise ou non, a-t-il continué sur un ton plus sérieux, nous formons désormais une seule équipe. Bien sûr, il faut d'abord apprendre à nous faire mutuellement confiance. Nous avons la même mission. Plus exactement, ce qui est un but pour vous est une mission pour moi, mais en l'occurrence ça ne change pas grand-chose.

Il est allé chercher son gros sac à dos derrière le contrefort et en a sorti un petit siège pliant.

Pour voir le colonel, j'étais obligé de me tordre le cou à me faire mal.

– Bon, a-t-il déclaré une fois assis, je vais vous faire un topo. En premier lieu, sachez que la crise financière a eu des répercussions sur le SBU. Nous ne disposons plus que d'effectifs limités et devons souvent avoir recours à une aide extérieure que malheureusement nos concitoyens ne s'empressent pas de nous proposer. Nous nous arrangeons pour que les gens nous aident malgré eux. Ce qui se justifie particulièrement quand les intérêts des deux parties coïncident. On peut même considérer que nous aidons nos collaborateurs involontaires plus qu'ils ne nous aident, mais l'important, c'est le résultat. Sans nous, l'UNA-UNSO n'aurait jamais appris l'existence du trésor dissimulé par Chevtchenko ni le départ précipité du sieur Sotnikov à la recherche dudit trésor. Une information divulguée à temps est le plus efficace des stimulus. Bref, nous devons conjuguer nos efforts. Avant tout, jouons cartes sur table, plus de cachotteries entre nous…

Le colonel a poussé un soupir et s'est dirigé vers nos bagages. Il a commencé par fouiller celui de Goulia, n'y découvrant guère que ses vêtements, ainsi que la réserve de thé et de fromage. Visiblement déçu, il s'est attaqué à mon sac à dos avec un zèle redoublé et n'a pas tardé à tomber sur le manuscrit de Guerchovitch. Il a poussé un éternuement et l'a reniflé, d'abord avec prudence, puis avec une sorte de satisfaction. L'ayant feuilleté, il s'est tourné vers moi.

– Quel long chemin entre le cimetière de Pouchtcha et le désert de Mangychlak… a-t-il remarqué du ton d'un homme qui en sait plus long qu'il ne dit.

«Ma parole, ai-je pensé, ils faisaient la queue pour me surveiller : les amateurs d'aliments pour bébés, les nationalistes, et jusqu'à la sécurité nationale…»

– C'est donc vous qui avez laissé les traces ?

– Quelles traces ?

– Les traces de pas que j'ai vues dans le désert.

– C'étaient peut-être ces deux-là ?

Il a indiqué Piotr et Galia d'un signe de tête.

– Non.

Le colonel a froncé les sourcils.

– C'est vrai que je ne les ai pas quittés de l'œil. Je ne vois pas qui ça pourrait être. Toutes les parties intéressées sont déjà réunies.

Après un silence, il a posé le manuscrit sur le sable pour vider le sac aux longues poignées de nos deux nationalistes, mettant au jour entre autres une cafetière en aluminium, une boîte de café moulu Jacobs et une réserve de barres chocolatées Snickers. Galia était allongée sur le côté et regardait ailleurs, tandis que Piotr surveillait le colonel dans une pose aussi inconfortable que la mienne.

Après avoir consacré quinze minutes à étudier un carnet, Taranenko a regagné son siège. Son visage était empreint d'assurance.

– Bon, poursuivons. Voyons d'abord le cas de notre ami russe. Pas la peine de me raconter votre biographie, je la connais par cœur. Dites-moi plutôt ce qui vous a poussé à vous mêler d'une affaire ukrainienne aussi sacrée.

Il a accompagné cette dernière réplique d'un coup d'œil ironique en direction de Piotr.

– Que voulez-vous dire?

– Je veux parler de votre intérêt pour Taras Chevtchenko.

– C'est interdit, peut-être?

– Non, bien sûr. Mais il y a certaines bornes à ne pas dépasser. Surtout quand il s'agit des bornes d'un autre État.

J'ai ressenti une violente douleur dans le cou et mes mains se sont mises à me faire encore plus mal.

– Ce n'est pas très facile de discuter dans cette position…

– Tournez-vous autrement, a-t-il conseillé, vous n'êtes pas obligé de me regarder, si vous continuez, vous allez vous briser la nuque.

J'ai roulé sur le ventre pour me retrouver le menton calé contre le bord de la natte. Couché ainsi, le souffle me manquait pour parler.

– Bon, on aura encore le temps d'en discuter, a dit le colonel, passons au dénommé Piotr Iourievitch Rogoulia.

– *Je n'ai rien à vous dire,* a maugréé Piotr entre ses dents,

136

surtout en russe! Vous êtes pourtant ukrainien, vous devriez avoir honte de vous exprimer dans une langue étrangère!

– Et un patriote ukrainien qui boit du café étranger et qui mange des Snickers au lieu d'encourager l'industrie agroalimentaire de son pays, ce n'est pas une honte? a répliqué Taranenko.

Déçu par notre peu d'empressement à discuter, il a ramassé le manuscrit de Guerchovitch. Il a lu attentivement la dénonciation du capitaine Paleev et est demeuré pensif un long moment, j'ai même eu le temps de piquer un somme, ce qui était le meilleur moyen d'oublier mes articulations ankylosées. La voix du colonel m'a fait revenir à moi.

– Bon, c'est clair, il faut creuser. Reste à se mettre d'accord sur la méthode. Je n'ai pas l'intention de vous porter, il faudra donc que je vous détache les jambes, mais pas tout de suite. En attendant, je boirais bien un peu de café.

Le soleil se levait, séchant le soupçon d'humidité que la nuit avait déposé sur le sable aride.

– Comment faites-vous pour préparer du café? a demandé le colonel.

– Les femmes ramassent des broussailles et chauffent de l'eau dans le chaudron posé sur un trépied, ai-je expliqué d'une voix morne.

Le colonel a regardé autour de lui.

– Des broussailles? Quelles broussailles? J'avais emporté des pastilles d'alcool solidifié pour réchauffer ma nourriture, mais il ne m'en reste plus.

Un plan a brusquement mûri dans mon esprit.

– Goulia sait où trouver de quoi faire du feu, elle est du coin, ai-je affirmé.

Le colonel a regardé Goulia d'un air indécis en caressant sa moustache.

– Bon, a-t-il dit, je veux bien la détacher, après tout elle n'est pas directement concernée. Mais vous resterez là.

Je pensais que Goulia allait lui sauter dessus dès qu'il l'aurait détachée, mais au lieu de cela, elle est docilement partie chercher du bois. «C'est sans doute plus sage, me suis-je dit, elle saura saisir le bon moment pour me délivrer, comme ça, le colonel pourra rester en tête à tête avec Piotr et Galia, je suis sûr qu'ils s'amuseront mieux à trois. Quant au trésor, je le leur laisse, s'ils arrivent à le déterrer.»

Le colonel a suivi Goulia des yeux, puis il a humé le manuscrit une nouvelle fois. Après quoi, il s'est penché vers moi pour me renifler.

– Tu te nourris de gâteaux à la cannelle, ou quoi?

– J'ai traversé la frontière entre l'Ukraine et la Russie dans un wagon rempli de cannelle, l'odeur m'est entrée dans la peau.

– Ah bon, a dit le colonel, semblant prendre mon explication fantaisiste pour argent comptant.

Le soleil est monté plus haut dans le ciel, le temps coulait lentement comme de la résine. Soudain, Piotr a toussé et a demandé de l'eau. Le colonel a pris le bidon pour lui donner à boire. Il était amusant de voir se rapprocher la moustache blonde de Taranenko et la moustache noire de Piotr. Le colonel semblait prendre un malin plaisir à soulever le bidon le plus haut possible au point que Piotr s'étouffait presque en buvant.

– Hé là, me suis-je écrié. Il ne restera plus assez d'eau pour faire du café! C'est toute notre réserve!

Le colonel est redevenu sérieux. Il a rebouché le bidon.

Goulia est revenue et a mis de l'eau à bouillir.

Le colonel a sorti une cuiller et une grande tasse en aluminium de son sac et s'est installé près du feu.

Pendant ce temps, Goulia refaisait ses bagages.

– Ton thé, c'est du thé de Ceylan? lui a demandé le colonel.

– Non, c'est du thé vert. Ici, tout vient de Chine.

Enfin, il a versé de l'eau bouillante sur son café, a ajouté deux morceaux de sucre et s'est mis à le mélanger avec bruit.

– Mon colonel, ai-je proposé, vous voulez peut-être du lait?

– Du lait? Où veux-tu que je prenne du lait?

– J'ai du lait en poudre.

Le colonel a regardé mes affaires éparpillées autour de mon sac.

– C'est ça? a-t-il demandé en indiquant le «lait en poudre pour bébés».

J'ai hoché la tête.

– Pourquoi pas? Puisque tu me l'offres si gentiment.

Il a ouvert une boîte et s'est généreusement versé deux ou trois cuillers du mélange.

Il a soufflé sur son café en attendant qu'il refroidisse, mais il était encore trop chaud, alors il l'a posé sur le sable pour aller chercher dans son sac un panama beige estampillé «Yalta 86».

– Vous ne pouviez pas rester chez vous? a-t-il maugréé. Et moi, je serais tranquillement parti en vacances à Odessa. J'avais déjà pris une réservation au centre de repos Tchkalov. Vous croyez que c'est moi l'inventeur de ce système? Les grands patrons ne pensent qu'à obtenir le maximum de résultats avec le minimum de moyens. Résultat, je suis obligé de me faire griller au soleil avec vous, et il n'y a même pas la mer pour compenser.

– Et la Caspienne, alors? ai-je demandé.

Le colonel a fait la moue et a tendu la main vers sa tasse.

J'attendais avec impatience le moment où il prendrait sa première gorgée. Mais Taranenko avait peur de se brûler la langue. Il a attendu encore cinq bonnes minutes avant de porter le breuvage à ses lèvres.

39

Pendant que Goulia défaisait mes liens, j'ai expliqué à nos nationalistes que l'esprit du colonel était en train de faire un beau voyage.

Goulia a détaché Piotr en dernier et il s'est immédiatement emparé de la corde pour courir vers Taranenko, étendu sur le sable, un sourire aux lèvres.

– Je vais t'apprendre à maltraiter tes compatriotes!

Notre ex-geôlier naviguait dans l'espace; son corps inerte n'était plus qu'un gage de son futur retour sur terre.

Je n'ai pas eu le temps de préciser que l'absence du colonel durerait encore un bout de temps, Piotr l'avait déjà retourné sur le ventre pour lui ligoter fiévreusement les poignets et les jambes, puis il s'est assis sur le sable comme un chasseur à côté de sa prise et a allumé sa pipe.

Galia le regardait avec tendresse. J'ignorais la nature de leurs relations, s'ils étaient mari et femme ou seulement camarades de lutte. Quoi qu'il en soit, ils formaient un couple bien assorti. J'ai regardé Goulia qui s'affairait près du feu. Ses cheveux châtain foncé voilaient à moitié son visage. Elle avait dit qu'elle était ma femme et je l'avais acceptée en tant que telle, mais il manquait encore dans nos rapports cette goutte de colle super glu qui rend les gens inséparables. Mes émotions et mes sentiments demeuraient irréfléchis. Je n'aurais su dire ce qu'il en était des siens. Son caractère était un mystère. Une volonté de fer derrière une soumission apparente. Je n'aurais jamais cru un tel mélange possible.

– *Voyons un peu ce qu'il a dans son sac,* a dit Piotr en se dirigeant vers le bagage du colonel.

J'étais en proie à l'hésitation. Le but premier de mon voyage s'était révélé dangereux, mais il était trop tard pour reculer. Il fallait que j'aille jusqu'au bout, après quoi, le mieux serait de rentrer dans l'ombre et de sortir du jeu. Une longue vie vaut mieux qu'une gloire posthume.

– *Hé, regardez un peu ce que j'ai trouvé!*

Piotr est venu vers moi pour me montrer un plan du vieux fort, avec la date «1956» indiquée dans un coin.

– *Regarde!* a-t-il répété en pointant du doigt un petit rond noir agrémenté de l'inscription «ancien puits».

– Il savait donc tout?

– *Peu probable. Il avait la carte, mais il ignorait où chercher, autrement, il se serait passé de nous.*

Les pensées se sont peu à peu remises en place dans mon crâne surchauffé par le soleil.

Nous possédions désormais les éléments nécessaires pour retrouver le trésor de Chevtchenko. Notre expédition ukraino-russo-kazakhe pouvait entrer dans sa phase finale, après quoi je féliciterais Piotr et Galia, et peut-être le colonel Taranenko pour leur découverte historique, leur en laissant volontiers le mérite, et je pourrais enfin être seul avec Goulia. C'est ce qui m'importait désormais, et la suite de mon aventure s'annonçait résolument sentimentale. «Voyage romantique pour deux personnes»: sauf erreur, c'était l'un des prix du jeu télévisé *Coup de foudre,* que j'avais en quelque sorte gagné sans y prendre part. Mais pour être délivré de nos compagnons de route indésirables, il fallait d'abord trouver le trésor de Chevtchenko.

Goulia a versé le thé, avant de distribuer des boules de fromage. Galia a cédé la sienne à Piotr qui, d'un air goguenard, lui a tendu un Snickers en échange.

Piotr a jeté un long regard au colonel avant de boire son thé. L'espace d'un instant, il s'est mis à ressembler à un Kazakh. «Encore un peu, ai-je pensé, et nous deviendrons tous Kazakhs à force de vivre dans le désert, et les malentendus entre nous fondront comme le fromage local sous la langue».

Galia a tendu la moitié de son Snickers à Goulia qui l'a aussitôt englouti.

J'ai songé à ajouter les barres Snickers à la liste des objets et actions susceptibles d'apaiser les conflits nationaux.

— *Bon, il est temps d'y aller*, a dit Piotr, *quant à ce fumier, on n'a qu'à le laisser ici.*

J'ai secoué la tête.

— On ne peut pas faire ça. Il y a des chances qu'il ne se réveille pas avant trois jours, et d'ici là, le soleil l'aura tué. Et quand tu rentreras à Kiev, ton copain le capitaine Semionov va te demander où est passé le responsable de l'expédition.

— *Mais qu'est-ce qu'on va en faire ? Je n'ai pas l'intention de le porter !*

— Il suffit de le mettre à l'ombre, de le couvrir et de lui détacher les mains.

Il m'a fallu cinq minutes de discussion pour convaincre Piotr que cette solution était non seulement charitable pour le colonel mais avantageuse pour nous. Pendant qu'il poursuivrait son vol plané, nous trouverions le trésor et aurions le temps de quitter Fort Chevtchenko. Pour où, je n'y ai guère pensé sur le moment.

Il a fini par se rendre à mes arguments. Nous avons fait rouler Taranenko sous une arête rocheuse et nous lui avons détaché les mains. Goulia a posé près de lui une tasse remplie d'eau et y a fait tremper un coin du tee-shirt dont nous lui avions couvert la tête.

Pendant ce temps, Galia rangeait ses affaires et les nôtres. Une demi-heure plus tard, nous nous sommes mis en route.

Le soir, nous avons aperçu au loin les lumières vacillantes d'une ville. Notre humeur s'en est trouvée améliorée. Après le thé, Galia a mis du gruau sur le feu. Nous attendions patiemment notre repas quand elle a poussé un cri et a bondi brusquement, aussitôt imitée par Piotr. Nous nous sommes levés à notre tour et, m'inclinant, j'ai reconnu notre vieil ami Pétrovitch, qu'on n'avait pas vu depuis longtemps, et moi qui croyais qu'il s'était laissé distancer…

– N'aie pas peur, a dit Goulia. Il est gentil. Il porte chance.

– *Ce n'est pas un scorpion ?* a demandé Galia d'une voix encore tremblante.

– Mais non, c'est un caméléon. Il voyage avec nous. Sans doute qu'il dormait et qu'il vient juste de se réveiller.

– Il a manqué le plus intéressant, ai-je remarqué, histoire d'ajouter mon grain de sel.

Nous sommes allés nous rasseoir et le responsable de l'alerte s'est installé sur le jean de Galia qui l'a examiné avec un reste d'appréhension.

– *Les animaux m'aiment bien,* a-t-elle remarqué, *les chiens, les chats, les vaches…*

– Moi aussi, a dit Goulia.

Piotr et moi nous sommes regardés. C'était la première fois que j'entendais les deux femmes parler entre elles et j'aurais voulu que leur conversation continue, tant elle respirait la paix et l'harmonie.

40

Le lendemain soir, nous sommes arrivés au vieux fort, anciennement nommé Saint-Pierre Nouveau. Il n'en restait désormais que des pans de murs et quelques bâtiments émergeant du sable. L'air perdait peu à peu sa transparence sous l'assaut du soir et les frontières du fort s'estompaient, au point qu'il était difficile d'estimer son étendue, même à l'aide du plan emprunté au colonel, car nous manquions de repères pour nous situer.

La seule chose à faire était d'attendre le matin. Nous avons trouvé un tronc d'arbre sec de la grosseur d'un bras que Piotr et moi avons brisé en morceaux avec sa pelle.

Grâce à ce combustible supplémentaire, le feu a brûlé plus clair que d'habitude. La réserve d'eau arrivait à sa fin. Nous en avons laissé un peu pour le thé du matin. Ce n'était pas un motif d'inquiétude, la ville de Fort Chevtchenko n'était pas très éloignée. En proie à la nostalgie du citadin, j'aurais aimé m'y rendre sur-le-champ, mais la nuit tombait déjà, et nous avions juste assez de forces pour dîner et pour déplier nos nattes de couchage.

41

Au matin, je me suis réveillé le dernier. Piotr tournait la tête dans tous les sens, essayant de s'orienter d'après la carte. Notre dernière ration d'eau était en train de bouillir.

La pensée que cette journée serait peut-être décisive m'a insufflé de l'énergie. Même Galia, généralement d'humeur mélancolique, affichait un air décidé.

Après le thé, Piotr a déplié la carte sur le sol.

– *Il faut essayer de calculer l'échelle*, a-t-il proposé.

– Ce n'est pas compliqué, prenons une distance, mesurons-la sur la carte en centimètres et en pas d'un mètre sur le terrain, après quoi, il suffira de diviser les mètres en centimètres.

Piotr a hoché la tête.

– *Le problème, c'est qu'il y a deux puits sur la carte…*

– Encore heureux qu'il n'y en ait que deux.

– *Bon, tu vas calculer l'échelle, et moi, pendant ce temps, je vais jeter un coup d'œil aux environs.*

J'ai décidé de prendre pour référence la distance entre la batterie et les fondations de la caserne. Pendant que j'examinais la carte, j'ai entendu un bruissement derrière mon dos. Goulia est venue s'asseoir à côté de moi.

– À ton avis, lui ai-je demandé, ça fait combien de centimètres?

– Trente-cinq, peut-être quarante.

– Et combien de mètres entre la batterie et le mur?

– Dans les trois cents.

J'ai hoché la tête. Nous nous sommes regardés dans les yeux. J'ai dit:

– Tu sais ce que je voudrais le plus en ce moment?

– Que tout ça soit déjà passé?

– Tout sauf toi.

Goulia a souri. Je me suis incliné pour l'embrasser sur les lèvres.

– Pourquoi ne mets-tu pas le chapeau que mon père t'a donné? a demandé Goulia après un coup d'œil au soleil.

– Je vais le mettre, il est dans mon sac.

J'ai arpenté deux fois la distance choisie, obtenant une longueur de trois cent cinquante-cinq mètres, après quoi j'ai dessiné une échelle au crayon entre les points correspondants sur la carte. Après des calculs longs et laborieux, j'ai estimé qu'un centimètre sur le plan correspondait à neuf mètres environ. Mais il fallait vérifier sur une autre distance. J'ai choisi celle, plus courte, entre la batterie et ce qui restait du réfectoire.

Le résultat m'a découragé: le cartographe qui avait établi ce plan devait être passablement éméché. Sur ce parcours-là, un centimètre correspondait à vingt-deux mètres.

Perplexe, j'ai demandé à Goulia de recompter. Elle a obtenu un résultat identique.

– Qu'est-ce que ça signifie? a-t-elle demandé.

– Que nous ne sommes pas au bout de nos efforts.

Piotr est revenu, souriant, la pelle sur l'épaule, à point nommé pour que je fasse tourner son humeur à l'aigre.

– *Bon*, a-t-il dit, *l'important, c'est que nous sachions où creuser.*

– Mais oui, à partir de ces rochers et pratiquement jusqu'à la mer, plus encore sur trois cents ou quatre cents mètres de l'autre côté…

– *Eh bien prends la pelle et creuse!*

J'ai regardé une nouvelle fois les deux puits sur la carte. Si celle-ci avait été faite normalement, il aurait été facile de les situer. Mais la seule chose plus ou moins normale en ce lieu était la pelle. Tout le reste, y compris moi-même, me paraissait assez éloigné de la norme. À part peut-être Goulia et le caméléon, de nouveau invisible: sans doute s'était-il réfugié dans un sac, à l'abri du soleil.

J'ai pris la pelle et je suis allé parcourir les ruines, peu pittoresques au demeurant.

42

Le jour-même nous avons commencé nos recherches. C'est moi qui maniais la pelle, tandis que Piotr et Galia me collaient aux talons. Quant à Goulia, elle était partie chercher de l'eau. J'ai creusé le sable en plusieurs endroits. Il était impossible de faire des trous de plus de soixante centimètres, le sable les comblait immédiatement. Je laissais donc des cratères tous les deux mètres.

Au bout de deux heures infructueuses, j'ai découvert un grand lézard momifié. Piotr et Galia se sont accroupis à côté de moi pour l'examiner.

– *Ça fait beaucoup de travail,* a dit Piotr avec un regard circulaire. *Il nous faudrait une escouade de Russkofs avec des pelles!*

– Et tu t'imagines que tu pourrais les obliger à creuser? ai-je demandé d'une voix ironique.

– *Allez, continue!* a-t-il jeté en se relevant.

J'ai obtempéré, mais mes bras étaient fatigués et ma propre docilité m'agaçait: de quel droit me donnait-il des ordres? Et quand avait-il l'intention de prendre la relève?

Galia avait trouvé un bâton et l'enfonçait de temps à autre dans le sable à la manière d'une sonde.

Goulia n'était pas encore revenue et je commençais à m'en inquiéter. Je travaillais assez mollement: chercher Dieu sait quoi «à six mètres environ» d'un puits disparu dont il était impossible de déterminer l'emplacement, sans parler du fait qu'il y en avait deux sur la carte, était une tâche qui me semblait de moins en moins attrayante et certainement vouée à l'échec. Le soleil me donnait mal à la tête ; je suis allé chercher mon chapeau de feutre, et en retournant mes affaires, je suis tombé sur l'appareil photo trouvé dans la tente.

Tout en me reposant, assis sur le sable, je l'ai sorti de son étui et je l'ai tourné entre mes mains. Pensez un peu, la pellicule qu'il contenait attendait d'être développée depuis plus de vingt ans !

— *Hé, toi,* m'a crié Piotr, *assez fainéanté ! Remets-toi au travail !*

À la fin de la journée, j'avais creusé plus de quarante trous. Quarante trous et une seule découverte : une momie de lézard ! Je pourrais peut-être la vendre à un musée zoologique ou du moins l'échanger contre une momie de gerboise. Il y en avait beaucoup dans le coin, qui m'observaient avec curiosité de derrière les dunes.

Alors que nous buvions notre thé du soir, le caméléon est sorti de sa cachette pour escalader les genoux de Galia qui s'est enhardie jusqu'à le caresser.

À l'étonnement général, Goulia nous a dit qu'elle était allée en ville pour remplir le bidon à la pompe municipale, près du magasin de vêtements. En entendant mentionner le magasin de vêtements, les yeux de Galia se sont mis à briller.

— *Est-ce que c'est loin ?* a-t-elle demandé.

— *De toute façon, tu n'iras pas,* a tranché Piotr d'une voix irritée. *Tu n'es pas venue ici pour faire du shopping !*

Il s'est mordillé les lèvres avant de demander à Goulia :

— *Pourquoi ne voit-on personne, s'il y a une ville à côté ?*

— Ils considèrent que l'endroit est maudit, beaucoup de gens ont disparu dans le coin...

— *Disparu ? Comment ça, disparu ?*

— Ils affirment que si un Kazakh vient ici, et qu'il manque de force et de volonté, il oublie sa langue natale et meurt

148

d'une langueur inexpliquée au bout de quelques jours... Peut-être que ce sont juste des lézards venimeux?

Piotr a regardé autour de lui avec crainte; on n'y voyait déjà plus grand-chose.

Je comprenais son humeur. Ce premier jour de recherches infructueuses avait effacé tout espoir d'un résultat immédiat, et la superstition locale n'était pas faite pour arranger les choses.

Nous nous sommes tus, l'obscurité descendue du ciel a rapidement enveloppé notre silence. Le feu crépitait, éclairant nos visages de reflets dansants. La fraîcheur bienfaisante du soir baignait nos fronts surchauffés par la canicule. Je me suis rappelé les stages de travail à l'époque où j'étais étudiant[1] et je me suis dit que si j'avais eu une guitare, nous aurions pu passer la nuit en chansons. Je me suis senti de meilleure humeur et j'ai éprouvé l'envie de remonter le moral des autres. Après tout, tant pis pour ce trésor problématique. Le moment était bien choisi pour oublier nos différences. Cette soirée nous était commune, la nature autour de nous était une et indivisible, et le sable qui dissimulait l'objet mystérieux de notre quête était lui aussi d'une parfaite uniformité.

Goulia a entonné un chant kazakh. Sa voix douce a rempli l'espace autour du feu qui m'a semblé grésiller au rythme de sa mélodie. C'était un chant très long, et bien qu'il fût incompréhensible, j'éprouvais comme un sentiment de confiance pour l'histoire inconnue qu'il racontait. Piotr et Galia ressentaient certainement la même chose que moi...

---

1. Tous les étudiants soviétiques ont connu ces «stages» de ramassage de légumes ou de travail sur des chantiers, au demeurant assez gais, agrémentés de longues veillées autour du feu.

La soirée s'est prolongée avec des chansons ukrainiennes. À un moment, il m'a même semblé que Piotr fredonnait avec Galia, mais je me suis aperçu que je faisais erreur. Nous nous sommes couchés dans une atmosphère détendue, nous souhaitant bonne nuit pour la première fois.

Le matin, hélas, tournant la page sur un jour nouveau, a remis les choses à leurs places. Prenant la pelle en mains je suis parti creuser, Piotr derrière mon dos.

Les femmes sont restées près du feu, tandis que nous retrouvions la limite du terrain exploré la veille.

— *Tu t'y prends mal,* a remarqué Piotr en examinant les trous à moitié comblés par l'érosion du sable.

— Premièrement, je ne suis pas un spécialiste, et deuxièmement, il serait peut-être temps que tu t'y mettes, tu es certainement plus qualifié que moi.

Piotr m'a dévisagé avec animosité en lissant sa moustache.

— *Tu es venu ici pour creuser, pas vrai ?* a-t-il répliqué. *Dis-moi merci de t'avoir trouvé une pelle.*

Avec un soupir, j'ai rectifié mon bonnet et je me suis mis au travail.

C'était un labeur monotone. Plus je me rapprochais de la mer, plus le sable était mou. À un moment, je me suis dit que je perdais mon temps. Le puits ne pouvait pas se trouver sur la plage !

J'ai regagné mon point de départ. Piotr se tenait à trois cents mètres, un bâton à la main, il contemplait l'étendue du désert d'un air pensif.

Le soleil était à son zénith quand Galia nous a appelés pour déjeuner. Nous avons mangé des galettes rapportées de la ville par Goulia. Ma seule trouvaille était un vieux bouton d'uniforme marqué d'un aigle à deux têtes. Après le déjeuner, je l'ai montré à Piotr qui l'a examiné avec un intérêt de courte durée. Il me l'a rendu, se renfrognant de plus belle.

L'après-midi a été exempt de surprises, à part un second lézard momifié, plus petit que le premier, que j'ai inhumé à nouveau sans regret. Au soir, je me suis senti perclus de fatigue. Non seulement j'étais en sueur, mais les ampoules sur mes mains avaient crevé et me faisaient mal au contact de la pelle que je commençais à détester cordialement.

« Ça suffit comme ça, me suis-je dit. Demain, je prends un congé maladie ! Il y a de l'abus. À ma place, Spartacus se serait mutiné depuis longtemps ! »

La soirée s'est écoulée sans chansons ni bavardage. Nous ne nous sommes pas souhaité bonne nuit en nous couchant.

Allongé, j'attendais l'apparition des étoiles filantes pour faire un vœu. Mais cette nuit-là, les astres demeuraient obstinément immobiles, se moquant bien de mes désirs et de mes mains endolories.

43

Trois jours ont passé sans résultat. Piotr devenait de plus en plus irritable. Torturé par la chaleur et les ampoules, je n'étais pas en état de défendre mes droits et je continuais à creuser malgré la douleur.

– Si tu veux, je peux les ligoter pendant la nuit, m'a proposé Goulia à mi-voix.

J'ai secoué la tête. L'expérience avait déjà montré que ce n'était pas la bonne solution. Nous aurions dû simplement les planter là, mais je n'en avais pas la force. Et un vague espoir de succès me poussait à continuer malgré tout.

Le lendemain, j'ai déterré de nombreux cailloux et des blocs calcaires. Piotr s'était éclipsé, sans doute fatigué de me surveiller constamment.

Je me suis mis à creuser avec plus d'attention et mon zèle s'est trouvé récompensé par la découverte d'une vieille croix de baptême en or avec un christ sculpté, à moitié effacé par le temps. Je me suis littéralement senti revivre ; j'ai creusé avec des forces neuves, après un coup d'œil prudent aux alentours : je n'avais pas envie que Piotr revienne à ce moment précis.

Au bout d'une demi-heure d'efforts, j'ai mis au jour une petite clé jaune. Je l'ai prise pour l'examiner. À mon grand étonnement, la clé aussi était en or, ce qui m'a à la fois réjoui et amusé : j'étais presque riche.

Soudain j'ai découvert quelque chose de nouveau en moi, qui se traduisait par des sensations jusqu'alors inconnues dont je n'étais pas maître. La peur m'a saisi ; l'espace d'un instant, j'ai même cru que j'étais tombé malade. Mais, je n'avais mal nulle part. Non, ça ne ressemblait pas à une maladie.

«Sans doute un effet de la tension nerveuse», me suis-je dit en reportant mon attention sur la clé. L'or était de la même nuance que celui de la croix et pareillement poli par le sable.

J'ai rangé les deux objets et j'ai entrepris d'élargir le trou, avec un enthousiasme qui m'a fait oublier mes ampoules et mon garde-chiourme dont je ne regrettais évidemment pas l'absence.

J'étais en plein travail quand j'ai entendu un cri.

– *Attention ! Espèce d'abruti. Regarde sous tes pieds !*

J'ai tourné la tête. Piotr se tenait à côté de moi, l'index pointé vers le bas. J'ai aperçu quelque chose de noir à environ quarante centimètres de profondeur. Nous nous sommes agenouillés pour dégager l'objet avec des gestes fébriles mais prudents. J'ai vu Piotr se pencher à plusieurs reprises pour le renifler. J'ai fait de même et j'ai ressenti un choc face à l'odeur terriblement familière, qui jadis n'aurait évoqué en moi que des associations culinaires.

Un parfum de cannelle! Une seconde après, j'ai eu un mouvement de recul.

C'était un cadavre momifié.

Piotr aussi est demeuré figé. La momie était couchée sur le ventre, nous avions dégagé la nuque et une partie du dos. La peau noire et racornie ressemblait à du parchemin. Je me suis souvenu de son contact presque souple sous mes paumes, étonné aussitôt de ne plus ressentir leur douleur cuisante. J'ai regardé mes mains, sidéré: mes ampoules s'étaient évanouies!

Perplexe, j'ai considéré la momie, puis Piotr, qui continuait à la dégager comme si de rien n'était.

J'ai décidé de le laisser se débrouiller sans moi et je me suis assis pour le regarder faire.

Il m'a appelé après avoir enlevé le sable et les pierres:

– *Aide-moi à le retourner.*

Les mains et les pieds du cadavre étaient liés avec une cordelette de cuir, jadis de couleur verte. Sa tête était chauve; quant à son sexe, une surprise nous attendait: la momie avait subi une opération, de son vivant ou après sa mort. Il s'agissait clairement d'un homme d'âge moyen, mais privé du principal attribut de sa virilité.

– *C'est un Ukrainien,* a déclaré Piotr d'une voix pensive.

– Qu'est-ce qui te fait dire ça?

– *Toi aussi, tu as remarqué qu'il sentait la cannelle… C'est l'odeur de l'esprit ukrainien.*

– Moi aussi je sens la cannelle, et le défunt Guerchovitch dans sa tombe avait la même odeur. Lui et moi, on serait aussi des Ukrainiens, selon toi?

– *Tu ne comprends pas,* a dit Piotr avec une douceur inattendue. *Ce n'est pas l'odeur de la nation mais de son esprit! Ça veut dire que l'esprit ukrainien t'a imprégné, de même que Guerchovitch. L'esprit est plus important que la nation!*

Piotr a regardé le ciel, comme s'il en attendait une confirmation de ses paroles, tellement surprenantes dans sa bouche.

– *Chaque nation a ses génies et ses imbéciles, ses anges et ses démons, mais l'esprit ne touche que les meilleurs de son aile, sans vérifier tes origines ni ton passeport; car c'est l'âme qu'il vérifie... Si tu as l'âme bonne, tu peux être d'origine russe ou juive, ça ne t'empêche pas d'être un vrai Ukrainien dans l'âme.*

J'écoutais Piotr, abasourdi par son discours, avec l'impression d'entendre quelqu'un d'autre. Mon regard est tombé sur la momie. Et je me suis demandé si elle était vivante. Effrayé par cette pensée, je me suis tâté le front. Non, pas trace de fièvre.

Le ciel assombri a rappelé à Piotr l'heure tardive.

– *Il est temps d'aller retrouver les femmes. Tu n'as pas trop mal aux mains?*

Je lui ai montré mes paumes.

– *Ça alors, elles sont guéries.*

Durant le dîner, nous avons eu une conversation assez étrange, où nous avons discuté à la fois de questions abstraites et de problèmes plus terre à terre. C'est Piotr qui parlait le plus, et à la manière dont Galia le regardait, il était clair qu'elle ne l'avait jamais vu ainsi. J'ai essayé de faire le lien entre ce que j'avais moi-même ressenti quelques heures plus tôt et le changement survenu dans le comportement et jusque dans les convictions de Piotr. Quelque chose agissait sur nous, mais quoi? Les radiations solaires? Le climat? Les émanations de la momie? Ce n'étaient pas des facteurs suffisants. Je ne lui avais pourtant pas fait goûter mon «lait en poudre pour bébés».

Et ce parfum de cannelle… La momie avait la même odeur que celle que j'avais attrapée au contact du corps de Guerchovitch. Elle avait fini par me lâcher depuis quelques jours, sous l'action conjuguée du soleil et du vent.

J'ai reniflé ma main et un soupir m'a échappé. Mes compagnons se sont retournés pour me regarder. Ma main sentait à nouveau la cannelle.

44

Le lendemain, Galia, Piotr et moi avons continué à fouiller autour de la momie, tandis que Goulia restait au campement. Je n'avais pas montré la croix ni la clé à mes compagnons. Me souvenant du manque d'intérêt de Piotr pour le bouton d'uniforme, je m'étais dit que ces deux objets ne retiendraient guère son attention, surtout qu'ils ne sentaient pas la cannelle et que l'esprit ukrainien ne les avait donc pas touchés de son aile.

Le trou avait déjà cinq mètres de diamètre, je creusais ses parois friables à la main. À mon grand soulagement, Piotr s'était enfin décidé à prendre la pelle; j'ignore si c'était par pitié pour mes paumes miraculeusement cicatrisées ou pour travailler plus commodément.

J'examinais attentivement chaque poignée de sable, sans rien découvrir de nouveau; mais une foi aveugle me guidait désormais, au point qu'un sourire radieux demeurait figé sur mes lèvres. À plusieurs reprises, j'ai surpris Piotr en train de m'observer à la dérobée et j'ai cru le voir sourire également. Il était clair qu'il n'était pas dans son état normal.

Galia aussi creusait manuellement, totalement absorbée par sa tâche, au point d'oublier le reste. État d'esprit particulièrement propice aux découvertes.

À nouveau, j'ai senti une odeur de cannelle, persistante et légèrement humide, malgré l'effet desséchant du soleil. Elle semblait remonter du sable et des pierres qui tapissaient ce trou peu profond. Bientôt, j'ai été totalement dominé par ces effluves.

Soudain, Galia a poussé une exclamation, je me suis retourné, Piotr s'était déjà agenouillé pour examiner ce qu'elle tenait entre ses paumes. Je me suis rapproché. Sa trouvaille avait une forme vaguement familière…

– *Mais*… s'est exclamé Piotr, *c'est*…

J'avais déjà reconnu à mon tour les parties intimes qui manquaient à la momie.

– *Ça sent aussi la cannelle!* a murmuré Galia en reniflant l'objet.

Puis elle s'est levée lentement pour aller déposer la petite momie près de la grande.

Mes compagnons sont retournés au travail. Avant de les rejoindre, j'ai jeté un coup d'œil au loin et j'ai aperçu quelque chose à la limite de mon champ de vision. Un chameau, accompagné d'une silhouette humaine. La canicule opacifiait l'air et empêchait de déterminer s'ils étaient encore loin, mais la distance entre nous diminuait. Je distinguais déjà que l'animal était chargé. Me demandant si je devais prévenir Piotr, j'ai regardé de l'autre côté, vers les dunes qui nous dissimulaient la Caspienne. Au point le plus éloigné, quelque chose bougeait. Après un moment, j'ai vu que c'était un homme.

Ça faisait beaucoup de monde pour un lieu maudit. Mais nos visiteurs étaient trop loin pour que je sache s'ils allaient bien dans notre direction. Je me suis donc abstenu de tout commentaire.

Une heure plus tard, je me suis relevé pour regarder. L'homme au chameau était à moins d'un demi-kilomètre. De même que le marcheur solitaire. Ce dernier, en survêtement bleu marine, portait un sac à dos. Je l'ai reconnu. C'était le colonel Taranenko. Je ne pouvais plus continuer à me taire.

– Le colonel revient ! me suis-je exclamé.

L'homme au chameau n'a guère retenu l'attention de Piotr, mais le retour du colonel a visiblement mis ses pensées en ébullition.

– *On aurait dû l'attacher !* a-t-il maugréé, pour ajouter aussitôt d'une voix plus douce : *mais c'est vrai qu'il serait mort de soif…*

Il a secoué la tête d'un air ennuyé avant de se tourner vers moi.

– *Qu'est-ce qu'on va faire ?*

J'ai haussé les épaules.

– On ne va tout de même pas lui présenter des excuses.

45

Le visage de Piotr était ferme et attentif. Galia semblait décontenancée et ne savait que faire de ses mains, qu'elle essuyait fébrilement contre son jean.

La tension montait et le temps s'était ralenti, comme si un opérateur siégeant au ciel avait voulu étirer la scène au maximum.

L'homme au chameau aussi commençait à m'inquiéter. On aurait pu penser que le colonel et lui se dirigeaient l'un vers l'autre et qu'il aurait suffi de nous écarter de la ligne imaginaire qui les reliait pour qu'ils nous dépassent sans nous prêter attention. Mais selon toute logique, le colonel avait deux mots à nous dire, tandis que le nomade était sans doute là par hasard. Ajoutons que les conséquences de sa présence étaient imprévisibles, tandis que je savais à peu près à quoi m'attendre de la part du colonel.

Ce nomade n'en était peut-être pas un, d'ailleurs. La présence d'un chameau n'étant pas suffisante pour le considérer comme tel. Le soleil n'était plus au zénith et si récemment encore j'étais un homme sans ombre, je venais d'en retrouver une, encore étroite, étendue à mes pieds. J'ai soudain eu l'impression d'être l'aiguille d'un cadran solaire, seule à indiquer l'heure exacte quand les montres sont arrêtées.

Je commençais à distinguer l'expression du colonel, aussi figée que celle d'un monument de pierre. Dents crispées, il avançait dans une attitude pleine de menace. Un revolver à la main.

– Il est armé! me suis-je écrié.

Piotr a hoché la tête sans se retourner.

À vingt pas de nous, le colonel s'est arrêté pour retirer son sac à dos. Il s'est redressé et a fait quelques mouvements de bras pour détendre ses épaules.

– Alors? nous a-t-il lancé. Vous espériez ne plus me revoir vivant après m'avoir abreuvé de cette cochonnerie? Allez, haut les mains!

Il a dirigé le canon de son revolver vers moi, puis vers Piotr. Sa main tremblait et il avait visiblement du mal à tenir son arme.

J'ai levé les bras au-dessus de ma tête, mais Piotr s'est contenté de cracher, affichant un sourire parfaitement débonnaire où j'ai lu non seulement une gentillesse qui ne lui était pas coutumière mais aussi de la compassion pour le colonel.

– *Vitold Ioukhimovitch*, s'est-il exclamé en forçant la voix pour qu'elle porte bien. *Vous devriez plutôt vous asseoir pour vous reposer, au lieu d'agiter votre arme. Entre gens de bonne volonté, on va certainement pouvoir s'entendre.*

Les yeux de Taranenko se sont écarquillés de surprise. Il a fait deux pas hésitants. Il avait l'air aussi décontenancé que Galia tout à l'heure.

Le colonel nous a dévisagés avec attention, mais quelque chose – sans doute la fatigue – l'empêchait de bien voir. Il s'est frotté les yeux de la main gauche, tandis que l'arme dans sa main droite commençait à s'incliner.

Piotr a allumé sa pipe et a soufflé une bouffée de fumée vers le ciel.

J'ai abaissé les bras. Chose étrange, la combativité du colonel semblait s'être évaporée d'un coup. Il s'est frotté la tempe en regardant le soleil, puis il a secoué la tête comme pour chasser sa somnolence et a cessé de brandir son revolver.

Il a fait encore quelques pas pour s'arrêter à cinq mètres de nous.

– Je ne me sens pas très bien, a-t-il remarqué avec un soupir. Sans vous, à l'heure qu'il est, je serais en villégiature à Odessa. Il y a longtemps que j'ai besoin de prendre de bonnes vacances.

– *Reposez-vous*, a proposé Piotr. *Les femmes vont faire du thé.*

Vitold Ioukhimovitch l'a regardé d'un air soupçonneux.

– La dernière fois, elles m'ont déjà préparé du café… a-t-il remarqué, mais sans trace de rancœur.

Une voix tonitruante est brusquement intervenue dans la conversation :

– Hé, dites !

L'homme au chameau nous observait de l'autre côté du trou. C'était un Kazakh entièrement vêtu de jean : chemise, pantalon, et jusqu'à sa ceinture munie d'une pochette. Entre les deux bosses de son chameau trônait un étrange bagage avec de nombreux compartiments multicolores.

– Hé, dites ! a répété le Kazakh. Vous voulez acheter des provisions ?

– Quelles provisions ? a demandé le colonel.

– Conserves, chocolat, macaronis importés d'Iran…

L'homme a plissé les yeux pour mieux examiner le colonel avant de poursuivre :

– J'ai aussi des munitions, pas cher du tout…

– Dans quelle monnaie ?

– N'importe laquelle. Dollars, marks, francs, troc… Tu veux des munitions ?

– Non, a répondu le colonel. Quel genre de conserves ?

– Crabes, harengs de la Caspienne frais pêchés, crevettes… deux dollars la boîte.

À nouveau, j'ai tracé une ligne imaginaire entre le colonel et le Kazakh et j'ai eu envie de m'écarter. Le colonel a sorti son portefeuille, en a tiré un billet vert.

– Bon, apporte-moi cinq boîtes de harengs.

– Pourquoi ça apporte ? a protesté l'homme, soudain vexé. Je suis un magasin. Si tu es client, viens ici et achète. C'est au client de se déplacer.

– Mon colonel, ai-je lancé, je vous déconseille les harengs.

160

– Et pourquoi ça?

– On ne sait pas ce qu'on peut trouver dans la boîte.

– Tu ne me crois pas? a poursuivi le Kazakh d'un ton indigné. Regarde, je peux te montrer ma licence de commerce…

Le colonel a secoué la tête en riant et a traversé notre champ de fouilles, large d'une dizaine de mètres.

– Cinq boîtes de crabes.

Le vendeur a donné un coup de talon à la patte avant du chameau qui s'est agenouillé. Il a sorti les conserves pour les aligner sur le sable en les pointant du doigt.

– Tiens, le compte y est: un, deux, trois, quatre, cinq.

Il a sorti une calculatrice de sa chemise, a tapoté dessus avant d'annoncer:

– Dix dollars.

Le colonel lui a tendu l'argent, puis il nous a rejoints. Posant ses achats, il a brusquement regardé sa main qui serrait toujours le revolver.

– Tiens, a-t-il dit, pas étonnant que j'aie mal au bras.

Il a rangé son arme dans l'étui dissimulé sous sa veste.

– Dis-moi, m'a-t-il demandé, tu étais seul en partant de Kiev, d'où sort cette Kazakhe qui t'accompagne?

– Je l'ai trouvée dans le désert. Je me suis endormi seul pour me réveiller à deux.

C'est là que le colonel a vu la momie.

– Et ce truc-là, qu'est-ce que c'est?

– Une momie. Elle devait être là depuis un bout de temps. Elle sent la cannelle.

– La cannelle?

Piotr observait Taranenko d'un air détaché. Quant à Galia, elle nous avait tourné le dos pour se remettre au travail. Apparemment, le colonel ne faisait plus peur à personne.

Il est allé s'agenouiller près de la momie, a remarqué qu'une partie était détachée du reste, mais n'a pas posé de questions à ce sujet.

– On dirait que tout est imprégné de cannelle dans le coin, a-t-il énoncé d'une voix pensive en se relevant. C'est une odeur puissante, très puissante…

J'ai flairé l'air, mais mon nez s'était déjà habitué à ces effluves, ou peut-être l'odorat du colonel était-il plus fin que le mien.

– Très puissante, a-t-il répété, et j'ai compris qu'il faisait allusion à la force mystérieuse qui avait transformé Piotr et dont il était en train d'éprouver les effets.

– *Piotr! Viens vite voir!* s'est exclamé Galia.

Piotr a couru la rejoindre pour examiner une montre Pobeda à bracelet de cuir. Il a nettoyé le cadran. Quelque chose était gravé au dos.

– «Au major Vitali Borissovitch Naoumenko de la part de ses camarades. Kiev. 1968», a lu Piotr d'une voix étonnée.

J'ai regardé la momie. C'était peut-être celle du major? Mais qu'était-il venu faire en ces lieux et que lui était-il arrivé?

Le colonel a pris la montre et s'est éloigné de quelques pas en nous tournant le dos. Il m'a semblé que ses épaules tremblaient.

Puis j'ai entendu le bruit d'une fermeture éclair et j'ai vu Taranenko lever le coude. Inquiet, j'ai compris qu'il venait de sortir son arme. S'il se retournait pour nous tirer dessus, nous n'avions aucune chance, à cette distance un tireur professionnel nous abattrait en trois secondes.

J'ai eu le temps de me réjouir de l'absence de Goulia avant que des coups de feu ne brisent le silence.

J'ai sursauté, mais je suis resté debout. Le colonel a tiré

plusieurs fois en l'air. Puis il a baissé le bras en inclinant sa nuque massive.

Le silence a attendu que l'écho se taise pour reprendre ses droits. Aucun de nous n'avait bougé.

Le colonel s'est retourné lentement. Il y avait des larmes dans ses yeux, mais ses joues bien rasées étaient sèches. Son regard nous a traversés comme si nous n'étions pas là. Il s'est dirigé vers la momie et a mis un genou à terre dans une attitude de recueillement.

Le silence s'éternisait, de plus en plus lourd, comme prêt à exploser. J'avais les nerfs à vif. Soudain, la voix du vendeur ambulant a retenti.

– Achète-moi des balles! Tu n'en as plus, pas vrai?

Le colonel s'est tourné vers lui.

– Elles coûtent combien?

– Un dollar les trois… mais je te les fais à un dollar les quatre.

Le colonel a sorti une autre coupure de dix dollars.

Un son inattendu a vrillé nos oreilles. Une sonnerie qui s'est tue avant de reprendre. Le marchand a pris son portable.

– Oui, oui, a-t-il dit en russe avant de poursuivre en kazakh.

Il a commencé par parler calmement, puis sa voix est devenue nerveuse et son visage s'est assombri. Il a rangé son téléphone, a mâchonné d'un air pensif avant de sortir une boîte en carton.

– Il y en a cinquante, prends le tout!

– D'accord. Je peux passer un coup de fil? Je paierai.

– Où ça?

– À Kiev, je n'en ai pas pour longtemps.

– Ça fera vingt dollars.

Le colonel a pris le combiné et s'est retiré à l'écart. Le marchand l'a suivi des yeux. Il avait l'air accablé par l'appel reçu.

– Des ennuis? ai-je demandé.

L'homme a hoché la tête.

– Il y avait une course de chameaux à Krasnovodsk, et mon chameau a perdu, et comme j'avais pris des paris, je vais devoir rembourser…

– *Viens donc déjeuner avec nous*, a proposé Piotr.

L'homme l'a regardé avec une surprise reconnaissante.

– *Galia*, a demandé Piotr, *va donc trouver Goulia et faites quelque chose à manger! Dis-lui que nous avons des invités.*

J'ai suivi la jeune femme des yeux, tendant l'oreille pour essayer d'entendre ce que disait le colonel, mais il parlait à voix basse, je voyais seulement ses lèvres bouger.

46

Nous n'avons pas tardé à regagner le campement. Le marchand a dit qu'il nous rejoindrait un peu plus tard, car il devait faire l'inventaire et remplir son livre de comptes.

Les femmes avaient cuit du riz, ce qui nous changeait de l'ordinaire. Goulia n'a manifesté aucune surprise à l'apparition du colonel, il m'a même semblé qu'elle le servait plus généreusement que nous.

Au moment où j'ai enfin pris ma première bouchée, Piotr s'est décidé à demander au colonel ce qu'il savait sur le major Naoumenko.

Le colonel a reposé sa cuiller avec un soupir.

– Je l'ai bien connu, c'était un brave homme. Il menait

des recherches secrètes sur les manifestations matérielles de l'esprit national. À l'époque, le KGB de chaque république soviétique avait un service consacré à ce problème. Moscou les finançait généreusement. Surtout les Ukrainiens, les Baltes et les Tadjiks. Les Biélorusses étaient les plus mal lotis, parce qu'il n'y avait pas grand-chose à étudier chez eux. Je venais d'être nommé lieutenant…

Tout le monde écoutait attentivement le colonel, oubliant de manger. S'en apercevant, il a interrompu son récit pour remarquer:

– Mangez donc, ça va refroidir.

Il a attendu que nous reprenions nos cuillers avant de continuer:

– Ce service n'a pas existé très longtemps… À peine plus d'un an. C'était un boulot passionnant: on étudiait le folklore ukrainien, les légendes, les vieux livres, les manuscrits. Même les archives de la police secrète du tsar, qui s'intéressait déjà à la question. On faisait venir des nationalistes internés dans les camps pour parler avec eux. Les nationalistes considérés comme inoffensifs étaient placés sous surveillance, le groupe de Guerchovitch aussi était suivi de près (en mentionnant ce nom, le colonel m'a regardé). Nous avons découvert un certain nombre de lieux sacrés, généralement disposés près d'un vieil arbre solitaire, un tilleul, un saule ou un chêne, ou près des tertres scythes dans les régions du sud. Dans les villages avoisinants, le taux de criminalité était plusieurs fois inférieur à la moyenne nationale et le niveau intellectuel de la population notablement plus élevé. Plusieurs autres facteurs entraient en jeu. Évidemment, nos recherches avaient lieu sous le sceau du secret le plus absolu. Nos notes et nos observations étaient immédiatement confisquées pour être expédiées à Moscou.

À l'époque, je ne comprenais pas encore l'importance de nos découvertes. Je me souviens que le major Naoumenko avait retrouvé des manifestations de l'esprit ukrainien au Kazakhstan. Il était entré en contact avec le KGB kazakh, mais c'est là que Moscou a donné l'ordre de liquider notre service et de muter ses collaborateurs dans des villes différentes pour les empêcher de continuer les recherches de leur propre initiative. À l'époque, j'étais un jeune officier consciencieux qui ne pensait qu'à faire carrière. Cependant, j'admirais et je respectais le major Naoumenko. Un esprit brillant, d'une probité exemplaire. Après la fermeture du service, on lui a offert un poste à Moscou, dans l'appareil central du KGB, mais quand le chauffeur est passé le prendre pour l'emmener à la gare, il avait disparu. Sa femme était sous le choc, il avait laissé un mot où il disait qu'il partait en mission pour deux semaines. Imaginez la réaction au siège ! Nos chefs ne savaient pas s'ils devaient annoncer que Naoumenko avait fui à l'étranger ou qu'il était tombé malade et ne pourrait venir avant deux semaines. On a ratissé les régions où il s'était déjà rendu dans le cadre de ses activités, on a contacté tous ses parents et amis, sans le moindre résultat.

J'ai remarqué que le récit du colonel était d'une parfaite précision et que son léger défaut de prononciation avait disparu.

Je brûlais de connaître la fin de l'histoire.

Je me suis retourné en entendant souffler un chameau. La tête du vaisseau du désert se profilait derrière une dune, puis celle de son maître est apparue à son tour.

Voyant arriver le marchand, le colonel a promis de nous raconter la suite plus tard et s'est mis à manger.

Le Kazakh a arrêté sa bête à trois mètres de nous, l'a fait

agenouiller pour sortir quelque chose du sac et est venu s'asseoir dans notre cercle. Il a tendu à Goulia sa gamelle, deux boîtes de crabe et un ouvre-boîtes. Elle a accepté son cadeau en silence, a ouvert les boîtes et a servi tout le monde. Puis elle a rincé le chaudron et a mis de l'eau à bouillir.

– Comment t'appelles-tu? a demandé Piotr au Kazakh.

C'était la première fois qu'il parlait russe.

– Murat.

– Tu vis loin?

– Oui, à Krasnovodsk.

– Tu es marié, tu as des enfants?

– Oui, j'ai une femme et trois fils…

J'étais stupéfait d'entendre Piotr s'exprimer dans une langue dont il avait jusqu'ici soigneusement évité de faire usage. Il n'avait pas le moindre accent.

Le caméléon a escaladé ma jambe, me faisant perdre le fil de la conversation et me replongeant dans mes propres pensées.

Le colonel, assis à la turque, regardait fixement le sable, songeant sans doute aux lointains événements de sa jeunesse.

Me demandant s'il avait lui aussi une femme et des enfants, j'ai regardé ses mains aux doigts épais. Il portait une chevalière en argent et une alliance.

L'eau s'est mise à bouillir.

– Bien sûr que c'est dur, était en train de dire Murat. Nos inspecteurs des impôts sont des brigands. Si tu ouvres une boutique, ils ne te laissent pas tranquille. Avec un chameau, c'est mieux. Je fournis les nomades. C'est écrit sur ma licence : commerce ambulant.

– *Tu vois comme la vie est difficile par ici!* m'a dit Piotr en ukrainien, remarquant que j'écoutais.

J'ai hoché la tête. Je ne m'étonnais pas qu'il continue à me parler ukrainien, il savait que je n'éprouvais aucune difficulté à le comprendre.

Goulia versait déjà le thé.

– Un instant, a dit Murat. Je reviens.

Il a rapporté une boîte de chocolats qu'il a fait passer à la ronde. J'en ai pris un, et comme il commençait à fondre, je l'ai immédiatement expédié dans ma bouche, et j'ai bu une gorgée de thé vert par-dessus, ce qui m'a procuré une sensation inhabituelle mais agréable.

– C'est du thé chinois? a demandé Murat à Goulia.

Elle a fait signe que oui.

– Attends! s'est-il exclamé en se levant.

Il est retourné à son chameau pour prendre une grande boîte de thé multicolore.

– Tiens, c'est un cadeau, du thé vietnamien! Tu le bois, on dirait du velours!

Le caméléon est descendu de ma jambe et a contourné le feu d'un pas lent pour escalader celle de Galia; il a pris la couleur bleue de son jean avant de s'immobiliser. Seul son œil proéminent bougeait, s'arrêtant de temps à autre, sans qu'on puisse déterminer qui il regardait.

Le marchand a fait un autre aller retour jusqu'à son chameau pour offrir à Piotr une cravate de soie chinoise dans un bel emballage.

– C'est un souvenir!

Étonné de sa générosité, j'ai remarqué que le colonel aussi observait le Kazakh avec inquiétude.

– Murat, a-t-il remarqué doucement, c'est dangereux pour toi de rester ici trop longtemps.

Murat a regardé le colonel avec un sourire avant d'aller chercher une autre boîte de cartouches.

– Prends-les ! Je vois que tu es un homme de bien.

Le colonel a sorti dix dollars de son portefeuille.

– Non, non, voyons, c'est un cadeau, a protesté le marchand.

– Cet endroit n'est pas bon pour toi, a insisté Taranenko. Tu vas bientôt nous offrir toutes tes marchandises et tu n'auras plus rien pour nourrir ta femme et tes enfants.

L'homme a blêmi lentement. Il commençait à comprendre.

– Je te remercie, a-t-il déclaré d'une voix tremblante. Mais prends-les quand même. Merci beaucoup. C'est vrai qu'il y a quelque chose ici… On m'avait bien dit d'éviter cet endroit, que c'était un lieu maudit et qu'on risquait d'y perdre sa dernière chemise… Merci de me l'avoir rappelé !

Le colonel a forcé Murat à prendre les dix dollars avant d'accepter la boîte de munitions.

– Tu ferais mieux de partir… a-t-il répété. Attends un instant ! (Il a sorti un autre billet.) Vends-moi deux Snickers.

– Vendre ? Pourquoi vendre ? a demandé l'homme d'un ton vexé.

Son visage était tiraillé entre différentes expressions et affichait une douleur presque physique ; ses lèvres s'étiraient d'elles-mêmes et il devait faire un immense effort pour ne pas sourire.

– Je veux les acheter, a dit le colonel.

Murat a hoché la tête docilement, a rapporté deux barres chocolatées et a pris le billet en retour.

– Garde la monnaie, a dit Taranenko, et donne-les à Galia.

Prenant congé d'un signe de tête, Murat a quitté précipitamment notre campement, traînant derrière lui son chameau qui renâclait, refusant de marcher aussi vite.

Nous l'avons suivi du regard jusqu'à ce qu'il disparaisse derrière une crête de sable.

– Vous voyez, a soupiré le colonel. C'est l'un des phénomènes étudiés par Naoumenko. Une manifestation matérielle de l'esprit national ukrainien. Ce Kazakh n'avait pas assez de force de volonté pour y résister.

– *Mais comment l'esprit ukrainien a-t-il atterri ici ?* a demandé Piotr.

– Comment ? a répété le colonel. Il y a une explication, bien que ce ne soit pas encore démontré. Les analyses du sable révèlent un fort taux de sperme cristallisé. Il a été fécondé en quelque sorte. À l'époque, le service militaire durait vingt-cinq ans… sans femmes, sans distractions… c'est dur… Vous comprenez ?

– *Tous les soldats ne venaient pourtant pas d'Ukraine !*

– Évidemment que non. L'esprit national n'agit pas par le nombre mais par l'intensité, comme une radiation. Je pense que Chevtchenko a transmis sa force spirituelle à cet endroit. Une force qui, séparée de l'homme qui en est le vecteur, peut être qualifiée d'esprit national, c'est une épice qui confère une saveur nouvelle à l'air qu'on respire.

– Et qu'est-il arrivé au major Naoumenko ? ai-je demandé.

– J'ai peur que la momie soit tout ce qu'il en reste. Il est venu ici secrètement pour vérifier ses conclusions, mais l'endroit était soigneusement gardé, surtout que le major n'était pas le premier à vouloir percer ce mystère. Il n'a pas suivi l'itinéraire classique pour venir, il est passé par Astrakhan. Mais on l'attendait sur place. On a dû le torturer avant de le tuer.

– Comment savez-vous qu'on l'a torturé ?

– Le fait qu'on l'ait castré est un indice suffisant. Un an plus tôt, son fils unique était mort de diphtérie. Le major en avait énormément souffert, il disait que vivre sans enfant n'a aucun sens. Sa femme et lui avaient l'intention d'en avoir un autre. Ceux qui l'ont capturé savaient comment faire pression sur lui.

– *Mais dites-moi, colonel,* a demandé Piotr en le regardant droit dans les yeux, *pourquoi ceux qui viennent ici ne se mettent-ils pas tous à parler ukrainien ? L'esprit national, c'est d'abord la langue nationale !*

– Non. L'esprit national est d'une nature plus élevée que la langue. Il modifie le rapport de l'homme à ce qui l'entoure et sa manière d'envisager sa propre personne. Il agit sur les représentants de tous les peuples, stimulant ce qu'il y a de meilleur en eux. La langue n'est qu'une marque extérieure de la nationalité. Elle peut être parlée aussi bien par le président du pays que par un meurtrier psychopathe. Si on considère la langue comme la principale caractéristique de l'esprit national, elle devient un élément de ségrégation. On peut alors considérer qu'un violeur qui parle ukrainien est meilleur qu'un violeur qui parle russe. Tu saisis ? L'esprit national aime toutes les nations, pas seulement la sienne.

Piotr l'écoutait attentivement, hochant la tête de manière à peine perceptible.

– *J'ai encore du mal à comprendre ça,* a-t-il déclaré doucement.

Il s'est frotté la tempe et a commencé à bourrer sa pipe.

– Tu auras tout le temps pour l'assimiler, a déclaré le colonel d'un ton paternaliste avant de se tourner vers moi : Il nous reste encore beaucoup de choses à comprendre, à tous autant que nous sommes.

– Qu'allons-nous faire du major ? ai-je demandé.

– L'unique chose que nous puissions pour lui, c'est l'enterrer avec les honneurs.

Un bruit de papier qu'on déchire a distrait mon attention. Du coin de l'œil, j'ai vu Galia défaire l'emballage d'un Snickers.

47

Le soir est tombé imperceptiblement. Nous n'avons plus parlé après le repas, comme si notre quête commune était achevée. Chacun restait dans son coin. De temps à autre, Piotr alimentait le feu pourtant inutile. J'ai failli lui faire une remarque car le désert m'avait appris l'économie. Mais son regard était si pensif et si triste que je n'ai pas osé le déranger. J'étais moi aussi en proie à des réflexions peu réjouissantes : le sort tragique du major Naoumenko et mon avenir incertain nourrissaient mon inquiétude. J'ai même éprouvé un accès d'envie à l'égard des gens menant une vie banale et ennuyeuse : leurs cinq jours de travail hebdomadaire, leurs réunions de parents d'élèves et leur bortch du dimanche étaient en quelque sorte les garants d'un futur stable et d'une mort paisible. Mais non, fi de la monotonie ! Je n'avais jamais recherché la tranquillité et j'en avais toujours été récompensé. Le calme n'entraîne que silence et solitude.

Mes pensées se sont tournées vers Goulia. « Mon sort est désormais lié au sien, ce n'est plus de mon avenir seul mais du nôtre qu'il est question ; nous ne nous quitterons plus, et nos différences nous empêcherons de sombrer dans la monotonie d'une vie sans histoires. Où allons-nous vivre ? À Kiev, bien sûr, puisque j'y ai un appartement… »

Le souvenir de Kiev a réveillé mes craintes. J'aurais voulu

rentrer au plus vite, mais j'avais peur, pour la sécurité de Goulia encore plus que pour la mienne.

Pour que personne ne vous cherche noise, la condition essentielle est ne pas se faire remarquer, or j'avais un peu trop sorti la tête du rang. À ma place, un oisillon serait déjà tombé du nid et aurait été dévoré par un chat.

« Peut-être vaut-il mieux éviter Kiev ? Nous pourrions aller à Astrakhan ou ailleurs et louer une chambre. » Je comprenais que cette variante n'était pas réaliste. Je devais rentrer chez moi. Peut-être les amateurs « d'aliments pour bébés » étaient-ils déjà six pieds sous terre ? Et leurs meurtriers enterrés dans des tombes voisines, avec pour seule différence la date indiquée sur la stèle de marbre ?

La vie est toujours plus intéressante que la mort.

J'ai levé la tête. Le colonel avait disparu. Peut-être était-il retourné auprès de la momie ?

Je me suis approché du bord de notre monticule. Les derniers rayons d'un soleil faiblissant éclairaient notre champ de fouilles. J'ai aperçu la momie, mais pas le colonel. Légèrement perplexe, je suis allé m'asseoir près de Piotr.

– Piotr, lui ai-je dit, je voudrais te parler.

Il a levé un regard interrogateur. Des reflets jouaient sur son visage, faisant ressortir sa moustache noire qui lui tombait jusqu'au menton.

– Tu sais, je crois que Goulia et moi, on est de trop. C'est plutôt vous que ça regarde, Galia, le colonel et toi… Je sens que… enfin, comment dire ?… Je suis russe, Goulia est kazakhe. Je viens seulement de réaliser à quel point ces choses-là sont sacrées pour vous.

J'étais totalement sincère, et ma sincérité m'empêchait de m'exprimer de manière précise, mais Piotr m'a arrêté d'un geste.

– Tu as tort, a-t-il protesté en russe. Tu as tort sur toute la ligne. On n'est pas des nazis, il ne faut pas avoir peur de nous. «L'Ukraine aux Ukrainiens» ne fait pas partie de nos slogans. Si tu aimes Kiev, tu dois aimer l'Ukraine. Et rien ne t'oblige à renoncer pour autant à tes origines. Tous ensemble, Ukrainiens, Juifs, Russes et Kazakhs, nous pouvons faire de l'Ukraine un État européen…

Le discours de Piotr m'a médusé, j'avais du mal à croire que c'était celui d'un membre de l'UNA-UNSO. Quelque chose clochait. Non seulement il me parlait en russe, mais il exprimait des idées inspirées de la déclaration des droits de l'homme bien plus que des thèses de nos nationalistes.

– Tu dois absolument rester avec nous jusqu'au bout, a poursuivi Piotr. Nous avons encore beaucoup de travail. Vitold Ioukhimovitch doit revenir ce soir, et nous te raconterons tout.

– Il doit revenir?

– Oui, il est parti en ville. Il rapportera des nouvelles. Prends patience, c'est l'affaire d'une heure ou deux.

J'en suis resté bouche bée. Des trois composantes de notre joyeuse équipe: Goulia et moi, le SBU et l'UNA-UNSO, les deux dernières avaient donc trouvé un terrain d'entente et n'en faisaient plus qu'une, qui apparemment nous proposait de la rejoindre.

– Je vais aller ramasser des broussailles, tant qu'il fait encore clair, a ajouté Piotr en se levant.

J'ai entendu ses pas crisser derrière mon dos.

Je suis resté près du feu mourant. Je pressentais que la réponse à mes interrogations était proche. Si proche. Mais oui, c'était le sable. Le sable à l'odeur de cannelle: l'esprit national ukrainien avait imprégné les alentours du fort. C'était sans doute là ce que Taras Chevtchenko avait enterré «à six mètres environ du vieux puits». Quelque chose d'invisible, d'impalpable qui flottait dans l'air, assez puissant pour rendre les gens meilleurs. Mysticisme? Bioénergie? Aura? Radiation? Qu'allait donc nous annoncer le colonel à son retour de la ville? Il allait bien nous annoncer quelque chose. Ou au moins nous dire ce qu'il était allé y faire.

48

Le colonel est rentré fort tard. Un fin croissant mauresque flottait au-dessus de l'ancienne batterie. La fumée montait en volute du feu qui réclamait une nouvelle ration de broussailles. Piotr a attendu que le colonel s'installe à côté de lui pour ranimer la flamme. Il était temps de faire du thé.

Goulia est venue prendre la relève pour s'occuper du feu. Le colonel nous a fait signe de le suivre, à Piotr et à moi.

Nous nous sommes assis à l'écart.

Le colonel avait l'air fatigué.

– J'ai pris certaines dispositions, a-t-il déclaré, mais il va falloir contrôler les opérations.

– Quelles dispositions? Quelles opérations? ai-je demandé. Je ne suis au courant de rien.

Le colonel a regardé Piotr avec étonnement.

– Tu ne lui as rien dit?

Piotr a secoué la tête.

– *Je ne vais tout de même pas parler au nom du SBU. Expliquez-lui vous-même!*

– Tu n'as toujours pas compris que nous poursuivions le même but, à savoir un meilleur avenir pour l'Ukraine?

– Il faut du temps pour m'habituer à cette idée.

– Bon, a soupiré le colonel en se tournant vers moi, il s'agit de ramener la plus grande quantité de ce sable en Ukraine…

– Pour quoi faire?

– Pour contribuer à la renaissance de la nation. Tu as pu observer ses effets. On verra ensuite comment l'utiliser au mieux. Les scientifiques voudront certainement l'étudier. Quant à moi, je serais partisan d'en mettre dans les bacs à sable des jardins d'enfants: les enfants représentent notre futur, ils doivent devenir meilleurs que nous, plus francs, plus honnêtes…

J'ai hoché la tête en signe d'assentiment.

– C'est la raison de ma rencontre d'aujourd'hui avec mes collègues du Kazakhstan. Ils ont promis de nous aider. En échange, nous devrons les aider à notre tour, mais on verra ça après. Dès demain, nous serons en possession de documents officiels concernant une entreprise mixte ukraino-kazakhe faisant commerce de matériaux de construction. Ce qui nous permettra de transporter ce sable en Ukraine. Évidemment, il faudra l'accompagner.

– Tout ça c'est bien joli, a remarqué Piotr, *mais qui va décider quoi faire de ce sable, le SBU? Et nous, on va rester en rade?*

Le colonel a poussé un soupir.

– On aura le temps d'en reparler. En Ukraine, personne n'est encore au courant de notre découverte et je pense que nous arriverons à faire passer le sable discrètement. Après quoi, nous le stockerons et nous prendrons une décision appropriée.

Piotr a paru satisfait de la réponse.

– Demain aura lieu l'enterrement du major Naoumenko, a poursuivi le colonel. Les collègues locaux viendront nous donner un coup de main. Ils ont promis d'être là à midi.

J'étais sur le point de poser une question quand Galia nous a appelés pour le thé.

Lorsque tout le monde est parti se coucher, Goulia m'a pris par la main pour me tirer vers notre natte. Mais j'étais trop excité pour dormir. Je lui ai dit que je voulais rester un peu seul. Elle m'a embrassé avant de me laisser.

Je me suis écarté du feu presque éteint. L'air semblait plus frais qu'à l'accoutumée, mais il ne faisait pas froid. J'ai observé le ciel parsemé de milliards d'étoiles, puis j'ai regardé en contrebas. La clarté jaune pâle de la lune baignait la cuvette où nous avions déterré le but de notre voyage ou plutôt de nos voyages respectifs. J'ai approché ma main gauche de mon visage et j'ai failli éternuer tant l'odeur de cannelle était forte. Je me suis tourné vers les ruines de la batterie, auréolées de la même lumière lunaire. Un lieu maudit? Lequel des deux avait précédé l'autre, le mythe de la malédiction ou l'effet que cet endroit produisait sur les gens? Impuissant à répondre à cette question, je me suis concentré sur l'observation du ciel, dénombrant cinq satellites qui naviguaient entre les astres fixes. Depuis combien d'années remplissaient-ils leurs obligations cosmiques? Je me souvenais des communiqués presque quotidiens à une certaine époque: «Aujourd'hui ont été mis sur orbite les satellites Soyouz-1554, Soyouz-1555, Soyouz-1556...» Combien de milliers de ces «Soyouz» erraient-ils aujourd'hui à travers l'espace. Quelqu'un surveillait-il encore leur vol? Quelque professeur Nimbus à moitié dérangé, qui avait décidé d'adopter ces pauvres orphelins d'un Empire cosmique défunt.

Je suis descendu m'asseoir au bord du trou que nous avions creusé, mes jambes pendantes ne touchaient pas le fond: il restait encore trente centimètres.

Aussitôt, j'ai éprouvé un sentiment de paix grandissante. Mon cœur s'est mis à battre au ralenti, mon sang circulait plus lentement.

« Quel calme et quelle beauté, me suis-je dit, pas étonné le moins du monde de penser en ukrainien. *Quelle nuit magnifique ! Et que d'étoiles ! C'est tout de même surprenant que je sois ici ! Mais si je n'étais pas venu en ce lieu, Dieu seul sait où je me trouverais en ce moment ! Peut-être dans l'autre monde... »*

Je suis resté là jusqu'à l'aube, réfléchissant à ma vie, toujours en ukrainien. Et quand le soleil levant a poussé hors du ciel le fin lambeau de lune, le souffle m'a manqué à la vue des couleurs qui ont jailli soudainement. Deux couleurs seulement : le jaune du sable et le bleu du ciel[1].

« Mon Dieu, voici ce que Chevtchenko a vu ! Voici ses couleurs préférées qu'il voyait chaque matin et qui devaient lui rappeler sa maison lointaine, son pays bien-aimé où il aspirait tant à revenir. »

Le soleil montait de plus en plus haut ; je ne ressentais aucune fatigue après ma nuit d'insomnie. J'étais plein d'une énergie mystérieuse dont j'ignorais la destination. Elle était en moi et attendait son heure. Indépendante, plus forte que ma volonté. Peut-être était-ce le fameux esprit qui rend les gens meilleurs, fût-ce malgré eux ? Ou seulement une parcelle de cet esprit ?

Je me suis levé. L'air que le soleil n'avait pas encore eu le temps de dessécher sentait légèrement la mer et assez fortement la cannelle. Lorsque la canicule prendrait le dessus, ces deux odeurs cacheraient leur persistance moite sous le sable dans l'attente du soir, quand l'air lui-même aspirerait à se remplir d'humidité, de crainte que le vent ne

---

1. Le bleu et le jaune sont les couleurs du drapeau ukrainien (et également celles du nouveau drapeau kazakh).

l'emporte dans les profondeurs du désert ou vers les hauteurs avoisinantes.

J'ai pris la direction de la fumée montant du feu invisible. Je savais que l'eau était en train de bouillir et que Goulia m'attendait.

49

Peu après le petit déjeuner, le rugissement d'un moteur a troublé le silence du fort, marquant l'apparition d'une puissante Landrover couleur jaune sale. Elle était plus longue qu'une Jeep ordinaire et comportait une partie bâchée d'environ deux mètres; le toit de la cabine était muni de projecteurs. Les deux Kazakhs qui se trouvaient dedans avaient dépassé la quarantaine et portaient des survêtements de marque Adidas. Le conducteur est sorti le premier pour saluer le colonel. Ils ont palabré quelques minutes à voix basse, le second est venu les rejoindre et la conversation s'est poursuivie à trois, sans que nous puissions entendre ce qu'ils disaient.

Puis les deux visiteurs sont retournés à leur véhicule et le colonel s'est dirigé vers nous, l'air satisfait.

– Préparez-vous, a-t-il déclaré. On part dans une demi-heure… Il faut d'abord habiller le major.

– *Où va-t-on ?* a demandé Piotr.

– Dans un de leurs lieux sacrés, pour enterrer Naoumenko. Ils ont apporté un uniforme.

Les Kazakhs sont revenus avec un paquet d'où émergeait un vêtement militaire. Nous avons fait connaissance. L'un s'appelait Ioura et l'autre Aman.

Nous nous sommes dirigés en silence vers le champ de fouilles. Dix minutes plus tard, la momie, vêtue de pied en cap, avait presque repris figure humaine.

Aman est allé chercher la voiture. Goulia revenait avec une brassée d'herbes et de bois et ils ont échangé quelques mots en kazakh. Le colonel les a interrompus.

– Alors, qu'est-ce qu'on fait maintenant?

– Goulia aussi connaît cet endroit, a dit Aman. C'est le lieu qui convient.

Le colonel a acquiescé.

– Tu te souviens de la tombe du derviche? m'a dit Goulia. Nous y avons passé la nuit.

– Mais c'est très loin! me suis-je exclamé, essayant de me souvenir du nombre de jours de marche.

– À pied oui, mais en voiture, on devrait y être en cinq heures, a objecté Ioura.

Quand ils ont mis le major Naoumenko dans un sac noir et qu'ils ont zippé la fermeture Éclair, des larmes ont brillé dans les yeux du colonel. Nous avons respecté quelques instants de silence avant de charger le corps à l'arrière de la Landrover où se trouvaient déjà plusieurs blocs calcaires, sans doute récupérés dans les ruines.

Goulia est allée rejoindre Galia au campement et je suis monté en voiture avec les deux Kazakhs. Le colonel n'a pas bougé de l'endroit où la momie se trouvait quelques instants plus tôt. Aman l'a appelé:

– Vitold Ioukhimovitch, on s'en va!

– Vous n'auriez pas un morceau de tissu? a demandé le colonel d'une voix lente.

Pendant qu'Aman regardait dans le vide-poche, je suis descendu et j'ai aussitôt compris ce qui préoccupait le colonel: le sexe momifié du major était resté sur place.

Aman a trouvé un chiffon de velours sombre dont le colonel s'est servi pour envelopper l'objet avant de le ranger dans sa poche.

Le voyage a duré une éternité. J'avais mal aux fesses à cause des cahots. Le soir tombait quand Aman a enfin arrêté le véhicule. J'ai immédiatement reconnu l'endroit.

Les phares allumés l'éclairaient mieux qu'en plein jour. Nous avons mis le sac avec la momie à côté de la tombe du derviche et nous l'avons recouvert avec les blocs calcaires. Puis Aman a sorti un ruban vert de sa poche et l'a attaché au sommet du poteau de pierre, à côté de l'autre ruban dont la couleur avait déteint.

Piotr semblait dérouté par le caractère inhabituel de la cérémonie, mais il n'a rien dit.

Ioura a sorti cinq pistolets munis de silencieux. Le colonel a soupesé le sien et son visage s'est durci, il a levé le bras et nous a regardés. Nous avons tous imité son geste. J'ai eu le temps d'apercevoir un satellite qui traversait le ciel juste au-dessus de nous.

Le colonel a pressé la détente. Le coup est parti avec un petit claquement étouffé. Nous avons tous tiré trois fois.

– Gardez les armes, a dit le colonel.

Nous avons bu un peu de vodka, assis à même le sol autour des deux tombes. Je n'avais encore jamais connu de silence aussi solennel ni aussi funèbre.

Quand je suis allé à l'écart pour me soulager, j'ai remarqué des pas dans le sable. Quelqu'un était passé là récemment, qui arrivait du désert. Je me suis aussitôt souvenu des traces autour de mes premiers bivouacs. J'ai regardé nerveusement autour de moi, avec l'impression que quelqu'un me surveillait. J'ai même sorti le pistolet à silencieux, tout en ayant conscience de son inutilité.

Revenu à la voiture, j'ai pris Aman à part pour lui montrer les traces.

– C'est Azra, le bon ange de la mort, a-t-il expliqué sans se troubler.

– L'ange de la mort? ai-je demandé, essayant de me rappeler qui de nous deux avait bu le plus de vodka.

– L'ange de la mort accompagne les voyageurs solitaires et leur apparaît parfois sous la forme d'un scorpion ou d'un caméléon.

– C'est une légende?

– Si vous voulez. On parle de légende quand il n'y a pas d'autre explication.

– C'est un ange porteur de mort? ai-je demandé après quelques instants de réflexion.

– Pas un mais une ange. Une femme-ange qui suit le voyageur et décide si elle va l'aider ou le tuer. Si le voyageur lui déplaît, elle lui envoie un scorpion et il meurt. S'il lui plaît, elle lui envoie un caméléon et le voyageur reste en vie. Le caméléon est un animal qui porte chance.

– Et elle ressemble à quoi, cette Azra?

Aman a haussé les épaules.

– Je ne l'ai jamais vue. On raconte qu'elle peut t'apparaître sous l'aspect d'une femme amoureuse.

Les traces de pas s'estompaient à vue d'œil. Le sable reprenait peu à peu son aspect lisse.

Au matin, Aman nous a reconduits au campement et est reparti avec Ioura endormi sur son siège. J'ai demandé au colonel pourquoi le major avait été enterré en plein désert.

Le colonel, le visage bouffi, m'a regardé dans les yeux comme pour vérifier si j'étais capable de comprendre.

– Ils ont dit que sa tombe contribuerait à renforcer l'amitié entre nos deux pays.

Il a soupiré avant d'ajouter:

– Et puis notre ambassade n'a pas les moyens de rapatrier son corps… Je me contente d'en rapporter une petite partie à Kiev.

J'ai hoché la tête. On sentait que Taranenko en avait gros sur le cœur. J'ai décidé de le laisser tranquille et j'ai suivi l'exemple de Piotr qui s'était écroulé à peine arrivé et ronflait déjà sur sa natte, à côté de Galia.

– Bonne nuit, ai-je dit au colonel.

Avec un sourire fatigué, il m'a indiqué du doigt le sommet des collines où le matin était déjà en train de poindre.

Je me suis endormi en enlaçant Goulia, songeant au bon ange de la mort prenant l'aspect d'une femme amoureuse.

50

Je me suis réveillé vers midi, le pistolet serré dans mon poing. Piotr dormait encore. Le colonel n'était pas visible.

Goulia et Galia s'affairaient près du feu. Elles m'ont donné un bol de thé encore tiède – elles venaient sans doute d'en boire récemment, heureuses d'être provisoirement débarrassées des hommes. Galia était en jean, comme toujours, un tee-shirt rouge sombre soulignait gracieusement sa poitrine menue. Goulia portait sa tunique salade.

«Comment a-t-elle l'intention de s'habiller à Kiev? me suis-je soudain demandé. Avec des vêtements pareils, elle risque d'attirer les regards…»

– Où est passé le colonel?

– *Ça fait bien trois heures qu'il est parti*, a répondu Galia. *Sans doute qu'il est allé en ville.*

– Il n'a rien dit?

– *Seulement qu'il rentrerait pour le déjeuner.*

Elles étaient justement en train de le préparer. La faim m'a retenu près du feu. Une agréable odeur chatouillait mes narines. Galia venait d'étendre une fine couche de pâte et la coupait en losanges, tandis que Goulia tranchait un morceau de viande séchée. Un bol rempli de rondelles d'oignons violets était posé à côté. Apparemment, nous avions droit à un repas de fête.

– Qu'est-ce qu'on mange aujourd'hui? ai-je demandé en avalant ma salive.

– Aman nous a laissés un peu de viande de mouton, on va manger de la soupe kazakhe, a dit Goulia sans se retourner.

Le colonel est rentré à temps, comme s'il avait craint de rater le festin. La soupe au mouton finissait de mijoter, répandant un arôme prometteur. La vodka de la veille excitait notre appétit.

Après le repas, le colonel nous a pris à part, Piotr et moi.

– Je vous conseille de dormir jusqu'au soir pour faire provision de forces, a-t-il déclaré d'un ton paternel. Une longue nuit nous attend.

Nous avons docilement gagné nos nattes respectives. Après ce repas plantureux, à peine couché, le visage couvert de mon bonnet de feutre, ma conscience s'est embrumée aussitôt.

Un moteur m'a réveillé. Une pelleteuse et deux grands camions étaient arrêtés près de notre champ de fouilles. L'un des camions était en train de charger du sable. Son chauffeur portait un masque à gaz. Tout comme le conducteur de la pelleteuse. Le chauffeur du second camion fumait une cigarette, assis à l'écart. Le colonel Taranenko surveillait les opérations.

Je me suis dirigé vers lui.

— Ça avance, a-t-il déclaré. Il est temps que vous fassiez vos bagages.

— Ah bon, on s'en va?

— Aman arrive dans une heure. Nous allons accompagner le chargement. La route est longue. Plus de six cents kilomètres d'ici à Krasnovodsk.

J'ai soupiré. Le désert m'avait fait perdre l'habitude des mouvements brusques et la perspective de devoir partir à la va-vite ne me souriait guère.

Je suis revenu au bivouac de fort méchante humeur. J'essayais de marcher à grands pas, mais le sable semblait se moquer de moi, ralentissant ma marche. Il a fini par avoir le dessus, je suis remonté calmé et quelque peu fatigué.

J'ai dit à Goulia que nous allions partir. Le bruit de la pelleteuse s'accordait mal à la beauté inanimée des ruines. J'ai essayé de compter les jours que nous avions passés en ce lieu, mais le vacarme empêchait toute concentration. «Bon, me suis-je dit, nous avons six cents kilomètres de route devant nous, j'aurai largement le temps de faire le calcul et de réfléchir…»

51

Les camions de sable ouvraient la marche. Ioura était monté dans le premier et le colonel dans le second. Nous étions assis dans la Landrover d'Aman qui roulait tous phares allumés. Les camions paraissaient irréels sous leur lumière, comme projetés sur un écran de cinéma. La route était sinueuse et, de temps à autre, le véhicule de tête s'écartait du couloir lumineux, le réintégrant aussitôt, dans la lente montée des monts Karataü. Le terme de monts n'était certes pas approprié pour ces modestes collines qui faisaient presque figure de plaine si on les comparait aux montagnes caucasiennes, mais elles n'en paraissaient pas moins belles, auréolées d'un bleu irréel par la clarté lunaire.

Nous sommes arrivés au port de Krasnovodsk vers une heure de l'après-midi. Une vingtaine de véhicules, en majorité de tourisme, attendaient le ferry dont les bords rouillés n'inspiraient guère confiance. La rouille du bas était marron verdâtre et celle du haut d'une teinte brune plus classique.

L'accès au ferry était pour le moment barré par une chaîne peinte en rouge. Ce ferry ressemblait à un navire ordinaire, deux fois plus petit que la conserverie flottante, et seul l'avant qui s'abaissait pour former un pont lui prêtait une forme particulière.

Pendant que j'observais le port à moitié abandonné, avec ses grues figées dans des poses variées, ses bâtiments mangés de rouille, émergeant d'un sol rouge qui semblait rouillé lui aussi, le colonel s'est approché de la Landrover pour nous emmener à l'écart, Piotr et moi.

– Écoutez-moi attentivement. Le ferry part dans deux heures. Vous êtes désormais les représentants de l'entreprise Karakoum Limited. Voici les papiers nécessaires au transport du sable. J'ai encore à faire ici, je vous rejoindrai plus tard. Une fois à Bakou, les conducteurs s'occuperont de charger le sable dans le train et vous indiqueront la marche à suivre. À la frontière de l'Azerbaïdjan, on vous réclamera cinq cents dollars de transit. Et vous aurez certainement des pots de vin à verser par la suite. Il y a trois mille dollars dans l'enveloppe, ça devrait suffire jusqu'à Rostov-sur-le-Don. Si ça ne suffit pas, vous êtes armés. Mais n'ayez recours aux pistolets qu'en cas d'extrême nécessité.

Le colonel a marqué une pause, pour nous laisser le temps de digérer cette dernière remarque.

– À Rostov, vous devrez attendre quelques jours. Une fois là-bas, les femmes pourront prendre un train de voyageurs. Il vaut mieux éviter de les mettre seules dans le train à Bakou, c'est trop risqué. Eh bien, je vous souhaite bonne chance !

Le colonel nous a serré la main et est parti rejoindre Aman qui fumait près de la Landrover.

Nous sommes demeurés figés. Je tenais la grande enveloppe remise par le colonel et sa voix résonnait encore à mes oreilles. Je ne pensais plus à l'état délabré du ferry censé nous faire traverser la Caspienne, la suite du voyage m'apparaissant beaucoup plus dangereuse. Surtout pour Goulia. Il aurait été stupide de penser qu'on puisse traverser le Caucase en évitant les problèmes, surtout qu'on tiraillait encore au Daguestan et en Tchétchénie.

J'ai regardé Piotr. À en juger par sa mine renfrognée, il n'était guère plus enchanté que moi.

– Qu'est-ce qu'on fait ? ai-je demandé.

– *Qu'est-ce que tu veux y faire ? On doit aller jusqu'au bout,* a-t-il répondu d'un ton fataliste en sortant sa pipe.

J'ai tourné la tête vers la voiture. Galia était assise sur le marchepied ; je me suis inquiété de ne plus voir Goulia.

– *Elle est partie là-bas,* a dit Galia en indiquant un hangar.

– Pour quoi faire ?

– *Pour se changer.*

J'ai pris la même direction, mais Goulia venait déjà à ma rencontre, en jean et tee-shirt gris, sa tunique rouge sombre à la main.

– Tu sais où nous allons ? lui ai-je demandé à mi-voix.

– Oui, a-t-elle répondu avec un sourire.

– Peut-être vaudrait-il mieux que tu restes ici ? Tu me rejoindras à Kiev en avion, quand tout sera réglé. Je viendrai te chercher à l'aéroport.

Goulia a secoué la tête.

– Nous ne faisons plus qu'un, maintenant. Je peux me perdre sans toi et tu te perdras sans moi. Je ne veux pas rester seule.

Je l'ai enlacée ; ses bras gracieux et pleins de force m'ont rendu mon étreinte.

«Qui de nous va défendre l'autre ?» ai-je pensé, non sans ironie.

– Tout ira bien, m'a murmuré Goulia en m'embrassant.

Je l'ai embrassé à mon tour sur l'oreille.

52

Deux Azéris en combinaisons bleues crasseuses sont apparus à l'entrée du ferry, et une foule nombreuse s'est aussitôt rassemblée. La file de véhicules s'étirait sur deux cents mètres jusqu'à un hangar marqué *Turkmenbachi* en grandes lettres blanches et continuait encore au-delà. Je me suis étonné avant de me souvenir que c'était le nouveau nom de Krasnovodsk[1].

---

1. Krasnovodsk s'appelle Turkmenbachi depuis 1993. La ville est située au Turkménistan, voisin du Kazakhstan. Après avoir rejoint Bakou par le ferry, nos héros vont traverser l'Azerbaïdjan, le Daguestan, la Tchétchénie et la Russie avant d'arriver en Ukraine.

Nos camions étaient dans les dix premiers. J'ai regardé la Landrover avec une certaine nostalgie. J'aurais été plus tranquille si Aman et Ioura étaient partis avec nous. Mais ils n'avaient aucune raison de le faire. En revanche, je ne comprenais pas quelles affaires pouvaient retenir le colonel au Turkmenistan, si sa mission consistait à ramener du sable du Kazakhstan en Ukraine.

La chaîne rouge est tombée avec fracas. L'un des employés l'a tirée paresseusement sur le côté et l'a poussée du pied contre le bord. Le second a fait signe à la première voiture, une Lada rouge. Le conducteur, un petit Caucasien frêle est descendu payer avant de faire monter son véhicule.

Le soleil chauffait dur. J'ai sorti mon bonnet de feutre de ma poche avant de retourner auprès de Goulia.

– Aman ne t'a rien dit ? lui ai-je demandé.

– À propos de quoi ?

– À propos de notre voyage.

– Non, il m'a seulement souhaité bonne chance. Trois fois.

– Trois fois ?

Elle a hoché la tête.

Je me suis retourné pour regarder Aman, Ioura et le colonel qui bavardaient entre la Jeep et le hangar. Piotr et Galia étaient assis sur le marchepied. En dépit de ma nervosité, je ne pouvais demeurer insensible à l'atmosphère de calme qui régnait dans le port. Piotr et Galia ne semblaient pas inquiets. Pas plus que les trois agents de l'ex-KGB. L'embarquement se déroulait sans hâte et sans cris. Les passagers à pied attendaient patiemment la montée des véhicules.

L'extrémité de la file d'attente a rapidement émergé de derrière le hangar et ce long serpent aux roues multiples a fini par se retrouver sur le ferry.

Une demi-heure plus tard, nous avons regardé le port s'éloigner et la Landrover diminuer de taille ; elle a démarré avant de devenir un simple point.

La mer était calme. L'eau vert sale, nacrée de mazout, ondoyait doucement. On n'entendait que le cri des mouettes. Mais personne ne les nourrissait. Les passagers, essentiellement des Kazakhs et des Caucasiens, demeuraient silencieux, assis sur leurs valises.

– Allons nous promener, ai-je proposé à Goulia.

Nous avons laissé Piotr et Galia garder les bagages et nous avons fait le tour du pont supérieur, étudiant le paysage. L'air humide sentait le sel et l'iode, et le soleil, au-dessus du bastingage, ne paraissait plus aussi brûlant.

Enlacés, nous nous sommes arrêtés à l'arrière du bateau. D'ici, on pouvait voir la partie de la ville située à droite du port, derrière les petites collines jaunes. Essentiellement des immeubles de quatre étages d'aspect banal.

Non loin de nous, une famille kazakhe était assise sur un plaid : un couple et trois fillettes en vêtements de ville de couleur terne. Une quatrième fillette est venue les rejoindre avec un bidon de deux litres d'où s'échappait de la vapeur.

– Il doit y avoir un distributeur d'eau bouillante, ai-je dit à Goulia en indiquant le bidon d'un signe de tête.

J'ai fini par trouver l'endroit et j'ai découvert que tous les services étaient payants sur ce ferry.

– Ça fera un dollar, a déclaré l'Azéri qui surveillait le robinet après avoir rempli mon récipient. Tu veux de la soupe instantanée ? Ou de la semoule ? C'est pas cher.

L'enveloppe ne contenait aucune coupure inférieure à dix dollars. Le vendeur d'eau n'avait pas la monnaie et j'ai dû lui acheter trois sachets de soupe fabriqués dans un pays arabe non identifié.

Après avoir mangé, nous nous sommes installés pour faire un somme.

Le temps coulait lentement. Parfois, j'ouvrais les yeux pour vérifier si le soleil était encore haut. À mon dernier réveil, je l'ai trouvé en son déclin.

Je me suis levé pour m'appuyer au bastingage. La mer était toujours paisible, mais plus propre. On apercevait un bateau faisant route en sens inverse.

Je l'ai suivi quelque temps du regard, heureux d'avoir quelque chose à observer.

Les autres étaient endormis. Beaucoup de passagers dormaient en groupe. Presque tous voyageaient en famille.

Le vent est devenu plus fort et la surface presque lisse de la mer s'est brisée en larges rangées de vagues. Le ferry s'est mis à tanguer légèrement, bercé par les flots. Mon corps, plus que mon esprit, s'est souvenu de la conserverie flottante. La seule tempête de ma vie a surgi devant mes yeux avec une précision cinématographique. Combien de temps s'était-il écoulé depuis lors? Combien de jours et de semaines? Pas tant que cela, mais cet épisode semblait appartenir à un passé lointain vers lequel il n'y avait pas de retour possible.

J'ai regardé Goulia qui dormait sur le côté, le visage vers le bord, la tête sur le sac de Galia. Ce jean lui allait mieux que ses tuniques. D'un seul coup, comme une danseuse folklorique dépouillée de son costume de scène, elle était devenue l'une des nôtres. Mais me souvenant des quelques jours passés sous la tente de son père, je savais que sa vision de la vie ne pouvait coïncider avec la mienne. Elle faisait probablement de grands efforts pour dissimuler ses inquiétudes à propos de ce voyage et de notre avenir en général. Je ne croyais pas à sa docilité orientale. Cependant je lui faisais confiance, bien plus qu'à Piotr ou à Galia, sans parler du colonel. Elle appartenait à un autre monde, mais elle était ma femme. Même si aucun document officiel ne confirmait l'authenticité de notre union.

J'ai entendu un bruit derrière mon dos ; me retournant, mon regard a croisé celui d'un homme de petite taille au teint basané, âgé d'une quarantaine d'années. Il se tenait à dix mètres de nous, près d'un treuil. Il a immédiatement détourné la tête et a disparu derrière l'escalier conduisant aux canots de sauvetage arrimés des deux côtés du ferry.

Son visage est demeuré quelques instants devant mes yeux. Il ne ressemblait pas à un Kazakh ni à un Azéri. Plutôt à un Slave très bronzé. Puis mes pensées sont revenues à Goulia, je l'ai imaginée parcourant les rues de Kiev, assise chez moi ou dans un café, debout devant la cathédrale, sur la place résonnant chaque dimanche du son des cloches.

À la tombée de l'obscurité, l'horizon s'est animé des feux lointains d'embarcations invisibles. Des lanternes grillagées baignaient le ferry d'une lueur glauque. Le pont supérieur, réservé à la navigation, était brillamment éclairé, mais à cause des canots, des trappes et des escaliers, seules des gouttes de lumière arrivaient jusqu'à nous, s'étalant en taches sur le pont des passagers. Nous n'avions plus sommeil.

Piotr tournait son pistolet entre ses mains.

— Cache ça, lui ai-je demandé.

— *Ce n'est pas une arme très pratique*, a-t-il remarqué en rangeant l'engin dans son sac. *Ce silencieux pèse une tonne… Sais-tu quand on arrive à Bakou ?*

J'ai haussé les épaules. Moi aussi, j'aurais aimé le savoir.

53

Plusieurs heures se sont écoulées. La mer s'est calmée à nouveau. Le ferry a longé une plate-forme pétrolière surmontée d'une flamme dansante. Goulia et moi l'avons regardée s'éloigner.

— Au fait, où est notre caméléon ? ai-je demandé à Goulia à voix basse.

— Dans mon bissac.

— Il ne va pas étouffer ?

— Mais non. Il y est plus au frais que dans le désert.

Des pas rapides ont résonné derrière nous. Une ombre a escaladé l'escalier menant aux canots.

— Il y a quelqu'un qui ne dort pas.

— C'est bientôt le matin, a murmuré Goulia. Regarde, on voit la rive !

J'ai suivi son regard pour apercevoir un bouquet de feux minuscules poindre à l'horizon.

— Piotr ! ai-je dit en me retournant, on arrive à Bakou !

Il s'est levé pour observer les lumières.

— *Dans deux ou trois jours, on sera à la maison*, a-t-il énoncé d'un ton fataliste, comme s'il n'avait pas eu particulièrement envie de rentrer.

— À condition que tout se passe sans anicroches, ai-je précisé.

— *Espérons qu'il n'y en aura pas.*

Une quarantaine de minutes plus tard, le ferry s'est animé. Les passagers, réveillés, ont commencé à rassembler leurs affaires. Piotr est allé voir les conducteurs pour préciser la suite des opérations.

— *Tout va bien*, a-t-il déclaré en revenant. *Ils se chargent de tout, nous n'aurons qu'à monter dans le wagon de service pour accompagner le transport.*

L'aura du soleil levant est apparue derrière le ferry. On apercevait déjà le port hérissé de grues. Nous longions des pétroliers, des bateaux de transport et des chalutiers.

Mon humeur est remontée d'un cran. Je me sentais plein d'énergie, malgré ma nuit blanche.

– *Tout ira bien*, a affirmé Piotr d'un ton convaincu et légèrement agressif, sans s'adresser à personne en particulier. Il a tiré sur sa pipe avant de répéter :

– *Tout ira parfaitement bien !*

«À esprit combatif, la victoire est à moitié assurée», ai-je pensé, me réjouissant pour Piotr et l'enviant quelque peu.

Nous avons encore attendu deux bonnes heures avant d'accoster. Plus de deux dizaines de véhicules sont descendus du ferry pour faire la queue devant les douaniers azéris qui se sont approchés de la première voiture, une Volga grise qui aurait eu grand besoin d'un brin de lavage.

Nous attendions sur le quai avec nos affaires. Le port s'étendait à perte de vue, hérissé d'embarcadères innombrables qui s'enfonçaient dans la mer comme autant de dents, accueillant des bateaux aux pavillons multicolores : drapeaux de divers États nouvellement formés sur les ruines de l'ex-Empire soviétique. Notre ferry arborait celui de l'Azerbaïdjan.

Une pensée inquiète m'a arraché à ma contemplation : ils allaient certainement vérifier nos bagages !

– Piotr, ai-je remarqué, nous avons des armes… Les douaniers risquent de nous créer des ennuis.

– *Tu ne lis pas les journaux ?* a répondu Piotr. *Le salaire mensuel moyen en Azerbaïdjan est de douze dollars. Et regarde un peu combien on a.*

J'ai vérifié l'enveloppe : elle contenait de nombreux billets de dix et de vingt dollars.

– *Comptons dix dollars par personne*, a poursuivi Piotr, *et tout sera réglé en moins de deux. Peut-être même qu'ils nous offriront un peu de tabac et de café en sus?*

Son optimisme m'a rassuré. J'ai mis quarante dollars dans ma poche et j'ai rangé l'enveloppe au fond de mon sac, pour qu'elle ne saute pas aux yeux.

J'ai observé les douaniers aux gestes lents. Leur travail semblait se borner à un échange verbal et à la perception d'une certaine somme en billets.

Soudain, Goulia a chuchoté à mon oreille:

– Kolia, je crois qu'on nous surveille.

J'ai lentement tourné la tête: le Slave bronzé en polo bleu et pantalon de toile que j'avais remarqué précédemment avait déjà détourné les yeux pour examiner quelque chose à ses pieds. Il portait une besace à moitié vide. De là où j'étais, je voyais parfaitement son profil au nez retroussé et ses cheveux clairs.

– Il nous a longtemps regardés, nous et nos bagages, a soufflé Goulia.

J'ai hoché la tête. «Ça ne veut pas forcément dire qu'il nous surveille», ai-je pensé, mais je partageais ses soupçons. Nos camions arrivés à la barrière, les conducteurs sont descendus parler aux douaniers. Ils ont sorti des papiers qui concernaient sans doute le chargement. Un douanier les a étudiés avec attention avant de les rendre, mais ça n'a pas clos la discussion. Quelques minutes plus tard, l'un des conducteurs est venu vers nous.

– Ils disent que les papiers ne sont pas en règle.

– Et ils sont en règle? ai-je demandé.

– Voyez vous-même!

Je les ai parcourus sans y comprendre grand-chose, sinon que l'entreprise mixte ukraino-kazakhe Karakoum

Limited expédiait douze tonnes de sable à mortier à Kiev avec transit par Bakou, Makhatchkala, Rostov-sur-le-Don et Kharkov.

– Qu'est-ce qu'on fait? a demandé Piotr.

– Il faut payer, a répondu le conducteur.

– Combien?

– Deux cents dollars devraient suffire.

Piotr m'a jeté un regard explicite. J'ai sorti la somme nécessaire de mon sac et l'ai donnée au conducteur.

Cinq minutes plus tard, les camions passaient la douane et s'arrêtaient près d'une rangée d'énormes containers. L'un des conducteurs est descendu pour nous faire signe. La dernière voiture venait de s'éloigner.

– Vos passeports, a demandé un douanier à petite moustache grise. Vous allez où?

– À Kiev, ai-je répondu au nom de tous.

– Vous êtes en transit?

J'ai fait signe que oui.

Il a longuement étudié la ressemblance des photos sur nos passeports. Il ne semblait guère pressé de les rendre.

– Qu'est-ce que vous transportez?

– *Des affaires personnelles,* a répondu Piotr en ukrainien.

Le douanier n'a pas compris.

– Qu'est-ce que c'est que ça? a-t-il demandé avec méfiance.

– Des affaires personnelles, a répété Piotr en russe, en baissant la voix.

– Tu parleras ta langue quand tu seras chez toi, ici il faut répondre en russe, a maugréé le douanier.

Désireux de redresser la situation, j'ai décidé d'intervenir.

– Combien faut-il payer pour le transit? Nous revenons de mon mariage.

– Ton mariage? a demandé le douanier, soudain souriant. (Il a regardé Goulia d'un air appréciateur.) Combien as-tu déboursé?

– Beaucoup, ai-je répondu à tout hasard.

– Tu es kazakhe? a-t-il demandé à Goulia.

Elle a fait un signe de tête affirmatif.

– Mes félicitations, a déclaré le douanier. On trouve parfois son bonheur loin de chez soi! Bon, donnez-moi vingt dollars par personne et passez!

Je n'avais que quarante dollars en poche et aucune envie d'ouvrir mon sac sous son nez. J'ai jeté un regard à Piotr qui a compris.

– Quel est le meilleur moyen pour se rendre à Kiev? a-t-il demandé à l'homme.

L'autre a incliné la tête pour réfléchir et j'ai eu le temps de sortir la somme manquante avant qu'il ne réponde.

– Il y a un train de marchandises qui part tous les jours pour Rostov. Certains wagons vont jusqu'à Kiev. Je vous conseille de vous mettre d'accord avec les cheminots, vous serez plus en sécurité que dans un train de voyageurs.

Le conseil du douanier coïncidait avec les instructions du colonel qui avait dû soigneusement étudier le trajet.

Nous avons rejoint les camions. L'un des conducteurs était déjà parti louer un wagon.

– Tu pourrais me trouver du café et de quoi fumer? a demandé Piotr au second.

– Quel genre de café?

– Du café moulu.

J'ai donné vingt dollars à l'homme qui a disparu derrière les containers pour revenir au bout de quinze minutes avec un sachet en plastique rempli de café et un autre plus petit qui contenait du tabac.

– Il y a un magasin par là-bas? ai-je demandé, désireux d'effectuer quelques emplettes pour la route.

– Un magasin? Tout ça, c'est un magasin, a répliqué le chauffeur avec un large geste englobant le port. On vend de tout ici: de la vodka, des voitures, des conserves...

– Je vois, ai-je répondu, réprimant mes envies de consommation. On attendra d'être en ville.

– En ville, les prix sont plus élevés, a objecté le chauffeur.

Son collègue n'a pas tardé à revenir.

– Ils ont un wagon disponible, mais pas très bon.

– Qu'est-ce que ça veut dire, pas très bon? a demandé Piotr.

– Il est sans toit. Mais il y a un compartiment où vous pourrez voyager, ils vous vendront une bâche pour couvrir le sable.

– Ça nous coûtera combien?

– Deux cent cinquante.

Je commençais à en avoir assez de m'occuper des finances. Pourquoi diable avais-je gardé cette enveloppe? Quand il ne resterait plus rien, Piotr me considérerait comme seul responsable.

– Tu sais, ai-je remarqué, je préfère que ce soit toi qui t'en occupes.

Je lui ai remis l'enveloppe, à son mécontentement manifeste. Il a sorti la somme réclamée et a donné le reste à Galia.

– *Surtout, fais-y bien attention. Je te nomme trésorière.*

Galia n'a pas protesté, mais une lueur d'inquiétude est passée dans ses yeux. Elle a rangé l'enveloppe au fond de son sac et l'a soigneusement refermé.

Le chauffeur s'est éloigné en direction des containers d'où montait un bruit métallique.

J'ai remarqué à cent mètres de nous le Slave bronzé du ferry qui nous épiait derrière le socle d'une grue.

J'ai poussé Piotr de l'épaule pour attirer son attention sur cet individu de plus en plus suspect.

Il a émis un sifflement pensif.

– Soit on nous protège, soit on nous surveille, ai-je murmuré.

Quand j'ai à nouveau regardé dans cette direction, l'homme avait disparu.

54

Le soir a apporté une fraîcheur inhabituelle, à croire que Bakou et Krasnovodsk-Turkmenbachi n'étaient pas situés sur le même parallèle Peut-être le Turkménistan était-il plus proche du soleil que l'Azerbaïdjan ou peut-être la brise marine annonçait-elle l'approche de l'automne.

Assis sur nos bagages disposés en cercle, nous avons fait du feu avec le bois des caisses qui traînaient un peu partout. Le port s'était endormi: les grues immobiles dressaient leurs flèches vers le ciel. Plusieurs autres feux avaient été allumés par les voyageurs qui attendaient le départ du ferry, prévu quelques heures plus tard. Une quinzaine de voitures faisaient déjà la queue.

Un bruit de moteur a troublé le silence relatif. Nos deux camions ont rejoint la file d'attente pour le ferry. Les conducteurs se sont assis sur le marchepied du premier véhicule pour fumer une cigarette, puis l'un d'eux s'est approché de nous.

– Tout est en ordre, a-t-il annoncé. Voilà les papiers. Nous, on rentre dès ce soir. Dès que vous aurez fini votre thé, je vous accompagnerai jusqu'au wagon. Je reviens…

Il est revenu avec un paquet qu'il a tendu à Goulia. Elle a souri en regardant à l'intérieur et l'a remercié en kazakh.

– Il est temps d'y aller, a-t-il dit, sinon, ils risquent de le déplacer, et vous aurez du mal à le retrouver.

Piotr a dispersé les braises du pied. Goulia a rangé la vaisselle dans son bissac. Le chauffeur l'a pris pour le porter jusqu'à deux wagons isolés, à dix minutes de marche.

– Le vôtre est là, a-t-il dit en indiquant celui de gauche.

Il ressemblait à n'importe quel wagon de marchandises; j'ai voulu l'ouvrir, mais le chauffeur m'a montré une portière assez bizarrement découpée sur le côté.

– Le compartiment a sa propre entrée. Si tu ouvres l'autre porte, le sable va tomber. Ils ont déjà mis la bâche.

Deux marches permettaient d'accéder à la portière. J'ai jeté un coup d'œil à l'intérieur, mais on n'y voyait rien. Le chauffeur m'a tendu une lampe de poche.

Un étroit couloir menait à deux portes dont l'une était celle des W-C: une petite cabine avec un orifice dans le plancher en bois et une vieille poignée de porte clouée au mur, à gauche de l'orifice. À droite du trou, un grand clou était destiné à recueillir des vieux journaux recyclés en papier toilette. L'unique journal dont je disposais, je l'avais découvert en plein désert dans la tente qui avait failli me servir de linceul.

La deuxième porte était celle du compartiment de service, équipé de quatre couchettes et d'une petite table. Les couchettes du bas étaient en bois tapissé de Skaï. Celles du haut, en revanche, étaient sans nul doute de fabrication occidentale, probablement récupérées sur des wagons allemands hors d'usage. Il allait de soi que les couchettes du bas seraient pour Piotr et pour moi. «Les femmes et les enfants d'abord», ai-je pensé avec un sourire.

– *Hé, Kolia, qu'est-ce que tu fabriques là-dedans ?* a crié Piotr. Je suis allé charger nos bagages.

– Vends-moi ta lampe de poche, ai-je demandé au chauffeur.

– Prends plutôt des allumettes. C'est une lampe chinoise, les piles sont presque usées.

– Est-ce qu'il y a une porte entre le compartiment et le sable ? ai-je demandé en fourrant dans ma poche les deux boîtes d'allumettes qu'il me tendait.

– Bien sûr, elle est dans les toilettes.

Nous nous sommes serré la main et je suis remonté dans le wagon en craquant une allumette et en refermant la porte derrière moi. Galia, Goulia et Piotr étaient déjà assis dans le compartiment. Je me suis installé à côté de Goulia et j'ai soufflé l'allumette. Nous nous sommes retrouvés dans le noir le plus complet. J'ai serré ma femme contre moi.

– *Ça n'aurait pourtant pas coûté grand-chose de percer une fenêtre,* a remarqué la voix de Piotr.

Une sirène de bateau a retenti au loin. Puis le silence s'est rétabli pour vingt ou trente minutes, suivi d'une espèce de chuintement. Ce bruit allait crescendo. Le choc, pourtant prévisible, nous a fait tomber de la couchette, Goulia et moi. Le wagon a tressailli et, lentement, s'est mis en branle. Une nouvelle embardée, et nos dos ont heurté le mur du compartiment. Des cris confus ont retenti, ponctués de secousses moins violentes. Notre wagon devait désormais se trouver au centre d'un train.

Une allumette a éclairé le visage de Piotr. Il a sorti sa pipe et le tabac acheté au port. L'allumette s'est éteinte. Je l'ai entendu bourrer sa pipe dans le noir. Une odeur inhabituelle m'a saisi aux narines.

Il a craqué une nouvelle allumette.

– *Si tu veux fumer, va dans les toilettes*, a demandé Galia.

Piotr est sorti sans rien dire. Quelqu'un est passé en courant le long du wagon, et le bruit de ses pas m'a paru presque assourdissant. Des coups de marteau assénés sur les essieux sont remontés jusqu'à nous pour continuer plus loin.

– *On va bientôt partir ?* a demandé Galia.

– Sans doute, ai-je répondu.

Je me suis senti ravigoté à cette idée et je lui ai demandé de faire un peu de café. À tâtons, je lui ai tendu une boîte d'allumettes. Galia a sorti une pastille d'alcool solidifié et l'a posée sur la table de planches. Elle a fixé un support en fil de fer par-dessus et a mis la cafetière à bouillir.

Piotr est revenu au moment où Galia versait le café dont l'arôme s'était répandu dans le compartiment. J'ai bu à petites gorgées pour faire durer le plaisir. La pastille continuait de brûler, faisant fonction de bougie.

Piotr s'est mis à tousser.

– *C'était du mauvais tabac*, a-t-il expliqué tristement.

Il a bu un peu de café et a eu une autre quinte de toux. Galia lui a donné plusieurs tapes dans le dos.

Nous avons senti une nouvelle secousse, mais beaucoup plus faible, et le train a démarré en crissant.

– *Ça serait le moment de boire un petit verre*, s'est exclamé Piotr.

– *L'alcool t'est contre-indiqué*, lui a rappelé Galia.

– De toute façon, on n'en a pas, ai-je remarqué.

Nous avons entendu des cris au dehors. Mais les cheminots s'exprimaient en azéri et il n'y avait pas moyen de les comprendre. Bientôt, leurs voix sont devenues inaudibles, on n'entendait plus que le fracas rythmé du train. Le port devait être déjà derrière nous.

Piotr buvait son café lentement; ses yeux brillaient de joie et d'assurance. Galia était pensive et Goulia, quand je me suis tourné vers elle, a rapproché son visage du mien: ses beaux yeux bridés regardaient à l'intérieur de moi et je me suis penché pour presser ma bouche contre la sienne.

Piotr a clappé bruyamment des lèvres, coupant mon élan.

– *Tu es un brave gars,* a-t-il remarqué en souriant, *mais tu te conduis comme un gamin. Tu n'as pas l'air de comprendre que nous remplissons une mission d'importance nationale.*

– C'est ma femme, ai-je rétorqué, et je l'embrasse quand je veux. Et puis, je rentre simplement chez moi.

– *Nous rentrons tous dans notre patrie. Mais tu as beaucoup fait pour l'Ukraine et tu as bien le droit de l'embrasser.*

Les clichés patriotiques sortis de la bouche de Piotr ont orienté mes pensées vers ce qui nous attendait à notre retour. Nous aurions sans doute droit à des remerciements officiels. Peut-être même à une récompense? Quoi qu'il en soit, ils rempliraient certainement ma modeste demande: me débarrasser d'une menace qui n'existait peut-être plus, assurant ma sécurité. Le SBU ne manquait pas de moyens de pression, il lui suffirait de dire qu'on me laisse tranquille, et Goulia et moi pourrions vivre en paix.

– *Il faudra qu'on prenne un peu de sable pour nous,* a dit Piotr à Galia.

Elle a hoché la tête.

– *On en prendra un sachet, et si on a un fils, on lui en mettra dans son berceau pour qu'il devienne un vrai Ukrainien. Pour toi, forcément, ce n'est pas aussi important,* a-t-il poursuivi en se tournant vers moi. *Tu es russe, et tu auras beau faire, tu ne pourras jamais devenir ukrainien.*

Il a poussé un gros soupir de commisération.

– Pourquoi devrais-je devenir ukrainien? Je suis né russe.

– *Mais tu vis en Ukraine.*

– Et alors? D'ailleurs, j'ai un passeport ukrainien.

— *Le passeport est une chose et l'âme en est une autre. Tu as une âme de Russe. Avec tout ce que cela entraîne.*

Il s'est mis à ricaner. Ses yeux étaient bizarres, comme embrumés. Quelque chose n'allait pas chez lui. Galia aussi le regardait avec inquiétude.

— *Je vais aller fumer*, a-t-il annoncé après un silence.

Il a allumé sa pipe à la pastille, et il est sorti.

— Il faudrait le rouler dans le sable, ai-je suggéré à Galia. L'esprit ukrainien nous enseigne à aimer les autres nations.

Au moment où Galia allait me répondre, nous avons entendu Piotr rire aux éclats. Nous sommes restés figés de surprise. Il a ri pendant plusieurs minutes d'affilée. Avec le bruit des roues en fond sonore, ce rire évoquait irrésistiblement une maison de fous. Brusquement, un troisième bruit a fait écho aux deux premiers : plusieurs coups sur le toit en bois. Quatre ou cinq, qui évoquaient des pas, mais amplifiés, notre compartiment agissant comme une caisse de résonance.

Piotr riait toujours. Galia est sortie le rejoindre en hâte.

— Qu'est-ce qu'il a ? ai-je demandé.

— C'est peut-être ce qu'il a fumé, a suggéré Goulia.

J'ai tendu la main vers la couchette d'en face pour prendre le sachet de tabac. J'en ai reniflé une pincée et j'en ai mâchonné un peu. J'étais non fumeur et il m'était difficile d'en déterminer la qualité.

— Fais voir, a demandé Goulia.

Je lui ai tendu le sachet.

— Ce n'est pas du tabac, a-t-elle tranché d'un ton sans appel. D'ailleurs, il n'a pas demandé qu'on lui achète du tabac.

— Comment ça ?

— Il a demandé « de quoi fumer ». Chez nous, « de quoi fumer », ça désigne autre chose que du tabac.

Voilà qui éclaircissait les choses. Je regrettais déjà cette conversation sur le thème des nationalités. Je n'avais pas discuté avec Piotr mais avec l'herbe qu'il venait de fumer.

J'ai noué le sachet et je l'ai jeté sous la table, espérant que personne n'y toucherait plus.

Galia a ramené Piotr une quinzaine de minutes plus tard. Il avait peine à marcher. Nous l'avons aidé à se coucher et l'avons couvert avec des nattes.

– *J'ai froid,* a-t-il murmuré en s'endormant.

Une conclusion s'imposait: la drogue avait pour propriété d'expulser l'esprit national du corps.

55

À mon réveil, seul un fin rai de lumière filtrant à travers le plafond m'a permis de deviner qu'il faisait jour. Des milliers de grains de poussière y dansaient.

Piotr dormait encore. Goulia était assise à la table. Sur sa couchette, Galia avait les yeux ouverts.

– Bonjour, ai-je dit en me redressant.

– *Bon matin,* a répondu Galia, puis elle a regardé en bas: *Piotr, lève-toi!*

Je me suis levé. Dans la pénombre vacillante, j'ai remarqué un carré lumineux sur le mur. Me rapprochant, j'ai poussé une exclamation de joie: il s'agissait bien d'une fenêtre, ou du moins d'une ouverture, mais condamnée de l'extérieur par un volet. On apercevait même les pointes de deux clous qui dépassaient. Mon énergie du matin ne demandait qu'à s'exprimer: j'ai donné un coup de pied dans le volet. Les planches ont craqué, mais il a tenu bon.

– *Qu'est-ce que tu fabriques ?* s'est étonné Piotr en levant la tête.

J'ai frappé un nouveau coup, et une large bande de lumière a pénétré dans le compartiment, coupant le fin rayon tombant d'en haut. Au troisième essai, le volet a cédé avec fracas et le soleil nous a éblouis.

La sensation du soleil sur mon visage était un délice. Les yeux clos, je m'en imprégnais comme d'une musique, au rythme des roues, tandis que des taches multicolores dansaient sous mes paupières. L'air frais a chassé les odeurs accumulées, les remplaçant par un parfum d'embruns.

Nous longions la mer. La beauté du paysage nous a coupé le souffle.

La fenêtre n'a pas été l'unique découverte de cette journée. Nous avons trouvé sous les couchettes du bas une boîte contenant de la vaisselle, un réchaud et une bouteille de pétrole, ainsi que quatre vieilles couvertures aux ornements orientaux délavés. Un peu plus tard, j'ai remarqué que le mur des toilettes qui servait aussi de porte pour accéder à la cargaison était décoré d'un portrait de Pouchkine découpé dans un magazine. Nous n'étions pas les premiers occupants de ce compartiment et j'ai ressenti un sentiment de gratitude à l'égard de nos prédécesseurs. Tout ce que nous avions trouvé était soigneusement rangé et d'une propreté impeccable.

Piotr a rempli le réchaud avant de l'allumer.

– Désolé pour hier, m'a-t-il dit en russe, et j'ai compris qu'il devait se sentir profondément coupable. C'est à cause du tabac… Du très mauvais tabac…

– *Ce n'était pas du tabac !* s'est exclamée Galia en haussant la voix. *Tu as fumé de la drogue !*

– *C'était donc ça !* a murmuré Piotr. Excuse-moi tout de

même, Kolia. Je ne me souviens même pas de ce que j'ai pu te dire…

— Ce n'est pas grave.

Galia avait déjà posé le chaudron sur le réchaud, en équilibre légèrement précaire.

Goulia a coupé de la viande séchée en menus morceaux.

— Un cadeau du chauffeur, c'est du mouton, nous allons faire une soupe.

Je nageais dans la béatitude. Je contemplais les vagues et le soleil levant, les vignobles qui venaient s'insérer entre le train et la mer. Deux femmes en noir pulvérisaient un produit sur les vignes. Deux gamins venaient de mettre leur barque à l'eau pour pêcher.

— *Et selon toi Kolia, qu'est-ce qu'on devrait faire de ce sable ?* a demandé Piotr en repassant à l'ukrainien.

— Je n'en sais trop rien, ai-je avoué en haussant les épaules. Il faut en disposer de la manière la plus rationnelle. Mais il n'y en a pas beaucoup, et le pays est vaste.

— *C'est vrai qu'il y en a peu.*

Il s'est gratté la nuque avant de poursuivre :

— *Et si on en mettait dans les bacs à sable des jardins d'enfants, comme a proposé le colonel ? Non, il n'y en aurait pas suffisamment pour tous… Peut-être que le colonel trouvera une solution ? Il y a des gens intelligents aux SBU. S'ils ont étudié la question à l'avance, ils ont sans doute un plan préétabli…*

— Oui, le colonel doit savoir ce qu'il fait, ai-je approuvé sans trop y croire.

Après le repas, nous avons décidé de faire la sieste. Je n'avais pas sommeil, mais il était agréable de demeurer allongé, les yeux clos, bercé par le train.

Plongé dans un rêve éveillé, je ne me suis pas aperçu immédiatement que le bruit du train avait cessé.

– Kolia, a appelé Piotr.

Le convoi était arrêté. Par la fenêtre on voyait un pan de ciel, la mer et un bout de rivage jaune sale.

– Ça doit être la frontière, ai-je supposé en me levant.

– *Quelle frontière ?*

– Entre l'Azerbaïdjan et le Daguestan.

Piotr a passé la tête au dehors.

– *Il n'y a rien ici.*

Quelqu'un a éternué près du wagon. Piotr a regardé de nouveau.

– *Il n'y a personne,* a-t-il murmuré, étonné.

Nous nous sommes figés, l'ouïe aux aguets. Les cris disparates des mouettes nous parvenaient de la mer. Nous avons entendu un choc sourd.

Piotr m'avait transmis sa nervosité. J'ai sorti mon pistolet du fond de mon sac pour le poser sur mes affaires. J'ai regardé à mon tour à l'extérieur, sans apercevoir âme qui vive.

– *Il faut aller vérifier la cargaison,* a proposé Piotr.

Nous avons ouvert la porte basse à l'intérieur des toilettes pour nous retrouver sous un soleil de plomb. Devant nous se dressait un tas de sable recouvert d'une bâche.

Piotr l'a escaladé et sa tête s'est retrouvée plus haut que les parois du wagon. Il a regardé autour de lui, et soudain il s'est immobilisé en levant les bras.

Je n'y comprenais rien. Piotr était debout, dos à moi et ne bougeait plus, la tête légèrement inclinée. Je me suis baissé instinctivement pour ramper sans bruit dans sa direction. J'étais à un peu plus d'un mètre de lui, quand une voix inconnue a retenti.

– Debout !

Je me suis figé.

– Allez, debout, sinon ton copain va tomber !

J'ai compris que ces paroles m'étaient adressées et je me suis exécuté après une brève hésitation. Dans un coin du wagon se tenait le Slave bronzé aperçu sur le ferry. Il tenait un pistolet dans la main droite et la moitié d'un sandwich dans la gauche. Nous avions interrompu son casse-croûte.

– Haut les mains! m'a-t-il crié, et j'ai obéi, tout en examinant son repaire.

Il devait voyager avec nous depuis le début: il avait aplani une surface équivalente à celle d'une couchette pour y étendre un drap de plage bleu marine. Dans un coin était posé son sac.

– Dès que le convoi repartira, a dit l'homme en s'adressant à Piotr, tu aideras ton copain à sauter du wagon, et ensuite, je t'aiderai à en faire autant.

Sans nous quitter des yeux, il a mordu dans son sandwich et s'est mis à mastiquer énergiquement.

J'ignore combien de temps s'est écoulé avant que le train ne redémarre, prenant peu à peu de la vitesse.

J'ai baissé les bras, et aussitôt, il a crié à Piotr:

– Allez vas-y, mets-toi dos au mur, fais-lui la courte échelle.

Piotr m'a regardé d'un air désespéré. Je n'aurais pas voulu être à sa place. Mais la mienne n'était pas plus enviable. Du regard, j'ai tenté de lui faire comprendre mon intention.

Le bronzé venait de terminer son sandwich. Son arme était pointée vers Piotr. J'ai mis le pied sur les mains croisées de celui-ci, posant les miennes sur ses épaules. J'ai prié pour que notre agresseur détourne les yeux une seconde, mais il s'est contenté de changer son arme de main. Il y avait du ruban adhésif bleu sur la crosse. J'ai pris mon élan. Deux mètres me séparaient de l'homme. Ses yeux se sont agrandis. Je l'ai vu reprendre son arme dans la main droite et poser l'index sur la détente. Le canon était dirigé droit sur moi. Je lui ai sauté dessus, le plaquant contre la paroi du wagon. J'ai entendu un cri, que j'ai d'abord cru être le mien, le cri d'une douleur dont je n'avais pas encore pris conscience. Je m'étais cogné et ma tempe me faisait mal. «M'aurait-il touché à la tête?» ai-je pensé avec épouvante. Piotr m'a pris le bras et m'a tiré à lui.

Je me suis levé lentement, mais j'avais peine à tenir debout. Mes genoux et mes mains tremblaient.

Cherchant où m'asseoir le temps de reprendre mes esprits, je me suis retourné et j'ai vu Goulia. Elle me faisait face, un pistolet à la main. Je me suis dirigé vers elle sur mes jambes flageolantes et nous nous sommes étreints. Galia aussi était là. Piotr et elle ont examiné l'homme à terre.

– *Il faut l'attacher,* a dit Piotr.

Galia est allée chercher une corde dans le compartiment.

– Il est vivant? ai-je demandé.

– *Il est vivant, le fumier!*

L'homme était étendu sur le flanc, sans connaissance. Ses mains étaient liées derrière son dos, ainsi que ses jambes. Il avait une écorchure à la tempe qui saignait. Galia a pressé un mouchoir dessus.

Dans son sac, nous avons trouvé trois boîtes de cartouches, un passeport russe usé et dépourvu de photographie, un carnet, une liasse de roubles et un billet de cent dollars.

– *Il faut se débarrasser de lui,* a dit Piotr. *Je parie que c'est un criminel évadé de prison: regarde ça!*

Il a soulevé le polo crasseux de l'homme: il avait des coupoles d'églises tatouées sur la poitrine[1].

---

1. En Russie, les tatouages signalent presque infailliblement un passé criminel, ils constituent un langage codé qui permet aux représentants de la pègre de se reconnaître entre eux.

Ce tatouage m'a quelque peu tranquillisé. Un repris de justice n'avait guère de raisons de s'intéresser à notre sable. S'il nous avait suivis, c'est qu'il s'apprêtait certainement à nous dévaliser dès la nuit suivante. Mais pourquoi l'idée que le sable ne l'intéressait pas me rassurait-elle? Le choc que j'avais reçu avait-il affecté ma capacité à raisonner logiquement?

Piotr m'a touché l'épaule.

– *Donne-moi un coup de main,* a-t-il demandé, me ramenant à la réalité.

Dans cette réalité, il tenait déjà le bronzé par les jambes et attendait que je le prenne par les épaules.

– *Allez, balançons-le dehors à tous les diables!*

Nous l'avons expédié dans un fourré où il s'est enfoncé avec fracas.

56

Le train s'est arrêté brusquement pendant la nuit.

On entendait des cris dans une langue inconnue, des aboiements, un bruit de portes qu'on ouvre.

J'ai jeté un coup d'œil par la fenêtre. Nous étions sur une plate-forme illuminée par des lampes et des projecteurs. Des gens en uniforme s'affairaient à l'extrémité du convoi. L'éclairage était si violent qu'on ne voyait pas le paysage environnant, nous étions pris dans une écluse de lumière.

Un panneau proclamait «Bienvenue en Azerbaïdjan». «Bon voyage» aurait d'ailleurs été plus adéquat pour tenir compte de ceux qui, comme nous, quittaient le pays.

On nous a crié de descendre. Piotr et moi sommes sortis sur le quai avec les documents de la cargaison.

Le douanier y a jeté un coup d'œil, et nous a examinés avec un sourire qui ne présageait rien de bon; il paraissait beaucoup plus aimable quand il ne souriait pas.

— Alors, «Karakoum Limited», a-t-il dit d'un ton sournois, quel droit de douane avez-vous l'intention de payer? Avec ou sans contrôle de la cargaison?

— Quelle est la différence? a demandé Piotr.

— Avec contrôle, c'est moins cher: trois cents dollars, mais nous serons obligés de tout déballer... Sans contrôle, ça vous coûtera cinq cents dollars.

— Mais nous ne transportons que du sable, ai-je dit, regrettant aussitôt d'avoir ouvert la bouche.

— Du sable? Du Kazakhstan vers l'Ukraine? (Le sourire de l'Azéri s'est étiré jusqu'aux oreilles.) Vous voulez me faire croire que vous manquez de sable chez vous? Il ne faut pas me prendre pour un imbécile. Nous allons inspecter votre sable grain par grain, même si ça doit prendre une année!

— Non, non, est intervenu Piotr, c'est d'accord. Nous allons payer.

Il m'a semblé que le douanier était légèrement déçu de nous voir céder aussi vite, sans lui donner l'occasion de nous martyriser davantage. Il a recompté trois fois les dollars avant de nous laisser remonter dans le compartiment.

— *Il n'a même pas vérifié nos passeports!* s'est étonné Piotr.

— Nous avons choisi la formule «sans contrôle». C'est pour ça qu'il n'est pas monté et qu'il n'a pas fait la connaissance de nos charmantes compagnes.

— *Grâce au ciel,* a soupiré Piotr.

Le douanier ne pouvait soupçonner que nous avions des femmes avec nous.

57

Le train roulait lentement. L'Azerbaïdjan était loin derrière et j'ai fini par m'endormir avec un sourire. J'ai rêvé que j'étais un Ukrainien, un prisonnier en haillons évadé des prisons turques. Je marchais le long du rivage bulgare, cueillant au passage des grappes de raisin sauvage. Je me suis joint à des Tsiganes et je les ai suivis jusqu'en Bukovine, les aidant à voler des chevaux et à effacer au fer rouge les marques de leurs anciens propriétaires. Le plus étrange dans ce rêve était que tout le monde, moi compris, y parlait l'ukrainien littéraire, comme les personnages d'un roman.

Au réveil, je me suis demandé si c'était encore un effet du sable.

Le soleil se levait, éclairant la mer et les vignobles.

– *Tu sais,* m'a confié Piotr en se penchant par-dessus la table, *j'ai fait un drôle de rêve, sur Chevtchenko, mais entièrement en russe... Chevtchenko avait perdu une clé et n'arrêtait pas de la chercher...*

Il a dû trouver que j'avais une expression bizarre.

Il a ouvert la bouche comme s'il s'apprêtait à ajouter quelque chose. Mais, après une pause, il s'est contenté de me demander :

– *Qu'est-ce qui t'étonne à ce point ?*

J'ai souri.

– Mes derniers rêves étaient en ukrainien, et moi-même j'y parlais ukrainien.

– *Bah,* a dit Piotr en haussant les épaules, après avoir échangé un bref regard avec Galia. *Quand j'étais gosse, j'ai rêvé que je chantais en anglais avec les Beatles et que je leur parlais dans leur langue. Alors qu'au lycée, j'étudiais l'allemand. Ce ne sont que des rêves.*

— Moi aussi, je rêvais en russe quand j'étais petite, a remarqué Goulia.

— C'est parce que vous avez trop de Russes au Kazakhstan, a dit Piotr.

— *Piotr, voyons!* s'est exclamée Galia d'un ton de reproche.

— Mais c'est vrai qu'ils sont partout, a ajouté Piotr, comme si cette remarque pouvait adoucir le sens de ses propos.

Soudain, j'ai eu une crise de fou rire. Piotr m'a regardé avec stupéfaction. Je ne sais pourquoi, je venais de me remémorer l'histoire du nouveau Russe et du vieux Juif.

— Qu'est-ce qui te prend? a demandé Piotr.

— Rien, je me suis juste souvenu d'une histoire drôle…

— Laquelle?

Songeant que si je lui racontais cette histoire, il allait me croire dérangé, je lui ai servi la première qui m'est venue à l'esprit.

— Ça se passe à Tbilissi, un policier géorgien arrête un automobiliste russe. «Vous avez dépassé la vitesse limite. Il faut que vous rédigiez un constat en géorgien.» «Mais je ne connais pas le géorgien», proteste le conducteur. Le policier se tait et attend. Alors le Russe lui tend son permis avec cinquante dollars. L'autre prend le billet, le range dans sa poche et dit: «Tu vois, tu prétendais ne pas connaître le géorgien et tu as déjà rédigé la moitié du constat!»

À mon étonnement, personne n'a souri. Piotr m'a regardé avec une commisération teintée d'inquiétude.

— Je n'aime pas les histoires drôles qui jouent sur l'appartenance nationale, a-t-il dit, avant de repasser à l'ukrainien. *D'ailleurs, on rigolera quand on sera à Kiev, devant un verre de vodka. Pour l'instant, il est encore trop tôt pour rire.*

Je n'étais pas d'accord. Il n'est jamais trop tôt pour rire. En revanche, il est parfois trop tard.

Entre la mer et la voie ferrée, venaient de surgir des maisonnettes et des jardins noyés dans une verdure si vive qu'il était difficile de croire à l'approche de l'automne. Quelque chose de mou m'a frappé au visage. Je me suis reculé.

C'était une figue pas très mûre. Plusieurs autres ont suivi. Nous les avons ramassées et rincées.

– *Ce sont des gosses qui s'amusent,* a dit Piotr en passant la tête dehors.

Ce bombardement nous a rendu notre bonne humeur.

58

Trois heures plus tard, nous nous arrêtions de nouveau. On apercevait plusieurs voies parallèles; un autre train de marchandises stationnait à une quinzaine de mètres de nous. L'endroit ressemblait à une gare de triage.

J'ai aperçu un cheminot grassouillet qui frappait les essieux avec un marteau à long manche.

– Où sommes-nous? lui ai-je demandé lorsqu'il est parvenu à notre hauteur.

– À la gare de Derbent, a-t-il répondu en me dévisageant.

– Il y a un magasin à proximité? a demandé Piotr.

– Oui, juste derrière la clôture.

– Le train repart dans combien de temps?

Le cheminot daguestanais a regardé sa montre.

– Pas avant une heure. Que veux-tu acheter?

– Du tabac.

– Je peux t'en vendre pas cher. Je le cultive dans mon ardin.

– Non merci, je préfère aller au magasin.

– Pourquoi courir le risque? a demandé le cheminot.

– Quel risque?

– Vois-tu, a dit l'homme en faisant la moue, tu es slave et ça se voit, et des Slaves, il n'y en a plus par ici. Ils sont tous partis. Tu saisis? On te prendra pour un déserteur de Tchétchénie. Et tu risques d'avoir des problèmes.

Piotr a poussé un soupir résigné.

– Il ne faut pas croire, a repris l'homme, les habitants d'ici sont des braves gens. Mais on traverse une mauvaise période. Reviens dans dix ans, tu seras reçu comme un prince. Tu demanderas Moussa Gadjiev, tout le monde me connaît! Tu pourras prendre du bon temps, te baigner dans la mer. Mais pas maintenant, dans dix ans! Si tu veux, je peux aller moi-même au magasin pour que tu n'aies pas mauvaise opinion de moi.

Le cheminot l'a regardé d'un air presque implorant.

Piotr lui a donné dix dollars.

– Ce n'est pas de l'argent de chez nous, a dit l'homme, mais ça ne fait rien, je t'en achèterai de ma poche. Des Prima, ça ira? Elles sont de bonne qualité, on les fabrique à Makhatchkala.

Le cheminot est revenu au bout de vingt minutes et a tendu à Piotr une cartouche de vingt paquets de cigarettes Prima, puis il lui a rendu les dix dollars.

Piotr, étonné, a posé les cigarettes sur la table et lui a crié «Merci» alors qu'il s'éloignait déjà.

Il a trouvé un sachet en plastique vide et a entrepris d'y collecter le tabac des cigarettes.

Quelques heures plus tard, alors que le soleil étirait à l'extrême l'ombre de notre wagon, le train a commencé à s'éloigner de la mer. Le paysage était en train de changer. De longs alignements de garages ont pris la relève des vignobles, avant d'être remplacés à leur tour par des datchas, moins pimpantes que celles que nous avions longées avant Derbent.

Une ville a lentement défilé sous la fenêtre, assemblage d'immeubles bas, de maisons particulières et de tuyaux qui arpentaient le sol, traversaient les routes à trois ou quatre mètres de hauteur avant de redescendre. Les intestins urbains, d'ordinaire pudiquement cachés sous terre, étaient ici mis à nu, conférant à l'ensemble l'aspect d'une cité extraterrestre, issue d'un vieux livre d'enfant.

Deux jeunes garçons étaient assis près d'un feu non loin des rails.

— Hé, leur ai-je crié, quelle est cette ville ?

— Makhatchkala, a répondu le premier, tandis que son camarade nous faisait signe de la main.

« Pourvu qu'il n'y ait plus d'arrêt jusqu'à Rostov », ai-je pensé avec espoir.

59

En pleine nuit, le train a freiné brutalement, renversant le chaudron avec un reste de soupe. Nous avons bondi de nos couchettes. Piotr a jeté un coup d'œil par la fenêtre, une allumette à la main, comme si sa faible étincelle avait pu éclairer l'obscurité ambiante.

Un bruit de moteur s'est fait entendre.

J'ai rejoint Piotr. Un camion se rapprochait lentement.

Des hommes étaient debout à l'arrière et éclairaient les wagons avec des lampes torches.

– C'est plus loin, a crié l'un d'eux.

Piotr est allé chercher son pistolet dans son sac.

– Cache-toi sous la couchette, a-t-il dit à Galia.

Piotr m'a regardé. Il attendait sans doute que je demande à Goulia d'en faire autant.

Après une hésitation, j'ai sorti mon arme et je l'ai posée à côté de moi.

Le camion est arrivé à notre hauteur.

– Stop, c'est ce wagon-là ! a crié une voix rauque.

Le faisceau d'une lampe a jailli dans notre compartiment, me faisant sursauter.

– Hé, les gars, il y a quelqu'un ? a demandé la voix.

Piotr a hésité avant de passer la tête par la fenêtre. J'en ai fait autant, fermant des yeux sous la lumière aveuglante.

– Sortez, a dit la voix d'un ton dépourvu d'agressivité.

– *Qu'est-ce qu'ils nous veulent ?* a murmuré Piotr.

J'ai haussé les épaules. Nous avons sauté du marchepied pour nous retrouver à côté du camion. Un homme muni d'une lanterne s'est approché de nous.

– Ouvrez la porte, a-t-il demandé calmement.

Il parlait russe sans accent, ce qui m'a quelque peu rassuré : j'avais d'abord cru que c'étaient des Tchétchènes.

– Vous voulez contrôler la cargaison ? a demandé Piotr avec prudence.

– Contrôler ? s'est étonné l'homme. Tout est déjà sous contrôle. Nous, on charge et on décharge, et chacun repart de son côté. Allez, dépêche-toi ! Où est le Moldave ?

– Quel Moldave ? a demandé Piotr.

– Ah le fumier ! a grogné l'homme. Il devait pourtant accompagner le chargement. Je vais lui briser les côtes.

Il a craché à terre. Puis son regard est tombé sur moi. Il a eu un sourire légèrement tendu.

– Bon, ce n'est rien, allez-y, les gars.

Je ne comprenais toujours pas de quoi il retournait. Ils se conduisaient comme si nous étions au courant. Et qui était ce mystérieux «Moldave»? Le type bronzé et tatoué que nous avions jeté hors du wagon?

J'ai arraché le fil plombé qui maintenait les poignées et j'ai tiré la porte qui a coulissé avec peine. Deux hommes sont venus à mon aide.

Le camion s'est approché en marche arrière.

Piotr et moi nous sommes écartés; nos visiteurs nocturnes ont enlevé la bâche, découvrant des sacs empilés qu'ils ont rangé le long des parois. Sous les sacs se trouvaient des caisses en bois peintes en vert.

– Un instant, les gars, éclairez un peu par ici, s'est exclamé quelqu'un.

Ils se sont regroupés dans un coin. Nous ne pouvions rien voir. Piotr et moi avons échangé un regard.

– Ils ne sont pas armés, lui ai-je murmuré.

L'homme à la lanterne nous a appelés et nous sommes montés dans le wagon.

– Vous m'avez l'air bien empotés, a-t-il remarqué en éclairant le visage de Piotr, examinant ses pupilles. Qu'est-ce qui s'est passé ici?

– Rien du tout, a dit Piotr en repoussant la lampe.

– Rien? Et ça, c'est quoi?

Il a éclairé sa main gauche où reposait un pistolet avec du ruban adhésif bleu sur la crosse.

Nous sommes restés silencieux.

– Ivan! a crié l'homme en se retournant, vérifie les caisses.

Ivan a déplacé plusieurs caisses en marmonnant.

– On dirait que tout y est, a-t-il annoncé.

– Tu es sûr? a demandé l'homme à la lanterne qui était visiblement le chef.

– Oui.

La lumière est revenue sur nos visages.

– Bon, alors qu'est-ce qui s'est passé ici? a-t-il répété d'une voix plus douce.

– Nous, on voyageait dans le compartiment, a dit Piotr.

J'ai eu des frissons dans le dos à la pensée qu'ils risquaient d'aller y voir.

– Vous nous prenez pour des imbéciles? a poursuivi le chef.

Ivan s'est approché pour prendre le pistolet des mains du chef.

– C'est l'arme du Moldave, a-t-il annoncé. Il est allergique au métal et il met du ruban adhésif partout, sur son couteau, sa fourchette… ce con!

La lumière est revenue sur mon visage.

– Vous vous êtes disputés ou quoi? a demandé le chef.

– Oui, a répondu Piotr à ma place. Je l'ai poussé du train.

– C'est donc ça? s'est exclamé le chef d'un ton amusé. Bon, ça vous regarde. Vous pouvez même vous entretuer si ça vous chante. L'important, c'est qu'il n'arrive rien à la cargaison!

Il a repris l'arme à crosse bleue pour la jeter dans la nuit.

– Allez, au travail, a-t-il crié à ses hommes.

Nous nous sommes écartés, barrant la porte qui menait au compartiment. Personne ne faisait plus attention à nous.

Ils ont chargé les caisses dans leur camion. L'un des hommes a trébuché, laissant tomber la sienne avec un bruit métallique.

– *Des armes,* a murmuré Piotr.

J'ai tiré un sac vers moi pour en vérifier le contenu. C'était bien du sable. Piotr l'a reniflé et a souri en m'en tendant une poignée : il sentait la cannelle.

Ils ont emporté toutes les caisses ; nous étions sur le point de descendre quand ils sont revenus avec des petits sacs de toile blanche. Ils en ont empilé plusieurs couches à la place des caisses et les ont recouverts avec nos sacs de sable avant de retendre la bâche et de refermer le wagon.

Le chef s'est approché de nous.

— Vous avez de quoi fumer ? a-t-il demandé d'une voix lasse.

— Des cigarettes Prima, a répondu Piotr en faisant un pas vers le marchepied, mais je l'ai devancé.

Je suis monté récupérer le paquet de faux tabac hilarant, qui traînait toujours sous la table.

Le chef en a reniflé une pincée et a souri.

— Merci, les gars ! Ce n'est pas de la came dure, comme celle qu'on vient de vous livrer. Bon voyage et à une prochaine fois !

Le camion s'est éloigné dans un rugissement de moteur, palpant la route de ses phares. Une autre paire de phares s'est allumée à quelque distance, ceux d'une voiture qui a escorté le camion. L'un des deux véhicules a klaxonné et les wagons ont frémi. Nous avons sauté dans le nôtre au moment où le train repartait. Goulia était sur la couchette du haut et Galia était assise à la table.

Piotr est sorti fumer sa pipe et je lui ai emboîté le pas. Nous sommes demeurés quelques minutes sans mot dire dans l'étroit couloir, puis il a entrouvert la portière et le bruit des roues est devenu audible. Le ciel parsemé d'étoiles avait rétréci : nous traversions une région montagneuse.

— *Qu'est-ce qu'on transporte maintenant ?* a demandé doucement Piotr, en baissant la tête.

– De la drogue, ai-je murmuré.

– *Et moi qui croyais que c'était du sable…*

– Il y a aussi du sable, mais j'ai l'impression qu'il n'y en a pas beaucoup… Nous en avions pourtant deux camions…

Les papiers mentionnaient douze tonnes de sable. Certainement de quoi remplir un wagon entier, ou au moins un demi-wagon. J'ai essayé d'estimer le nombre de sacs, mais j'y ai vite renoncé.

Piotr a fait un saut au compartiment pour revenir avec deux bols de café.

– Qu'est-ce qu'on va faire ? ai-je demandé en réchauffant mes mains contre le bol brûlant. On avertit la police à la première station ?

– *Et comment crois-tu qu'ils vont réagir ? Ils vont nous arrêter pour interrogatoire et jeter le sable. Quant à la drogue… On ne peut même pas savoir ce qu'ils en feront. Il faut ramener le sable en Ukraine, ensuite on pourra aller voir la police de chez nous…*

– C'est vrai que la police ukrainienne a plus de chances de croire que nous transportions du sable du Kazakhstan, et non des armes et de la drogue… Surtout si le colonel Taranenko confirme nos dires…

– *Non, ils ne nous croiront jamais,* a dit Piotr, mais il n'y avait ni désespoir ni inquiétude particulière dans sa voix, comme s'il s'était résigné à cette situation sans issue. *Faisons comme si on n'était au courant de rien. Avec l'aide de Dieu, nous ramènerons ce sable à bon port, ensuite on verra.*

Accroupi, dos au mur, j'ai repensé aux trois boîtes de drogue prises dans l'entrepôt d'«aliments pour bébés» qui avaient marqué le début de mon voyage. Voilà qu'il se terminait avec des sacs de «came dure». Tout cet abracadabra mystique à l'odeur de cannelle avait désormais l'allure d'un conte pour enfants. «Les manifestations matérielles de l'esprit national, tu parles…» me suis-je dit amèrement. Ce petit malin de colonel avait réussi à transformer à leur insu des imbéciles idéalistes en trafiquants d'armes et de drogue!

— Je crois que Taranenko a tout manigancé depuis le début, ai-je confié à Piotr. Cette histoire de sable est une pure invention!

— Tu as tort, a protesté Piotr en repassant au russe. Tu oublies le marchand kazakh qui a failli nous offrir toutes ses marchandises? Et tu crois qu'avant, je t'aurais parlé en russe? Nous ne connaissons pas l'explication scientifique de ce phénomène, mais il ne faut pas le nier pour autant. Nous ne sommes pas des savants…

— Ça, c'est sûr, plus bêtes que nous, tu meurs…

— Ne sois pas cynique. Le cynisme est certainement le plus gros défaut des gens de notre génération. Le seul fait de croire au sable est garant d'un espoir de vie meilleure pour notre pays.

— Croire au sable?

— Pas au sable, a rectifié Piotr, agacé, en élevant la voix, à l'esprit qu'il contient.

— Bon d'accord, attendons de voir. Le colonel va peut-être finir par se manifester et par nous fournir une explication valable.

Je me suis levé. Je n'avais pas sommeil, mais continuer à discuter avec Piotr ne menait à rien. Et je suis rentré me coucher. Les femmes dormaient déjà.

En me retournant sur ma couchette, j'ai senti la présence d'un objet dur contre mes côtes. C'était le pistolet. Je l'ai remis dans mon sac.

Un bruit oublié m'a réveillé : celui de la pluie. De temps à autre, le vent soufflant par la fenêtre m'envoyait une bruine sur le visage. Je me suis essuyé de la paume : ma toilette était faite. Les autres étaient en train de boire du thé.

— *Nous avons passé Grozny pendant que tu dormais,* a annoncé Piotr.

Derrière la fenêtre défilaient des arbres humides, des toits et des routes de campagne. Le ciel gris évoquait l'automne. Le train filait à toute allure, comme pour fuir la pluie.

Nous avons passé un quai mouillé. Le panneau de la gare indiquait «Labinsk». Nous avions quitté le Caucase. Les noms russes des stations réchauffaient le cœur. Piotr aussi regardait par la fenêtre, son visage avait retrouvé calme et assurance.

— *Kolia,* a-t-il soudain proposé. *Et si on balançait la drogue hors du train ?*

— *Tu n'y penses pas !* a protesté Galia. *Si des enfants la ramassent ?*

— *Il risque d'y avoir des contrôles à la frontière,* a insisté Piotr. *D'abord la douane russe, puis la nôtre. Si quelqu'un fouille sous la bâche, on est cuits.*

— Il y a de grandes chances, ai-je approuvé. Tu as peut-être raison. On devrait s'en débarrasser.

— Et si on la jetait dans une rivière ? a suggéré Goulia.

— *Il faudrait que le train s'arrête sur un pont et y reste une bonne heure !* a objecté Piotr.

Lui et moi sommes allés voir le chargement. Nous avons essayé d'ouvrir la porte, mais elle a refusé de bouger. Il n'y avait pas de poignée à l'intérieur, le bois humide n'offrait aucune prise et nos pieds dérapaient sur la bâche glissante. La pluie continuait à tomber de plus belle.

– Rien à faire, ai-je constaté en retirant plusieurs échardes de mes paumes. Les sacs de sable bloquent la porte, et en plus, nous marchons dessus.

Piotr a soulevé le bord de la bâche.

– *Et si on les poussait ?*

– Finalement, je ne suis pas sûr que ce soit une bonne idée. Et si le train s'arrête dans une demi-heure et qu'un autre camion arrive pour récupérer la drogue ? Qu'est-ce qu'on va leur dire ? Il est peu probable qu'on s'en sorte vivants.

L'eau dégoulinait de la moustache de Piotr. Nous étions tous deux trempés jusqu'aux os.

– *Bon, rentrons*, a-t-il dit en soupirant. *Il faut encore réfléchir à la question.*

De retour dans le compartiment, nous avons essoré nos vêtements, laissant une flaque sur le sol. Goulia m'a frictionné avec une couverture et Galia a sorti de son sac un demi-litre de vodka.

Piotr, qui s'essuyait la tête, s'est figé de surprise.

– *Mais tu avais dit qu'on n'en avait pas !* a-t-il grogné, indigné.

– *Je voulais la garder en réserve, comme médicament. Je l'avais fixée au fond de mon sac avec du scotch.*

Piotr a failli exploser, mais il s'est contenté de remarquer à mon adresse :

– *Comme tu vois, il n'y a pas plus prévoyant que Galia...*

Piotr a décapsulé la bouteille et a rempli deux bols.

– *Bois ! Ça va nous réchauffer.*

Bientôt, la bouteille vide est passée par la fenêtre.

Nous avons croisé une autre gare au nom russe.

La vodka m'a rempli d'un sentiment de bienheureuse indifférence à l'égard de notre avenir immédiat. C'était de la bonne vodka, comme Russes et Ukrainiens en ont toujours bu depuis des temps reculés.

Dans la nuit, un bruit insolite m'a tiré du sommeil.

Des taches de lumière jaune nageaient au dehors. Je me suis rapproché de la fenêtre. Une large route longeait la voie et des camions militaires, tous phares allumés, roulaient en file interminable. J'ai aperçu des soldats somnolents dans l'un d'eux.

Un panneau indiquait «Tikhoretsk: 50 km, Kouchtchevskaïa: 120 km, Rostov-sur-le-Don: 225 km.»

Notre train a fini par dépasser le convoi. La route est redevenue noire et déserte. Je me suis rendormi, assis à la table, la tête posée sur les bras.

Quand je me suis à nouveau réveillé, le soleil se levait à l'arrière du train. La route illuminée charriait son lot de voitures. Un autocar marqué «Rostov-Kropotkine» est passé, suivi par un lourd camion frigorifique.

Nous étions en train de déjeuner quand le train a ralenti avant de quitter les rails principaux. Nous avons longé un champ de maïs.

— *Vous avez jeté la drogue?* a demandé Galia, inquiète.

Piotr a fait signe que non.

— *Mais enfin, dis quelque chose!* s'est exclamée Galia à l'adresse de Goulia.

— Les femmes ne doivent pas se mêler des affaires des hommes, a énoncé cette dernière.

Galia a secoué la tête d'un air accablé.

Piotr a regardé par la fenêtre

— Tu vois quelque chose? ai-je demandé.

– *Un dépôt.*

Nous nous rapprochions d'une gare de triage. Une vingtaine de convois stationnaient sur la droite. Nous avons rejoint des trains à l'arrêt.

– Avec un peu de chance, nous repartirons d'ici débarrassés de ce chargement indésirable, ai-je affirmé, désireux de rassurer Galia.

L'endroit était certes désert, mais il n'était guère logique d'espérer que les destinataires de la drogue se manifestent sous ce soleil éclatant.

Nous sommes descendus. Un courant d'air tiède passait entre les trains. Des détritus craquaient sous nos pas.

– *Tu n'entends rien ?* m'a demandé Piotr.

J'ai tendu l'oreille. Un bruit de train. Puis les bribes d'une conversation indistincte.

Nous avons laissé les femmes près du wagon pour prendre la direction des voix. Nous nous sommes arrêtés en entendant un bruit de verre. J'ai regardé sous le train. Un maigre chat noir s'enfuyait en faisant rouler une bouteille de bière vide. J'allais me relever quand j'ai discerné un mouvement. Trois rangées de roues plus loin, j'ai vu des caisses et des jambes. Deux hommes étaient en train de discuter paisiblement, à en juger par l'intonation.

– Il y a quelqu'un, ai-je annoncé.

Piotr s'est baissé à son tour.

– *Va donc voir qui c'est.*

Je suis passé sous deux trains avant de m'arrêter.

– Vassia tarde à venir, disait une voix. Et si on se débrouillait sans lui ?

– Pas question. On risque de se faire passer un savon !

Quand je me suis glissé sous le troisième train, deux clochards dépenaillés assis sur des caisses vides m'ont considéré avec stupéfaction. Un vieux et un plus jeune. Autour d'eux traînaient des mégots et des bouteilles vides, ainsi qu'un sac de couchage crasseux.

– On est là seulement depuis hier, s'est exclamé le plus jeune, on n'a rien volé et rien cassé. On ne dérange personne!

Ces deux-là ne risquaient pas de m'apprendre grand-chose et je suis revenu vers Piotr.

– Des clochards.

Goulia m'a appelé pour me tendre le bidon vide. Grâce aux clochards, j'ai trouvé une citerne d'eau potable près du champ de maïs. Alors que Galia s'apprêtait à préparer un gruau avec ce qui restait de sarrasin, Vassia, un clochard âgé de la quarantaine, est arrivé en pardessus sale, un seau à la main.

– C'est les copains qui m'envoient, a-t-il annoncé après s'être présenté. J'ai pêché des écrevisses, vous pouvez en prendre une quinzaine.

Au mot «écrevisses», Piotr a jailli du wagon.

– Vas-y, sers-toi, a dit Vassia. Dommage qu'on n'ait pas de bière. On l'a finie hier. Avec de la bière, c'est le pied.

Les écrevisses n'ont pas tardé à se retrouver dans l'eau bouillante où elles ont rougi sans hâte sous mon regard gourmand. Mais même les écrevisses ne pouvaient me distraire d'une inquiétude latente. Tant que nous roulions vers Rostov, j'étais relativement tranquille. Le voyage est une activité en soi. Mais ce cul-de-sac?

Un bruit de moteur s'est fait entendre alors que nous faisions la sieste. Un camion militaire s'est arrêté devant notre wagon. À ma grande surprise, un major et deux sous-lieutenants armés de kalachnikov en sont descendus.

– Restez dans le compartiment! a crié le major en s'arrêtant sous notre fenêtre.

Trois soldats en treillis ont sauté à terre. Nous avons entendu la porte du wagon s'ouvrir avec fracas. En dix minutes, ils avaient chargé les sacs blancs dans leur véhicule.

– C'est tout? a demandé la voix du major.

– C'est tout, a répondu l'un de ses subordonnés.

Piotr, assis en face de moi avait un meilleur angle de vue. Quand le camion est parti, il a poussé un soupir de soulagement, puis il a remarqué :

– *Ils ont jeté quelque chose dans le wagon.*

– Allons voir.

Nous sommes passés par la porte des toilettes. La bâche traînait dans un coin, les sacs de sable étaient mis n'importe comment et il y avait un sac en toile devant la porte.

Quand Piotr a tiré la fermeture Éclair qui le fermait, nous sommes demeurés interdits. C'était un cadavre en tenue militaire.

Piotr m'a regardé d'un air désemparé.

Décidément, les choses allaient de mal en pis. Chaque chargement indésirable était remplacé par un autre encore plus malvenu.

– Surtout, ne leur dis rien, ai-je murmuré en indiquant le compartiment du regard.

– *Mettons-le sous la bâche,* a proposé Piotr. *On essayera de le jeter en chemin.*

62

Le soir, nous avons allumé un feu devant le wagon, installés sur des caisses vides. Ma totale ignorance de ce qui allait suivre me mettait en rogne.

J'avais de plus en plus l'impression que nous étions les dindons de la farce. Restait à savoir qui était le metteur en scène qui s'était si habilement joué de nous avant de nous larguer. Nous étions désormais aussi inutiles que le cadavre qu'on nous avait laissé en souvenir. Il était bête de penser que ce wagon allait repartir, sinon pour prendre le chemin du retour, et sans nous.

Je n'ai pas osé faire part de cette conclusion à Piotr.

Je nous imaginais très bien réduits lui et moi à l'état de clochards, tenant compagnie à Vassia et aux autres. C'était une fin envisageable. Sauf que Goulia et Galia s'inscrivaient mal dans ce cadre.

Galia était en train de parler de son enfance dans un village des environs de Lvov et de la ferme de ses parents. Elle s'exprimait en russe, avec un accent assez prononcé.

Nous avons entendu un chœur de rires avinés à quelque distance. Les clochards accueillaient des collègues.

Les premières étoiles venaient d'apparaître dans le ciel obscurci. Le feu répandait une odeur de fumée qui nuançait celle de la gare de triage ; ses flammes me rappelaient mon enfance, quand nous brûlions les feuilles d'automne à la maison de campagne.

Le bruit d'un train a interrompu ces souvenirs nostalgiques. Les femmes se sont tues. Sur la voie principale de Rostov, le phare puissant d'une locomotive repoussait les ténèbres.

Le train s'est arrêté juste à côté de nous, sur la seule voie restée libre. Des wagons de marchandises couverts, avec des numéros au pochoir.

– « Propriété de la station de Bataïsk », a lu Piotr sur l'un d'eux. *Tu sais où c'est ?*

– Aucune idée.

– C'est à cinq kilomètres d'ici, a répondu une voix familière.

Je me suis retourné. Sans distinguer personne à la faible lumière du feu.

– *Colonel, c'est bien vous ?* a demandé Piotr.

Une bouteille de bière a roulé vers nous, puis une seconde, rebondissant sur les cailloux avec un tintement sonore. Quand les deux bouteilles se sont immobilisées à nos pieds et qu'un silence légèrement inquiétant s'est rétabli, une troisième bouteille est venue les rejoindre.

– Vous avez de quoi les ouvrir ? a demandé la voix.

– *Colonel, vous êtes un sacré salaud !* a grogné Piotr, en se laissant tomber sur une caisse.

Vitold Ioukhimovitch est passé sous le wagon de Bataïsk pour nous rejoindre, vêtu de son survêtement Adidas et d'une veste en jean. Il a épousseté ses vêtements et a regardé Piotr.

– Je t'ai fait peur ou quoi ?

Au lieu de répondre, Piotr s'est contenté de soupirer.

– Alors, tu as de quoi l'ouvrir ? m'a demandé le colonel.

J'ai calé la capsule contre le marchepied et j'ai donné un coup de poing dessus.

– Bienvenue en ce lieu ! ai-je dit en lui tendant la bouteille ouverte.

– Pourquoi bienvenue ? Je suis arrivé là avant vous.

J'ai haussé les épaules. Une fatigue soudaine m'ôtait toute envie de lui poser les nombreuses questions que je gardais en réserve. «Maintenant qu'il est là, il ne va certainement pas repartir aussitôt», ai-je pensé.

– Alors, vous vous êtes bien reposés ? a demandé le colonel, après une gorgée de bière, en nous observant d'un œil alerte. Il est temps de se mettre au travail.

Nous l'avons regardé avec des yeux ronds.

– Préparez-vous.

– Pour quoi faire ? ai-je demandé.

Le colonel a consulté sa montre.

– On part dans quarante minutes.

– Comment ?

– En train. Mais pas dans celui-ci. Je vous expliquerai…

Cette dernière réplique nous a rendu quelque espoir. Piotr s'est levé, imité par Goulia et Galia.

– Allons, dépêchez-vous, a dit le colonel.

Il nous attendait près du wagon tandis que nous rassemblions nos affaires. En l'observant par la fenêtre, j'ai remarqué qu'il avait l'air fatigué. Le feu de bois créait un éclairage dramatique qui bleuissait les poches sous ses yeux et lui conférait un teint livide. Sa moustache d'ordinaire soignée semblait hirsute. Je me suis dit que le voyage n'avait pas dû être de tout repos pour lui non plus. Cependant, je ne ressentais pas l'ombre d'un sentiment de pitié à son égard. Les colonels ne sont pas des idéalistes et les difficultés faisaient partie des aléas de son métier. D'ailleurs, c'était peut-être un aventurier dans l'âme ? N'avait-il pas intégré les services secrets à une époque où seuls les espions pouvaient facilement traverser la frontière ? Je me demandais s'il avait beaucoup voyagé.

– Ne traînez pas ! nous a crié Taranenko.

Lorsque nous sommes descendus, il a pris le bagage de Goulia et celui de Galia pour se diriger vers la queue du train.

– *Vitold Ioukhimovitch*, s'est écrié Piotr, *et les sacs de sable ?*

– Ce n'est pas le bon sable, a annoncé le colonel en se retournant.

– *Comment ça, pas le bon ? Mais il sent la cannelle !*

– Pardi, nous avons gaspillé cinq kilos de cannelle pour le parfumer ! Je vous expliquerai après.

– *Il y a aussi un cadavre…* a poursuivi Piotr d'une voix blanche.

Le colonel s'est arrêté.

– Un cadavre? Quel cadavre?

– *Celui d'un militaire,* a répondu Piotr. *Je vous expliquerai.*

Trébuchant sur les rails, nous avons longé plusieurs convois alignés comme des vaches à l'étable.

– Voilà le nôtre, a dit le colonel en s'engouffrant entre deux trains.

Nous l'avons suivi. Quelqu'un a agité la main devant nous et le colonel lui a fait signe à son tour.

Parvenus devant un wagon de marchandises de modèle standard, nous avons eu la surprise de constater que celui qui nous attendait n'était autre que Vassia le clochard. Il nous a aidés à porter nos bagages dans le compartiment. Croisant mon regard interrogatif, il s'est contenté de sourire.

– Il y a des wagons qui partent pour Moscou? lui a demandé le colonel.

– Oui.

– Nos amis ont un cadavre de militaire dans le leur. Tes collègues et toi, vous le mettrez dans le prochain train en partance pour Moscou.

Le colonel s'est tourné vers Piotr:

– Il est emballé au moins?

– Oui, dans un sac avec une fermeture Éclair.

Le colonel est demeuré pensif quelques instants.

– Vassia, a-t-il ordonné, va dire au machiniste d'attendre encore quinze minutes.

Et il est passé sous le wagon, tandis que Vassia courait vers la locomotive. J'ai deviné qu'il allait rendre visite au mort.

Notre nouveau compartiment nous a replongés dans la civilisation. Il y avait des couchettes normales, une vraie fenêtre vitrée, les toilettes étaient équipées d'un miroir et d'un lavabo et le couloir d'un samovar, avec une réserve de briquettes de charbon dans une caisse.

Piotr et moi sommes redescendus sur le quai. Le wagon était estampillé «Dépôt de Bakou».

– Notre sable serait donc là-dedans, a dit Piotr en indiquant du menton les portes plombées.

– Probablement.

Nous sommes remontés pour essayer d'ouvrir la porte menant aux marchandises, mais elle était fermée à clé.

Vassia et le colonel sont revenus presque en même temps quelques minutes plus tard. Le colonel souriait.

– Nous allons leur laisser un souvenir, a-t-il dit malicieusement en regardant Vassia. Le corps doit partir pour Moscou dans le prochain train. Tu diras à un clochard d'écrire «Bien le bonjour de la part du général Voskoboïnikov» et tu glisseras le mot dans le sac. Qu'ils fassent donc le ménage dans leurs rangs.

– Compris, a dit Vassia.

– Bon, allez, prends soin de toi. Si Dieu le veut, nous aurons encore l'occasion de nous revoir.

Ils se sont serré la main.

Deux minutes plus tard, le colonel nous a rejoints dans le compartiment.

J'ai soudain constaté qu'il n'y avait que quatre places et que nous étions cinq. Jetant un coup d'œil autour de moi, je n'ai pas vu le sac du colonel. J'ai même regardé sous la couchette.

– Tu as perdu quelque chose? a demandé Vitold Ioukhimovitch.

– Oui, vos bagages.

– Ah, tu es observateur! Je dormirai dans le wagon.

Mais si vous m'invitez pour le petit déjeuner, je ne dirai pas non.

— *Les sacs de sable sont dans le wagon ?* a demandé Piotr.

— Non, ils sont dans celui d'à côté, ne t'inquiète pas.

Piotr a sorti sa pipe avant de gagner le couloir.

— Moi aussi, parfois, je suis obligé de faire des choses que je ne veux pas faire, mais qui doivent être faites, a remarqué le colonel en le suivant du regard. C'est la vie…

63

Une heure et demie plus tard, alors que Rostov était déjà derrière nous, l'eau du samovar a fait fondre notre méfiance. Le colonel a mis des sachets de thé à infuser dans des verres.

— J'ai aussi du sucre, a-t-il dit. Servez-vous !

— *Et qu'est-ce qu'il y a dans notre wagon ?* a demandé Piotr.

— Des jouets d'enfants fabriqués en Chine et de l'élixir vietnamien.

— Des jouets ? a répété Piotr avec un sourire incrédule.

— Venez avec moi, a dit le colonel en se levant.

Piotr et moi l'avons suivi.

Le wagon était plein de boîtes en carton et de caisses en contre-plaqué. Un passage étroit conduisait à un petit espace dégagé près de la porte où, dans la faible clarté d'une grille d'aération, était étendu un sac de couchage bleu ; une caisse faisait office de table. Le sac du colonel était posé à côté.

— Je ne vous ai pas fait venir ici pour une excursion, a dit le colonel d'un ton sec.

Il s'est assis sur son matelas improvisé et nous a regardés de bas en haut d'un air sévère.

– Je n'ai pas l'intention de vous rendre des comptes ni de vous présenter des excuses, a-t-il déclaré sombrement. C'est vous-mêmes qui vous êtes fourrés dans cette affaire, pas la peine de jouer les pauvres victimes! Sans moi, à l'heure qu'il est, vous seriez dans une prison kazakhe et vous passeriez vos nuits à répondre à des interrogatoires. Pour avoir procédé à des fouilles illicites et avoir dissimulé de la drogue dans des boîtes de lait. Quand je me suis réveillé en plein désert, les jambes attachées et la tête prête à exploser de migraine, je ne me suis pas vexé. Mais j'ai éprouvé l'envie de vous rattraper pour vous casser la gueule, ce que j'aurais fait s'il n'y avait pas eu le sable. Ce n'était peut-être pas le sable, d'ailleurs, simplement la fatigue. Je vous donne deux minutes pour décider si vous voulez que nous parlions d'égal à égal ou comme un colonel à des troufions condamnés aux arrêts de rigueur.

Le colonel a sorti de sa poche la montre trouvée dans le désert et l'a remontée, puis il a regardé sa propre montre.

– Avec quelle montre voulez-vous que je mesure le temps imparti? Avec celle de l'idéaliste? Il y a longtemps qu'il n'est plus de ce monde, et sa montre marche toujours! Ou avec celle du pragmatique?

Nous nous taisions. J'ignore à quoi Piotr pouvait penser, mes pensées à moi volaient très loin, au-dessus de Kiev. Et j'aurais voulu les rejoindre. «Tout va bien se terminer. Il faut juste attendre que ça passe.»

– Plus qu'une minute et je déciderai moi-même, a froidement annoncé Taranenko.

– *Bon, ça va*, a soupiré Piotr. *Parlons d'égal à égal*.

«Et voilà, ai-je pensé avec soulagement. La raison du plus

fort est toujours la meilleure… Ou comme on disait à l'époque soviétique : c'est la victoire de l'amitié entre les peuples ! »

J'ai souri, et le colonel a souri à son tour.

Il a sorti d'une caisse une jolie bouteille verte.

– Je ne vous ai pas trompés, a-t-il dit en dévissant le bouchon. À votre santé !

Il a bu au goulot avant de me tendre la bouteille. J'ai regardé l'étiquette. C'était effectivement de l'élixir vietnamien. Une vague de chaleur m'a envahi à la première gorgée et j'en ai pris une seconde avant de passer la liqueur à Piotr.

Une demi-heure plus tard, nous étions toujours en train de boire et parlions d'égal à égal. Le colonel racontait des blagues pour détendre l'atmosphère. Piotr faisait de son mieux pour garder son sérieux, mais l'élixir vietnamien avait un fort degré d'alcool.

Plus tard, j'ai compris que le colonel plaisantait surtout pour se détendre lui-même. De temps à autre la fatigue prenait le dessus, effaçant son sourire.

Piotr a essayé plusieurs fois de poser les questions qui nous préoccupaient, mais le colonel les évitait en plaisantant.

– Nous en parlerons demain, a-t-il promis en terminant la liqueur. Il est temps d'aller dormir.

64

Demain est arrivé plus tôt que prévu. Le silence m'a réveillé. Ce qui se produit parfois quand on prend l'habitude de s'endormir dans une atmosphère bruyante. Piotr ronflait sur une couchette du bas. Une lumière jaune rouge éclairait la fenêtre.

Jetant un coup d'œil dehors, j'ai vu des projecteurs et des lanternes et j'ai compris que nous étions à la frontière.

Des voix se sont rapprochées. Je me suis levé pour ouvrir la portière. Le colonel, accompagné d'un jeune douanier en uniforme vert, indiquait notre wagon et celui d'à côté.

– Ces deux-là sont à moi !

S'apercevant de ma présence, il a ajouté, en me faisant signe de rentrer :

– C'est notre convoyeur.

J'ai refermé la portière et les voix se sont éloignées.

De retour dans le compartiment, j'ai regardé par la fenêtre. Les deux hommes se tenaient devant le wagon censé transporter le sable et parlaient calmement, puis un autre douanier porteur d'une serviette les a rejoints. Il a sorti des papiers avec des tampons et a entrepris d'expliquer quelque chose au colonel en les pointant du doigt. Les papiers sous le bras, le colonel a regagné notre wagon après avoir serré la main des douaniers.

J'ai entendu claquer la portière, j'ai pensé que le colonel allait entrer s'expliquer, mais il a regagné son repaire. Deux claquements de serrure m'ont fait comprendre qu'il s'était enfermé. Le train est reparti lentement dans une obscurité relative. Je me suis recouché, bercé par le bruit des roues.

Le contact d'une main chaude sur mes lèvres m'a réveillé. Le train s'est immobilisé brutalement, avant de reculer.

– Où sommes-nous ?

On ne voyait rien par la fenêtre. Il faisait encore nuit.

– Nous sommes là depuis vingt minutes, à rouler dans un sens puis dans l'autre, a murmuré Goulia.

Mais nous venions de repartir pour de bon. Les roues ont accéléré leur rythme.

Nous avons traversé la gare d'Artemovsk.

– Nous sommes en Ukraine, ai-je soufflé à Goulia. Tu es réveillée depuis longtemps?

– Ça doit faire deux heures.

– On a franchi la douane ukrainienne?

– Oui, des gens en uniforme sont passés le long du train avec un chien.

Cette brève description de la frontière m'a amusé et rassuré à la fois.

– Ce soir, nous serons à Kiev, ai-je dit. Nous laisserons nos affaires chez moi… je veux dire chez nous et nous irons manger dans un café. Il faudra demander à notre trésorière la moitié des dollars économisés.

– Et après?

– Après, on pourra vivre une vie normale.

Elle a souri.

– Reposons-nous encore un peu.

Nous nous sommes couchés, enlacés, sur sa couchette du bas, elle au bord et moi contre le mur.

– J'ai emporté mon diplôme, a murmuré Goulia. Je pourrai travailler comme médecin. D'accord? Tant que nous n'aurons pas d'enfants…

Je caressais ses cheveux. Elle était étendue, les yeux fermés. Ses lèvres frémissaient.

Je crois que j'étais heureux mais c'était un bonheur étrange, mêlé d'une certaine dose de crainte face à des responsabilités nouvelles. «Notre avenir commence ce soir», ai-je pensé, tentant vainement de l'imaginer. Mon esprit était fatigué et j'avais cessé de croire aux miracles. Du scepticisme, un certain cynisme, voilà ce que j'avais rapporté de ce voyage.

65

Au matin, le colonel est venu nous réveiller. Il a attendu deux minutes après avoir frappé, s'imaginant que ce temps était suffisant pour que nous le recevions, fin prêts, arborant des sourires énergiques. Nous traînions encore au lit quand il est entré, rasé de frais. Sa moustache avait retrouvé son aspect soigné.

— L'eau vient de bouillir, a-t-il annoncé en regardant sa montre. Il nous reste une heure pour prendre le thé. Je vous laisse trois minutes pour vous lever.

Quand il est revenu, nous étions assis à la table.

— Bon, il faut vous mettre les points sur les i? a demandé le colonel d'une voix mi-plaisante mi-sérieuse, en remuant son thé pour faire fondre le sucre récalcitrant.

Le train amorçait un virage et j'ai regardé machinalement par la fenêtre. L'horizon était bouché par une rangée de hautes cheminées muettes pointant dans un ciel d'azur.

— Nous arrivons à Kharkov dans une heure, a annoncé le colonel avec un sourire légèrement tendu. Nous n'aurons pas d'autre occasion de bavarder. Vous allez m'écouter attentivement, sans m'interrompre. Si vous avez quelque chose à dire, vous le direz après, d'accord?

Qui ne dit mot consent. Le colonel nous a dévisagés, marquant une légère pause avant de reprendre:

— Je reste à Kharkov, et vous, vous continuez.

— *Et le sable?* a demandé Piotr

— Je vous ai pourtant demandé de ne pas me couper la parole. Vous poserez vos questions ensuite, s'il en reste! Nous avons laissé le sable à Artemovsk. Ni vous ni moi n'avons le droit de décider de son usage. Sans parler du fait qu'il faut d'abord l'étudier sérieusement. Ensemble, nous avons rempli notre mission qui était de le ramener en Ukraine. Bien évidemment, ce service ne sera pas oublié. Je vous promets de faire mon possible pour que vous soyez tenus au courant des avancements. Notez qu'il est dans votre intérêt de ne parler à personne de ce sable. Premièrement, on ne vous croirait pas. Deuxièmement, si vous en parlez, vous n'apprendrez rien de plus. En revanche, vous risquez d'apprendre que vous êtes recherchés par le FSB[1] russe pour trafic d'armes et de stupéfiants. À ce propos, il n'y avait pas moyen de faire autrement. Sinon, on ne nous aurait jamais laissés transporter ce sable. Malheureusement, on ne saurait réaliser de grandes choses sans se salir les mains. (Le colonel a poussé un soupir résigné.) Passons à un autre point. Kolia (il s'est tourné vers moi), tu ne peux pas rentrer à Kiev pour le moment. Il faut que tu te caches quelque temps, où, ça ne me regarde pas. Je pense que tu fais plus confiance à Piotr qu'à moi, laisse-lui tes coordonnées, et nous t'avertirons par son intermédiaire dès que tu pourras revenir sans danger. Le SBU va essayer de nettoyer le terrain. Mais tu risques d'attendre un mois ou deux. Quant à vous (il a regardé Piotr et Galia), vous pouvez tranquillement regagner votre foyer. Encore une fois: motus et bouche cousue à propos du sable. D'ailleurs, vous n'êtes pas partis en quête de sable, mais d'un trésor. Vous rentrez sans l'avoir trouvé. En revanche, vous avez acquis une riche expérience. Et certains (le colonel m'a fixé d'un œil malicieux), ont trouvé leur propre trésor (il a regardé Goulia). Bref, la vie continue. Un avenir radieux nous attend. Il faut oublier nos griefs mutuels. J'ai fini.

---

1. FSB, nouveau nom de l'ex-KGB russe.

Le colonel a poussé un soupir de soulagement et a pris une gorgée de thé.

J'étais en train de me demander où aller. Je n'avais pas de famille en Ukraine. Certes, j'avais des amis hors de Kiev, mais je n'avais pas envie de débarquer chez eux sans crier gare, avec Goulia qui plus est. Se faire héberger un week-end n'était pas un problème. Mais le colonel avait parlé d'un mois au minimum !

J'ai regardé Goulia qui s'est serrée contre moi.

– Tout ira bien, lui ai-je murmuré dans l'oreille.

Piotr faisait la moue et sa moustache tristement pendante reflétait son état intérieur.

– *Bon*, a-t-il dit en regardant le colonel. *Je vois que vous nous avez bien eus. Il y a un seul truc que je n'arrive pas à comprendre : pourquoi ces jouets et ces caisses d'élixir ?*

– C'est mon hobby, a répliqué le colonel. Un peu d'import-export parfaitement légal. Très utile pour améliorer le budget familial. Certains cultivent bien un potager. (Il s'est levé.) Je vais ranger mes affaires. Il vous reste encore de l'argent ?

Galia a fait un signe affirmatif.

– Tant mieux. Nous nous reverrons sans doute.

Vitold Ioukhimovitch a refermé la porte. Nous sommes restés silencieux cinq bonnes minutes. Nous traversions la banlieue de Kharkov.

– *Venez avec nous à Kolomyïa*, a soudain proposé Piotr. *Vous vous installerez chez mes parents, pendant que Galia et moi, on continuera jusqu'à Kiev.*

J'étais sincèrement étonné. Je ne m'attendais pas à une telle sollicitude de sa part.

Le colonel nous a acheté des billets. Nous nous sommes retrouvés dans des compartiments différents, mais nous avons échangé nos places avec un couple après le départ du train pour être à nouveau ensemble. Le soir tombait.

L'employée nous a apporté du thé, des gâteaux et des draps propres. Nous avons pris notre collation et nous nous sommes couchés. Les femmes ont occupé les couchettes du haut. J'ai éteint la lumière et poussé le verrou.

Notre sommeil s'est trouvé cependant troublé de très bon matin. Des cris ont retenti dans le compartiment voisin où Goulia et moi aurions dû voyager. J'ai allumé la lumière et nous avons tendu l'oreille.

– Quelqu'un a mis ça là pendant la nuit. Ce n'est pas à nous! Enfin, demandez-leur! criait une voix d'homme.

Une autre voix masculine lui intimait l'ordre de s'habiller et de ramasser ses affaires. L'aube commençait seulement de poindre.

Le train a ralenti pour s'arrêter à une petite station. Un fourgon de police et une voiture blanche stationnaient près de la gare. J'ai vu plusieurs hommes, certains en uniformes et d'autres en civil, jeter leurs cigarettes et se hâter vers notre train. Il m'a semblé que leurs yeux étaient fixés sur notre wagon. Le bruit du compartiment voisin a migré dans le couloir avant de s'apaiser. J'ai regardé à nouveau par la fenêtre, mais on ne voyait plus personne.

– *Qu'est-ce qui se passe?* a demandé Piotr.

– Je n'en sais rien, ils ont dû faire descendre quelqu'un.

Au matin, une autre employée nous a apporté le thé.

– Ils ont arrêté des trafiquants de drogue, a-t-elle expliqué en réponse à ma question. Ils avaient pourtant l'air d'un couple convenable. On a trouvé un gros paquet de stupéfiants dans leur sac. Ils ont prétendu que ce n'était pas à eux et que quelqu'un l'avait mis là pendant qu'ils dormaient. Mais ça n'a pas empêché qu'on les emmène.

Elle semblait sincèrement ravie de l'efficacité de notre police. Quant à moi, je me suis senti troublé. Bien sûr, j'avais entendu dire que les trains ukrainiens regorgeaient de trafiquants de drogue, mais la pensée que j'aurais pu me trouver dans ce même compartiment la nuit précédente me remplissait d'angoisse.

— *Pourquoi fais-tu cette tête-là ? Tu n'as pas de raisons de t'inquiéter,* m'a assuré Piotr.

À Kolomyïa, il pleuvait à verse.

Après quinze minutes de marche, nous étions trempés. Nous nous sommes retrouvés sur le seuil d'une maison à un étage. Piotr a frappé, et sa mère, une vieille dame rondelette, l'a enlacé après avoir essuyé ses mains contre son tablier. Son père est arrivé, grand et maigre.

— *Entrez donc,* a dit la mère.

— *Mes parents,* a dit Piotr, *Olga Mykolaevna et Iouri Ivanytch.*

La vieille dame nous a dévisagés en souriant. Son regard s'est arrêté sur Goulia puis sur Galia.

— *Voici Galia, dont je vous ai parlé dans mes lettres,* a dit Piotr en indiquant sa compagne. *Et voici Kolia et Goulia.*

La vieille dame s'est tournée à nouveau vers Goulia.

— *Elle est tatare ?* a-t-elle demandé ?

— *Non, kazakhe,* a répondu Piotr.

— *Mais qu'est-ce que vous attendez ?* a poursuivi sa mère. *Allez vite vous changer, sinon vous allez prendre froid !*

Piotr nous a aidés à monter nos bagages, il a poussé la porte d'une petite pièce meublée d'un bureau, d'un lit et d'un vieux fauteuil.

— *C'est ma chambre. Vous pouvez vous changer ici.*

L'unique fenêtre donnait sur un potager bordé de buissons de cassis qui dissimulaient presque le grillage délimitant le terrain.

Goulia a retiré son jean et son tee-shirt trempés avant de sortir ses affaires de son bissac.

Je l'observais avec admiration. Je ne l'avais vu nue qu'une seule fois, sous la clarté lunaire. Le bruit de l'eau coulant sur son corps a surgi dans ma mémoire, ainsi que l'éclat mat de son corps humide reflétant la lune.

Elle a mis sa tunique émeraude et m'a regardé d'un air interrogatif. J'ai haussé les épaules. Il m'était difficile d'imaginer la réaction des parents de Piotr face à ce costume.

– Tu préfères une autre couleur ? a demandé Goulia.

Elle n'avait pas d'autres vêtements civilisés à part son jean et son tee-shirt. Uniquement ces tuniques multicolores, effectivement très belles.

– Mais non, celle-là te va très bien, ai-je répondu.

Vêtus de sec, nous étions assis à la table ovale. La mère de Piotr remplissait les assiettes d'un bortch épais. Après nous avoir servis, elle a marmonné une brève prière, a fait le signe de croix en se tournant vers les icônes pendues à gauche de la porte et nous a adressé un regard attendri avant de nous inviter à manger.

Après le bortch, nous avons eu droit à une salade de légumes du potager et à des boulettes de viande aux pommes de terre.

La vieille dame ne cessait d'observer Goulia à la dérobée. Quand elle a servi une compote de fruits encore tiède, sa curiosité a pris le dessus et elle a demandé :

– *C'est un costume de mariage ?*

Son mari, assis à sa droite, a froncé le sourcil, mais Olga Mykolaevna n'a rien remarqué. Elle fixait Goulia de ses yeux largement écarquillés – j'ai remarqué qu'ils étaient bleus. Cette expression de curiosité la faisait paraître beaucoup plus jeune.

– Non, a répondu Goulia en souriant. C'est un costume national. Tout le reste est mouillé.

– *Votre peuple doit être très riche*, a soupiré la maman, sincèrement étonnée, *si nos jeunes filles pouvaient porter des robes comme ça!*

– *Enfin, maman, qu'est-ce que tu racontes?* s'est indigné Piotr.

– *Bon, bon, excuse-moi, une vieille paysanne comme moi a bien le droit de dire parfois des bêtises.*

Après le repas, Galia a proposé de laver la vaisselle. Goulia a voulu l'aider, mais la vieille dame l'en a empêchée.

– *Une belle robe comme ça, ma chérie, c'est fait pour aller à l'église, pas pour laver la vaisselle!*

– *Je vais plutôt te mettre la télévision*, a proposé le papa.

Et sans attendre la réponse, il a retiré le napperon brodé de coqs rouges qui couvrait le poste.

Galia s'est docilement installée devant la télévision, tandis que je restais debout près de la porte.

J'ai entendu les marches grincer: Piotr descendait l'escalier, sa pipe à la main. Il m'a invité d'un geste à l'accompagner sur le perron. Debout sous l'auvent, j'ai observé la pluie monotone, tandis que Piotr allumait sa pipe.

– *Galia et moi, on rentre à Kiev demain*, a-t-il déclaré. *Vous, vous restez ici. Je me suis mis d'accord avec mes parents. J'appellerai dès que j'aurai des nouvelles!*

– Entendu, merci.

Nous sommes restés dix minutes sans rien dire.

Une surprise frustrante m'attendait ce soir-là. Comme pour se moquer du doux souvenir de l'unique nuit que Goulia et moi avions passé ensemble, Olga Mykolaevna a annoncé que je dormirais dans le salon avec Piotr, tandis que nos compagnes partageraient la chambre du haut.

J'ai demandé à mi-voix à Piotr ce que ça voulait dire. Il

aurait certainement été plus logique pour lui aussi de dormir avec Galia.

Il a souri sous sa moustache.

– *C'est la maison de mes parents. Il faut respecter leur volonté.*

J'ai fort mal dormi, me réveillant plusieurs fois. J'étais glacé par un syndrome de solitude. Je voulais serrer Goulia contre moi, sentir la chaleur de son corps sous mes paumes. Je me suis levé pour m'approcher de la fenêtre, et j'ai remarqué une voiture, une Jigouli de couleur sombre qui stationnait dans la rue en face. L'intérieur était éclairé; l'occupant lisait un livre posé sur le volant. Ce n'est qu'au matin que j'ai mesuré l'étrangeté de cette présence.

67

Après le petit déjeuner, Goulia et moi avons accompagné Piotr et Galia jusqu'à la gare. Le ciel lourd rampait tel un monolithe gris sous la pression d'un vent cantonné dans les hauteurs. Goulia avait remis son tee-shirt et son jean encore légèrement humide. De temps à autre, elle levait la tête avec inquiétude.

Je pensais à la voiture de cette nuit.

Sur le quai de la gare, il m'a semblé qu'on nous surveillait: deux hommes en vestes de cuir marron nous regardaient fixement, sans cesser de parler entre eux.

En montant dans le train, Piotr a déclaré:

– *J'ai laissé une enveloppe avec de l'argent dans ma chambre. C'est pour vous. Tu es un type bien!* a-t-il ajouté.

Les deux femmes se sont embrassées.

J'ai remarqué du coin de l'œil que les individus en cuir

montaient dans le wagon d'à côté. Je me suis senti inquiet pour Piotr et Galia. Dans le même temps, une autre partie de mon esprit se moquait de moi, m'accusant de paranoïa.

Nous sommes rentrés en grande hâte, de crainte que la pluie ne reprenne. Quelques gouttes isolées tombaient d'ailleurs déjà. L'averse a éclaté alors que nous venions de nous réfugier sous l'auvent. C'était vraiment l'automne, qui allait nous garder en résidence surveillée.

Iouri Ivanytch lisait le journal devant la télévision. Olga Mykolaevna s'affairait à la cuisine. La pluie créait l'illusion que le soir était déjà tombé.

Quand il est arrivé pour de bon, après dîner, j'ai demandé à notre hôtesse si je pouvais dormir en haut avec Goulia, puisque Galia était partie.

Olga Mykolaevna m'a considéré d'un air sévère.

– *Vous êtes mari et femme ? Vous vous êtes mariés à l'église ? Ou peut-être au bureau d'état civil ?*

– Non.

– *Mais alors, comment pouvez-vous ? Ce n'est pas bien. Que dirait le père de Goulia ?*

J'ai soupiré, conscient que discuter ne servirait à rien.

– *Ne sois pas triste,* a poursuivi la vieille dame avec un sourire. *Si vous vous aimez vraiment, vous pouvez attendre !*

Quand j'ai fait part de cette triste nouvelle à Goulia, elle a éclaté de rire.

– Qu'est-ce qui te prend ?

– C'est exactement comme chez nous.

– Chez vous aussi, on se marie à l'église ?

– Non… Généralement, on passe par le bureau d'état civil.

Je sentais qu'il serait au-dessus de mes forces de vivre sous le même toit que Goulia en étant séparé d'elle toutes les nuits. De quoi devenir fou !

Aussitôt, une pensée m'est venue: «Mais rien ne t'empêche de te marier ici, à Kolomyïa!»

— Et si on se mariait à l'église? ai-je proposé à Goulia.

Elle n'a pas répondu mais un grand sourire a éclairé son visage.

Je me suis à nouveau réveillé pendant la nuit, la voiture et son occupant étaient encore là. Cette fois, l'homme lisait un journal.

Je me suis levé à six heures et demie du matin. Une fois habillé, je suis allé faire un tour à la cuisine. Olga Mykolaevna était en train de mettre des cornichons en conserve.

— *Oh, bonjour, tu es déjà levé!*

— *Bonjour!* ai-je répondu. Goulia et moi, on voudrait se marier à l'église de Kolomyïa.

Les yeux de la vieille dame ont brillé de joie.

— *Mais bien sûr! Rien de plus facile! Nous avons une très jolie église. Évidemment, il faut d'abord en parler au prêtre, c'est à lui de décider! On peut y aller ensemble, après le déjeuner.*

Tel un bon présage, le soleil a fait une brève apparition dans l'après-midi. Nous nous sommes mis en route tous les trois. La rue était mouillée et l'air sentait encore la pluie.

— *Ce n'est pas loin,* a dit Olga Mykolaevna, *encore cinq minutes de marche.*

Une coupole bleu outremer à croix dorée a surgi devant nous. La rue montait légèrement. Nous sommes bientôt arrivés devant une petite église de briques située dans une grande cour derrière un portail. Dans la cour se trouvaient deux bancs de bois, un puits, auquel conduisait une allée, et une maison au toit de tuiles rouges.

— *Nous allons là-bas,* a dit Olga Mykolaevna en indiquant la maison, *c'est là que vit le père Oleksa.*

Le père Oleksa, maigre, aux cheveux longs noués en queue de cheval par un élastique et au front haut marqué d'un début de calvitie avait à peine dépassé la trentaine.

Il nous a accueillis chaleureusement et nous a fait asseoir sur un vieux divan. Lui-même s'est installé sur une chaise et nous a regardés d'un air indiquant qu'il était tout ouïe.

– Ce sont des amis de mon fils, a expliqué la vieille dame. Ils voudraient se marier…

– *Tu es baptisé ?* s'est enquis le prêtre.

– Oui, on m'a baptisé dans mon enfance.

Il s'est tourné vers Goulia.

– Et toi, de quelle religion es-tu ? a-t-il demandé en russe.

– D'aucune. Je suis kazakhe[1].

Le prêtre a souri avec une certaine dose d'ironie.

– Il faut la baptiser d'abord, a dit le père Oleksa, choisir un parrain et une marraine, fixer la date…

J'ai froncé le front. Trouver un parrain et une marraine dans une petite ville où nous ne connaissions qu'un vieux couple n'avait rien d'évident…

J'ai regardé Olga Mykolaevna d'un air interrogatif. Devinant ma pensée, elle a acquiescé aussitôt.

Le soir même, elle a déclaré qu'elle voulait être la marraine de Goulia.

– *Et le vieux sera son parrain*, a-t-elle poursuivi en se tournant vers son mari. *Nous n'avons pas de fille, comme ça, nous aurons au moins une filleule, jolie comme un cœur en plus.*

J'étais content, en dépit du fait que Piotr et moi allions devenir presque parents. Tout désir a un prix, et celui-ci

---

1. Les Kazakhs, d'origine mongole, sont en majorité musulmans, mais la période soviétique a considérablement affaibli la pratique religieuse de la population.

était somme toute modique, bien que singulier. La dot versée aux parents de la mariée, coutumière en Asie centrale, m'aurait paru plus logique.

– *C'est d'accord*, a dit Iouri Ivanytch.

Il avait dû réfléchir longtemps ou peut-être étais-je trop absorbé par mes propres réflexions, toujours est-il que je n'ai pas immédiatement compris ce qu'il voulait dire.

– *C'est d'accord*, a-t-il répété. *Je veux bien être le parrain.*

68

Je suis parvenu à m'endormir, mais d'un sommeil léger.

J'ai rêvé de la chamelle Khatema. J'étais le témoin de mon propre sauvetage. Puis la chronologie des événements s'est trouvée bouleversée : déjà sauvé, je marchais pieds nus sur le sable chaud. Un morceau de toile émergeait d'une dune et je déterrais la tente où j'avais passé la nuit précédente. J'y découvrais le vieux journal et l'appareil photo. Suivait le rêve d'une canicule sans fin, d'un soleil dont rien ne pouvait me protéger, et surtout pas le tee-shirt jeté sur ma tête. La chaleur est devenue insupportable et j'ai fini par me réveiller en nage.

Il faisait sombre. Je me suis levé pour m'approcher du réveil posé sur le buffet, sentant sous mes pieds la fraîcheur du parquet. Il était quatre heures du matin. La voiture était toujours là, sauf que c'était une Volga avec deux hommes à l'intérieur. Il ne faisait guère de doute que leur présence était liée à la nôtre. Étaient-ils là pour nous protéger ? Ou pour nous espionner ? J'ai décidé de ne rien dire à Goulia.

Deux heures plus tard, le soleil s'est levé, et Olga

Mykolaevna est descendue dans la cuisine. Je ne voulais pas déranger notre hôtesse et je suis resté assis près de la fenêtre, à observer les reflets du soleil sur les feuilles encore vertes.

Le lendemain, le père Oleksa a baptisé Goulia et lui a passé au cou la croix en or trouvée dans le désert, suspendue à une chaîne en argent offerte par la marraine.

Moi aussi, je me suis acheté une chaînette en argent munie d'une croix, mais dès mon retour, j'ai remplacé celle-ci par la petite clé rapportée de Mangychlak. Porter une clé en or autour du cou s'accordait parfaitement à mon passé récent de chasseur de trésors. J'ai regretté que notre caméléon se soit évanoui je ne sais où durant le voyage de retour. Si j'avais été superstitieux, j'aurais pu considérer que sa disparition marquait la fin de notre ligne de chance.

Nous nous sommes mariés un jour plus tard. Goulia a mis sa tunique émeraude ; Olga Mykolaevna l'a convaincue de prendre un imperméable pour éviter les regards des curieux. Nous n'avions nulle envie que des étrangers assistent à notre mariage, et tous les habitants de cette petite ville nous étaient étrangers, à l'exception des parents de Piotr et du père Oleksa.

Ce dernier a fermé l'église de l'intérieur avant de procéder à la cérémonie, qui s'est déroulée en ukrainien ; une fois les anneaux échangés, après nous avoir déclarés officiellement mari et femme, il nous a félicités en russe et nous a invités à prendre le thé.

J'ai acheté une bouteille de champagne pour le dîner, Iouri Ivanytch a insisté pour que nous buvions un petit verre de vodka. Il aurait visiblement aimé prolonger le repas, mais Olga Mykolaevna a desservi la table à sept heures et demie du soir.

– *Les jeunes mariés ont besoin de s'aimer,* lui a-t-elle rappelé avec un clin d'œil.

Le vieux lit d'une personne et demie dans la chambre de Piotr ne nous a pas paru trop étroit cette nuit-là. Goulia est descendue plusieurs fois se rafraîchir dans la salle de bains, et chaque fois, je la séchais avec la chaleur de mon corps. Le drap était humide et tiède, la couverture légère traînait par terre, j'ai fini par la pousser du pied sous le bureau. De temps en temps nous nous reposions, allongés sur le dos, épaule contre épaule, écoutant la nuit. Fatigué, je commençais à m'assoupir, mais les pas de Goulia résonnant à travers ma somnolence, le grincement de la porte et celui des marches me réveillaient avant même le contact de ses mains sur ma poitrine. Elle se couchait sur moi, m'embrassait, frottait ses joues mouillées contre mon visage. La fraîcheur de son corps me redonnait de l'énergie.

– Caresse-moi encore, murmurait-elle, et je la caressais jusqu'au moment où l'explosion de l'amour nous séchait plus efficacement qu'une serviette avant de nous mettre en nage. L'eau, la fièvre et la sueur se succédaient sans fin.

Curieusement, après cette nuit blanche, la faim s'est fait sentir de manière plus aiguë que la fatigue.

Nous avons trouvé Olga Mykolaevna à la cuisine.

– *Oh, bonjour! Déjà levés! J'étais justement en train de vous préparer le petit déjeuner. Et il y a un cadeau pour vous près de la porte.*

– Oh, mais voyons, il ne fallait pas!

– *Ce n'est pas nous, quelqu'un l'a apporté ce matin.*

J'ai ramassé un sac de toile devant l'entrée. Il contenait deux boîtes de lait en poudre pour enfants identiques aux miennes et une grande boîte de chocolats Soir de Kiev, avec une vue du centre-ville illuminé sur le couvercle.

Comme je m'y attendais, le contenu des boîtes n'avait

rien à voir avec du vrai lait en poudre. J'ai ouvert la boîte de chocolats avec méfiance, mais ils étaient parfaitement authentiques. Je les ai laissés sur la table de la chambre, cachant les boîtes de lait sous le bureau.

69

Le lendemain, Olga Mykolaevna a libéré une partie du buffet et la moitié de l'armoire. Goulia y a suspendu ses tuniques sur des cintres. Je me suis attribué le tiroir du haut du bureau de Piotr pour y ranger les modestes trophées de notre expédition : l'appareil photo et le vieux numéro de *Kiev Soir* que j'avais gardé Dieu sait pourquoi.

Quelques jours plus tard, par désœuvrement, j'ai repris en mains l'appareil photo. Curieux de l'étudier de plus près, j'ai tiré les rideaux avant de l'ouvrir. Il y avait bien une pellicule à l'intérieur. « Je me demande ce qu'il y a dessus ? Il est improbable que le major Naoumenko se soit servi d'un appareil aussi bon marché. Et qu'il l'ait laissé dans sa tente, et que sa tente se soit retrouvée enfouie… »

Non, ces affaires étaient sans doute celles de quelqu'un d'autre. Ce qui ne diminuait en rien ma curiosité. Si ce mystérieux touriste avait disparu, il avait certainement de la famille ou des amis encore en vie qui s'intéresseraient à la pellicule. Il n'était pas non plus exclu que je retrouve le propriétaire de l'appareil. Il l'avait peut-être abandonné en fuyant une tempête de sable.

J'ai parcouru les gros titres du journal jauni, sans rien découvrir d'intéressant : il y était surtout question des réalisations de l'économie soviétique. J'ai repris l'appareil en me disant qu'il fallait finir la pellicule et la donner à développer.

Quand Goulia est montée, je lui ai demandé de s'asseoir à la table.

– Fais-moi un sourire !

J'ai pris les deux cadres restants et j'ai rangé l'appareil.

– D'où sort-il ? s'est étonnée Goulia.

Je lui ai rappelé l'histoire de la tente.

– Et tu crois que ça donnera quelque chose ?

– On peut toujours essayer.

Le lendemain matin, nous sommes allés faire un tour en ville. Le temps était ensoleillé. Une légère brise nous soufflait au visage.

Nous nous sommes bientôt retrouvés dans un quartier de grands immeubles passablement hideux, dont le premier niveau était réservé aux commerces, nous sommes passés devant un magasin de meubles et un garage, nous avons pris un café à la cafétéria d'un supermarché, nous renseignant par la même occasion sur l'atelier photo le plus proche. Il y en avait un non loin de là.

Le photographe, âgé d'une cinquantaine d'années, s'est révélé un passionné de son métier plutôt qu'un homme d'affaires. Quand je lui ai demandé combien me coûterait le développement, il a souri.

– Tu m'offriras une bouteille, si ça donne quelque chose.

Il est passé dans la chambre noire dont la porte était voilée d'un rideau pour récupérer la pellicule, puis il m'a rendu l'appareil et a noté son numéro de téléphone sur une enveloppe.

– Appelle-moi dans deux jours. Si c'est une femme qui prend le combiné, tu demanderas Vitia.

Deux jours plus tard, je l'ai eu au bout du fil.

– Passe, je te montrerai le résultat, a-t-il dit d'une voix étrangement neutre.

J'y suis allé seul, Goulia est restée pour aider Olga Mykolaevna à faire des conserves de tomates.

En chemin, la même Jigouli blanche m'a dépassé deux fois de suite. Avant d'entrer dans la boutique, j'ai regardé autour de moi, mais sans rien remarquer de suspect.

– Viens par là, a dit le photographe en passant la tête par l'ouverture de la petite pièce attenante.

Je suis entré en refermant la porte. Une lumière rouge disposée à hauteur de ma tête créait une atmosphère légèrement mystérieuse. Sur la table étaient disposés des bacs de développement de différentes dimensions. De grandes photographies séchaient comme du linge, accrochées à des cordes sous le plafond. J'ai regardé l'une d'elles, pensant qu'il s'agissait de l'un de mes clichés.

– Un instant, a dit Vitia en me tournant le dos. Il a allumé, et une lumière vive a annulé la luminescence de la lampe rouge.

Il a sorti une petite enveloppe d'un tiroir, en a tiré quelques photographies qu'il m'a tendues.

– Forcément, la qualité est mauvaise. Il y a trop de grain. Mais il y a vingt ans, on aurait pu te tuer pour ces photos, a-t-il déclaré en dégageant un coin de la table.

Je me suis penché pour examiner quelques clichés. Un chalutier, pris d'un point élevé de la berge, le même chalutier, vu sous un autre angle, une rive devenue familière, deux photos de groupe : quatre hommes debout et un assis au centre.

– Je ne vois pas pour quelle raison.

Vitia les a triées rapidement et m'en a tendu trois.

– Regarde celles-ci plus attentivement.

J'ai examiné l'une des photos de groupe. Le cinquième homme était assis dans une pose un peu bizarre, mais je n'ai rien remarqué d'autre. Vitia m'a tendu une loupe.

L'homme assis avait les pieds et les mains liées. Les quatre autres regardaient l'objectif avec des sourires satisfaits. Le prisonnier détournait les yeux, sa tête était légèrement penchée et sa bouche entrouverte.

– Il est vivant? ai-je demandé.

– Sur la première peut-être, mais certainement pas sur les autres.

J'ai regardé le cliché suivant. Deux hommes bottés, en longues vestes noires à capuchon traînaient le prisonnier par les bras et les jambes. Sa tête pendait sur le côté. Sur la troisième photo, quatre hommes étaient debout près d'un monticule de sable, avec un bâton planté dessus en guise de croix, auquel était suspendue une paire de jumelles. Il y avait une pelle dans un coin.

– Tu me dois une bouteille, a dit Vitia d'un ton pensif. On peut aller la boire chez moi, je n'habite pas loin.

J'ai posé les photos sur la table, le photographe les a remises dans l'enveloppe qu'il m'a tendue, en même temps que la pellicule développée.

– Attends-moi, je vais me changer.

Nous avons pris une bouteille de rouge étiqueté «vin de la mansarde» au supermarché. Vitia habitait une petite maison particulière. Des poules déambulaient dans la courette.

– J'aurais préféré de la vodka, a-t-il dit en s'asseyant à la table couverte d'une nappe verte maculée de taches, mais je ne peux pas.

– À cause de ton foie?

– À cause d'un mariage. Il y en a un demain et je ne peux pas le photographier avec des mains qui tremblent.

Il a ouvert une boîte de conserve, a coupé du pain, a sorti des assiettes, des fourchettes et des verres.

Pendant que nous mangions et buvions, Vitia n'a pas mentionné les photos une seule fois. Il m'a raconté sa vie. Avant il était photographe à Oujgorod, mais il buvait trop et sa femme avait fini par le jeter dehors. Les premiers temps, il avait vécu chez un copain et ils avaient vendu ses deux meilleurs appareils, un Pentax et un Nikon, pour se soûler. Puis sa mère était morte à Kolomyïa et lui avait laissé cette maison. Au début, il voulait la vendre, mais conscient que l'argent serait rapidement dépensé en vodka, il a décidé d'arrêter de boire et de déménager ici. Il avait immédiatement trouvé du travail dans sa branche et arrondissait ses revenus en photographiant les lieux de crimes pour la police.

La bouteille une fois vide, Vitia s'est levé de table.

– Bon, il faut que je me repose en prévision de demain. Et toi, ta femme doit t'attendre. Elle est tatare?

– Non, kazakhe.

– Tu as de la chance. La mienne était hongroise. Dieu te préserve des Hongrois…

La maison de nos hôtes était à vingt-cinq minutes de marche. Il faisait encore clair. Une brise fraîche me soufflait dans le dos. De temps à autre, je plongeais la main dans ma poche pour vérifier la présence des photos et de la pellicule.

C'est Olga Mykolaevna qui m'a ouvert. Elle a immédiatement flairé une odeur d'alcool et a pris une expression sévère. Après avoir vérifié que personne d'autre n'entendait, elle m'a soufflé d'un ton sentencieux:

– Évite de boire avec les hommes du coin, ce sont tous des bons à rien; toi, tu n'as pas besoin de ça, tu es jeune et tu as une si jolie femme!

– Je ne recommencerai plus, ai-je promis, amusé.

– Goulia est en haut, a dit la vieille dame. Elle lit. Descendez dans une demi-heure, il y a *Santa Barbara*[1] à la télévision.

70

Le matin suivant était pluvieux. Je me suis réveillé affamé et la tête lourde. Goulia était déjà en train d'enfiler son jean.

– Où étais-tu hier? m'a-t-elle demandé. Tu es revenu bien gai et pas bavard, et tu t'es endormi tout de suite.

– Désolé. J'étais chez le photographe. J'ai quelque chose à te montrer, mais allons d'abord déjeuner.

Quand nous sommes remontés dans la chambre, j'ai étalé les photographies sur la table, je me suis assis et j'ai allumé la lampe.

– Où sont les miennes? a demandé Goulia.

J'ai compté les clichés, il y en avait trente-quatre, pas de portraits de Goulia.

– Elles étaient sans doute ratées.

Je lui ai tendu les trois photos sur lesquelles Vitia avait attiré mon attention et j'ai examiné les autres. Sans l'ombre d'un doute, toutes avaient été prises au bord de la Caspienne, non loin de l'endroit où j'avais trouvé l'appareil. Le chalutier, d'abord lointain, puis plus proche de la rive, une barque qui s'en éloignait pour accoster, cinq hommes qui déchargeaient quelque chose de la barque.

---

1. Le succès des soap-opéras et autres séries télévisées américaines et sud-américaines dans l'ex-Empire soviétique est un véritable phénomène de société. Lors de leurs premières diffusions, il y a quelques années, les rues se vidaient aux heures cruciales.

Comme les cadres d'un vieux film. Sans les trois autres photos, ils n'auraient guère présenté d'intérêt.

– Ils l'ont tué? a-t-elle demandé.

– C'est probable, ai-je dit en examinant un cliché où quatre hommes tiraient la barque sur la rive. (On distinguait des sacs à l'intérieur.) Ou alors ils l'ont tellement tabassé qu'il en est mort… Mais il y a quelque chose qui cloche. Toutes les autres photos sont prises par un observateur extérieur, personne ne pose, tandis que sur ces trois-là, tous regardent l'objectif, à part le prisonnier.

– Elles ont peut-être été faites par des personnes différentes?

J'ai réfléchi. Il y avait six hommes sur les photos, mais jamais plus de cinq en même temps. Sur celle de la tombe, ils n'étaient plus que quatre. Les photos du chalutier avaient probablement été prises par le prisonnier, quand il était encore libre.

– Il les surveillait donc? a dit Goulia. Mais pour quelle raison?

J'ai haussé les épaules.

– Kolia, a-t-elle proposé, remettons les photos par ordre chronologique.

J'ai sorti la pellicule et nous avons aligné les clichés en commençant par le premier. Arrivé aux deux derniers cadres, nous avons constaté que la pellicule était noire.

– Ce n'est pas grave, ai-je dit, nous irons nous faire photographier ensemble à l'atelier.

Remis dans l'ordre, les clichés ont confirmé nos suppositions. Le propriétaire de l'appareil surveillait le chalutier et ses occupants, il avait été découvert et ligoté. Les dernières photos n'avaient certainement pas été prises en souvenir, sinon ils auraient emporté l'appareil.

– C'est bizarre qu'ils l'aient laissé dans la tente, ai-je remarqué. À leur place, je l'aurais pris avec moi ou je l'aurais jeté dans la mer.

– Le désert, c'est comme la mer, a objecté Goulia. Quand tu y jettes quelque chose, c'est recouvert au bout de quelques heures. Cet endroit était totalement inhabité... Je me demande si ces hommes sont encore vivants ?

J'ai examiné les visages de plus près. Ils avaient entre trente et quarante ans.

– Je suppose que oui.

– Dans ce cas, il faut remettre ces photos à la police.

– Que veux-tu qu'ils en fassent ? D'ailleurs, ça ne s'est pas passé ici, ça ne concerne pas la police ukrainienne. Et puis qui voudrait fouiller un passé vieux de vingt ans ?

J'ai remis les photos dans l'enveloppe et je l'ai rangée dans un tiroir.

– C'était juste une proposition, a dit Goulia d'un ton d'excuse. Le prisonnier a peut-être une famille.

– Peut-être.

Notre conversation a pris fin là-dessus.

Nous avons mangé avec nos hôtes. Des pommes de terre, de la salade, des boulettes de viande. J'avais presque l'impression que nous vivions ici depuis plusieurs années.

J'ai tourné la tête vers la vitre mouillée de pluie. Le mauvais temps nous tenait à nouveau enfermés.

Iouri Ivanytch s'est levé et a enfilé son veston.

– Je vais voir à la poste si ma retraite est arrivée.

Nous sommes restés assis tous les trois sans rien dire.

– *On devrait peut-être élever des poulets ?* a murmuré Olga Mykolaevna d'une voix pensive.

La pluie incite les gens à la réflexion. J'ai regardé Goulia.

– Allons nous promener, a-t-elle proposé. J'ai vu qu'il y avait des parapluies dans l'entrée.

– *Mais bien sûr, allez faire un tour,* a approuvé notre hôtesse.

À notre retour, nous avons eu un choc : Iouri Ivanytch avait appris à la poste que le seul photographe de la ville avait été assassiné la nuit précédente. On l'avait découvert le matin dans son atelier. Tout son matériel avait été volé.

Cette nouvelle m'a laissé sans voix. Pendant la nuit, je me suis levé pour aller jusqu'à la fenêtre. La voiture de surveillance était à son poste.

Rien ne permettait d'établir le moindre lien entre cette voiture et le meurtre du photographe. Après tout, nous vivions une époque de violence, les meurtres et les cambriolages étaient monnaie courante.

71

Le surlendemain, le facteur a apporté une convocation pour un appel téléphonique de Kiev. Mon humeur est montée d'un cran. «Piotr doit avoir des nouvelles, me suis-je dit, ou peut-être le colonel a-t-il rempli sa promesse ?»

La poste était près de la gare ; je suis sorti une demi-heure à l'avance. Goulia est restée à la maison.

L'asphalte craquelé était émaillé de flaques, souvenir des pluies de la semaine passée que le soleil d'automne était impuissant à assécher. Je me suis souvenu d'un vers de Pouchkine : «Octobre est déjà là…» qui produisait un effet comique lorsqu'il répondait à la question : «Dans quelle strophe d'*Eugène Onéguine*, Pouchkine fait-il référence à la Grande Révolution d'Octobre ?» Aujourd'hui, octobre n'évoquait plus pour moi qu'une saison froide et humide.

J'ai tendu ma convocation à l'employée et je suis allé m'asseoir en face d'une rangée de cabines téléphoniques vacantes. La grande horloge ronde marquait onze heures.

Au bout d'une demi-heure, je suis allé vérifier s'il n'y avait pas d'erreur. L'employée, s'arrachant à la lecture d'un magazine féminin, a appelé le standard.

– Ira, vérifie le numéro trente-sept. Un appel de Kiev.

Puis elle s'est tournée vers moi d'un air indifférent, avant de se replonger dans sa lecture. J'ai regagné mon siège.

Une Volga marron s'est arrêtée devant la poste et un homme bien habillé en est sorti. Il m'a jeté un coup d'œil avant de poser une question à voix basse à l'employée. Puis il s'est dirigé vers moi.

– Nikolaï Ivanovitch Sotnikov?

Ses yeux intelligents souriaient derrière les verres de ses lunettes à fine monture métallique reposant sur un nez légèrement retroussé.

– Oui, ai-je acquiescé, surpris.

– Venez avec moi, j'ai à vous parler.

– Mais j'attends un appel…

– Pas la peine, c'est moi qui vous ai convoqué.

– Vous venez de la part de Vitold Ioukhimovitch?

– De qui ça?

– Du colonel Taranenko…

– Presque, a dit l'homme avant de m'inviter une nouvelle fois à le suivre.

L'inconnu s'est présenté au moment où nous montions dans sa voiture.

– Alekseï Alekseevitch. Vous pouvez m'appeler Alekseï. Il y a des endroits très pittoresques aux environs de la ville.

Vous aimez la nature sauvage? Je suppose que oui, sinon que seriez-vous allé faire dans le désert?

Nous avons tourné dans une rue que je ne connaissais pas.

– Où allons-nous? ai-je demandé en voyant que nous quittions Kolomyïa.

– Je veux vous montrer une excellente maison de repos. Pour plus tard. On peut y prendre des vacances et s'y refaire une santé.

Nous sommes sortis sur l'autoroute pour nous retrouver derrière un camion-remorque immatriculé en Pologne. Alekseï a essayé plusieurs fois de le dépasser sans y parvenir, ce qui expliquait sans doute son air ennuyé. Nous roulions le long d'une pinède à moins de soixante kilomètres à l'heure. L'apparence d'Alekseï, sa manière de parler en articulant chaque mot étaient le signe d'une grande assurance intérieure. Son visage était amical, même quand il ne souriait pas, et inspirait confiance.

– Désolé de rouler aussi lentement, a-t-il remarqué. Généralement, l'autoroute est moins encombrée.

Au bout d'un quart d'heure, nous avons pris une bifurcation vers la pinède et nous nous sommes retrouvés sur une petite route étroite impeccablement asphaltée. Nous avons franchi un portail pour nous arrêter devant un bungalow en bois avec perron et large véranda vitrée. Avant de descendre, Alekseï a pris une élégante serviette en cuir sur le siège arrière.

Il a ouvert la porte avec une clé et m'a fait passer dans une pièce confortable munie d'une cheminée.

– Installez-vous, Nikolaï Ivanovitch, a-t-il dit en s'asseyant à la table et en m'offrant une chaise. Le chauffage n'est pas mis, a-t-il ajouté en se frottant les mains, j'ai l'impression qu'il fait plus froid que dehors.

J'étais dévoré de curiosité. Il n'était certainement pas venu uniquement pour me dire que je pouvais rentrer à Kiev. D'ailleurs, il avait étrangement réagi quand j'avais mentionné le colonel.

– Vous avez certainement deviné à quelle organisation j'appartiens, a poursuivi mon hôte. Les collègues de Kiev m'ont prié d'avoir une conversation avec vous. Au sujet de votre voyage. Mais avant tout, je tiens à vous dire que nous vivons désormais selon de nouvelles règles, comme le reste du pays et que nous n'attendons pas qu'on nous aide gratuitement par simple enthousiasme. Si vos informations ont de la valeur, vous serez rétribué.

Il a sorti deux photos et les a posées devant moi.

À mon étonnement, j'ai reconnu Piotr sur l'une d'elles, attablé dans un café en compagnie de deux inconnus. Et ma stupeur s'est accrue en découvrant un cliché de moi dans le square de l'Université, en train d'observer les joueurs d'échecs.

La surprise a dû se lire sur mon visage.

– Désolé, a-t-il dit, je ne fais que répondre à la demande de mes collègues. Pas la peine de me dire quoi que ce soit sur ces deux photos, elles sont là seulement pour vous rafraîchir la mémoire. En revanche, je vous demanderais de regarder ces autres clichés très attentivement, pendant que je vais préparer du café.

Il m'a tendu une grande enveloppe. Resté seul, je me suis installé sur le divan pour étudier son contenu: une vingtaine de photos de groupe, nettement moins intéressantes que celles que j'avais fait développer.

Sur la première, j'ai compté vingt-deux personnes; je n'en connaissais aucune. Ma curiosité décroissait de minute en minute. Ne m'avait-il donc amené ici que pour me faire comprendre qu'il savait tout de moi et me montrer ensuite des photos d'inconnus?

Les quelques clichés suivants n'ont fait que renforcer ma déception. Suivaient les photos d'un enterrement. Un jeune type maigre m'a paru vaguement familier: il était au milieu du cortège et se retournait comme si on l'avait appelé. Sur un autre cliché, deux hommes plus âgés ont également attiré mon attention.

Alekseï est revenu avec un plateau.

– Alors?

– Il y en a trois qui me disent quelque chose, mais je ne me souviens pas où je les ai vus.

– Regardons-les ensemble.

Il a rempli les tasses et un puissant arôme a envahi la pièce.

– C'est du café de Colombie, a-t-il remarqué d'un ton de gourmet. Je n'ai pas apporté le sucre. Vous en voulez?

– Non merci.

– Eh bien, qui avez-vous reconnu?

J'ai indiqué les trois hommes. Il a pris les deux photos pendant que j'examinais celles qui restaient. Le jeune type maigre y figurait une deuxième fois. Près de la tombe jonchée de couronnes, un quatrième personnage en uniforme de major affichait une expression à la fois étrange et familière. On aurait dit qu'il se retenait de sourire. Ses lèvres étaient crispées et ses yeux écarquillés. Son regard était dirigé de côté.

– Celui-là aussi, ai-je dit en l'indiquant.

Alekseï a pris un air pensif.

– Le mieux est de reprendre votre voyage dans le détail.

– Depuis le début?

– Non, il y a un certain nombre de choses que nous savons déjà. Commencez à Krasnovodsk.

J'ai entrepris de lui narrer les événements, mais il m'a interrompu.

– Énumérez simplement les gens que vous avez croisés en regardant les photographies, ce sera plus facile.

J'ai évoqué les Kazakhs, les conducteurs et les deux collègues du colonel. Puis les gens du ferry. J'ai aussitôt reconnu le jeune type : ce n'était autre que le Slave bronzé qui nous avait suivis dans le train.

– Vous l'avez donc tué ? a demandé Alekseï à la fin de mon récit.

– Je n'en sais rien. Il était sans connaissance quand nous l'avons balancé du train. Ceux qui ont déchargé les wagons nous ont demandé où il était passé. Ils le surnommaient « le Moldave ».

Mon interlocuteur a paru satisfait. Il a entouré le visage de l'homme avec un crayon et a écrit quelque chose au dos du cliché.

Nous avons encore parlé une demi-heure et je me suis souvenu des trois autres qui faisaient partie de la même chaîne d'événements. Deux avaient participé au déchargement des armes et au chargement de la drogue et le major avait récupéré cette dernière au dépôt près de Bataïsk.

– Bien, l'entrevue a été fructueuse, a conclu Alekseï. À propos, ce bungalow ne coûte que vingt dollars par jour. En pension complète. C'est une maison de repos qui dépend de nos services. Et ces gens – il a indiqué les clichés – sont d'anciens collègues. Qui se sont reconvertis.

Il s'est mordu la lèvre en prenant un air attristé.

– Vous n'avez rien pour moi ? ai-je demandé.

– Quoi donc ? Vous voulez parler de l'argent ?

– Non, ce que je voudrais savoir, c'est si je peux rentrer à Kiev.

– Je l'ignore. On ne m'a rien dit à ce sujet. Mais je peux poser la question. Je dois faire un rapport sur notre entretien.

– À propos, ai-je ajouté d'un ton confidentiel, moi aussi j'ai des photographies qui pourraient vous intéresser.

– Lesquelles?

– C'est long à raconter. Ça ressemble au meurtre d'un homme par des gens qu'il était en train de surveiller.

– C'est vous qui les avez prises?

– Non, il s'agit d'une vieille pellicule de 1974. Elle était dans un appareil que j'ai trouvé en plein désert.

– Vous pouvez me les montrer? Nos archives vous les achèteront volontiers.

Sur le chemin du retour, je me suis demandé pourquoi il n'avait pas parlé une seule fois du colonel et pourquoi, en sachant tant sur moi, il ignorait la raison de ma présence à Kolomyïa. C'était bizarre. Ses collègues de Kiev ne lui avaient donc rien dit à ce sujet? J'espérais que la vieille pellicule les intéresserait. Je pourrais la négocier contre un retour sans danger dans la capitale. Mais peut-être ces types de l'entrepôt avaient-ils été liquidés et avais-je tort de continuer à m'en faire? Non, prudence est mère de sûreté. Seuls les morts ne s'inquiètent plus de rien.

L'autoroute était presque déserte. Alekseï m'a déposé chez nos hôtes et je lui ai remis l'enveloppe avec mes photos.

Je suis remonté dans la chambre pour tout raconter à Goulia. Elle m'a écouté en se rongeant nerveusement les ongles. J'ai essayé de la rassurer.

– Ça va s'arranger. Si nous n'avons pas de nouvelles dans une semaine, j'irai seul à Kiev. S'ils nous ont trouvés, c'est certainement par l'intermédiaire de Piotr. Il sait peut-être quelque chose.

72

Quatre jours plus tard au matin, la voiture marron que je connaissais déjà s'est arrêtée devant la porte du jardin et Alekseï, toujours en costume-cravate, m'a invité à faire un tour en me demandant d'emporter la pellicule et l'appareil.

Il était accompagné d'un homme corpulent à double menton qui paraissait sans doute plus vieux que son âge.

– C'est Oleg Borissovitch, de Kiev, a dit Alekseï. Où va-t-on?

– Vous avez un bon restaurant avec des salons particuliers? a demandé le gros homme.

– Je connais un établissement où nous pourrons être tranquilles.

Dix minutes plus tard, nous nous sommes arrêtés devant l'enseigne *Café Nectar*.

En voyant la nature de «l'établissement», le visiteur de Kiev a fait la moue.

– Nous ne sommes pas dans la capitale, a dit Alekseï d'un ton d'excuse. Mais on y mange et on y boit convenablement, et je peux leur demander de ne laisser entrer personne d'autre.

Oleg Borissovitch s'est extrait à grand-peine et à contre cœur du véhicule. Le café venait d'ouvrir. Nous étions les premiers clients.

Un homme portant jeune aux cheveux coupés ras nous a accueillis avec un sourire. Alekseï lui a murmuré quelque chose à l'oreille et l'homme a suspendu l'écriteau «Fermé pour inventaire» avant de verrouiller la porte.

Nous nous sommes installés à une table bancale mais couverte d'une nappe propre.

L'homme, qui apparemment cumulait les fonctions de serveur et de gérant, a apporté une carafe de vodka, des œufs durs coupés en deux, agrémentés d'œufs de saumon et d'une pointe de beurre, et une salade mixte.

Oleg a demandé un cendrier d'une voix enrouée en sortant un paquet de Marlboro. Puis il a pris une enveloppe dans sa poche intérieure. J'ai reconnu celle qui contenait mes photos. «Ils ont mordu à l'hameçon» me suis-je dit. C'était d'ailleurs clair depuis le début, sinon ils ne m'auraient pas demandé de prendre la pellicule et l'appareil.

– Vous avez parlé de ceci à quelqu'un? a demandé Oleg.

– Seulement à ma femme. Elle les a vues.

– Vous n'êtes pas marié.

– Nous nous sommes mariés ici, à l'église du coin.

– Qui d'autre est au courant?

– Le photographe, mais il a été tué il y a quelques jours.

Oleg a hoché la tête. Il a aspiré la fumée de sa cigarette et l'a lentement soufflée en volute.

– Et vos compagnons d'aventure de l'UNA-UNSO? Piotr et sa petite amie?

– Non, ils ne savent rien.

Oleg a souri et son double menton a paru s'alourdir sous le poids de ses bajoues.

– Comment se fait-il que vous leur ayez caché ça?

Alekseï a versé la vodka et s'est servi de la salade.

– Je croyais que c'était un banal appareil photo, je n'avais aucune idée de ce qui se trouvait à l'intérieur.

– Comment avez-vous su que la pellicule datait de 1974?

– Il y avait un numéro de *Kiev Soir* daté du 15 avril 1974 dans la tente où je l'ai trouvé.

– Vous avez gardé le journal?

– Oui.

– Et la tente?

– J'en ai fait cadeau au père de ma femme.

– Quelle histoire! a dit Oleg en levant son verre. Eh bien, monsieur Sotnikov, vous n'avez encore aucune idée de la somme que vous avez gagnée. À votre santé!

Après avoir bu, nous avons commencé à manger.

Qu'avais-je donc gagné? Oleg Borissovitch était certainement une grosse légume, et s'il était venu de Kiev spécialement pour me rencontrer, la valeur de ma découverte risquait d'être trop élevée pour ma sécurité. Quelqu'un qui doit beaucoup d'argent préfère parfois liquider son créditeur plutôt que régler sa dette.

J'ai regardé le gros homme à la dérobée. Il s'en est aperçu, a cessé de mastiquer pour écraser son mégot qui fumait encore dans le cendrier.

– Montrez-moi l'appareil, a-t-il demandé.

Il l'a extrait de son étui, l'a examiné sous différents angles, puis il a sorti un canif muni d'une lame tournevis, l'a enfoncée près de l'objectif et la partie avant s'est ouverte.

Il nous a montré l'intérieur en souriant.

– C'est presque une antiquité. On insérait un microfilm à cet endroit pour faire des prises de vue en parallèle ou séparément. Quelqu'un l'a retiré… Quelqu'un qui savait…

Oleg m'a regardé, il était sur le point d'ajouter quelque chose, mais l'arrivée du serveur l'a interrompu.

Il nous a servi des côtelettes de porc avec du riz et nous a souhaité bon appétit avant de s'éloigner d'un pas lent.

– Et ce… colonel Taranenko est au courant pour l'appareil?

– Non.

Oleg a souri d'un air satisfait.

«Faut-il lui demander pour Kiev? Ou attendre qu'il aborde le sujet? Et s'il n'en parle pas?»

– Votre femme n'est pas bavarde ? a demandé Oleg, sa fourchette en suspens.

– Oh non, elle est kazakhe.

Aussitôt, je me suis dit que toutes les femmes kazakhes n'étaient pas forcément aussi discrètes que Goulia.

– Comment s'appelle-t-elle ? s'est enquis Oleg après avoir mastiqué lentement et comme distraitement.

L'action principale se passait dans sa tête : il était en train de réfléchir.

– Goulia.

– À la santé de Goulia, a-t-il déclaré en levant son verre.

Soudain, j'ai compris que s'ils parlaient si peu du colonel et faisaient même semblant de ne pas le connaître, c'était sans doute parce qu'il travaillait pour une section secrète. D'ailleurs, ils n'avaient pas mentionné le sable une seule fois et je l'avais moi aussi passé sous silence.

Oleg a sorti une autre enveloppe de sa poche.

– Ce sont vos billets pour Kiev. Vous partez demain soir. Où est la pellicule ?

Je la lui ai donnée.

– Après-demain matin, vous serez à Kiev. Mais je vous déconseille de rentrer chez vous immédiatement. Faites-vous héberger par des amis et téléphonez-moi à onze heures. Je vous paierai pour vos trouvailles.

J'étais stupéfait. Mon visage devait refléter un tel méli-mélo de sentiments qu'Oleg n'a pu retenir un sourire. Il aimait certainement étonner les gens. J'ai sorti les billets de l'enveloppe : c'étaient des wagons-lits de première classe !

Au moment de l'addition, Oleg et Alekseï se sont disputé le privilège de payer. Oleg a eu le dessus, comme je m'y attendais. Il a soigneusement rangé la facture dans son porte-monnaie.

Lorsque nous sommes sortis, nous avons eu la surprise de constater que quelqu'un avait crevé les quatre pneus de la voiture. Alekseï a juré en regardant autour de lui et Oleg a soupiré tristement avant de me raccompagner en taxi.

Quand Goulia m'a demandé: «Alors?», je lui ai montré les billets. Pour la première fois, j'ai vu des larmes de joie sur son visage.

73

Le train est arrivé à Kiev avec une demi-heure de retard. Un soleil d'automne brillait au-dessus de la gare. Il y avait foule autour des wagons. Un porteur s'est précipité en me voyant débarquer avec deux valises et un sac à dos. Nous avons chargé le tout dans son caddie grinçant pour nous diriger vers la station de taxi.

J'avais l'impression que la journée d'hier, si riche en événements, se poursuivait encore. Olga Mykolaevna nous avait apporté une tourte aux choux et un pot de confiture avant notre départ: «Vous allez débarquer le ventre vide, et Piotr n'a peut-être rien à manger chez lui...» Elle avait également offert une chemise ukrainienne brodée à Goulia, avant de noter l'adresse et le téléphone de Piotr sur deux bouts de papiers: «Mettez-les dans des poches différentes, comme ça, si vous en perdez un, vous aurez toujours l'autre. Transmettez-lui le bonjour et dites-lui de venir nous voir!»

Le taxi nous a coûté cinq dollars pour une course de cinq minutes, mais je n'avais pas la force de discuter.

Piotr et Galia nous ont reçus chaleureusement, et l'espace de quelques instants, j'ai éprouvé un sentiment de parenté à leur égard. Ils nous ont installés dans leur chambre à coucher où nous avons pu nous changer.

J'ai laissé Goulia avec nos hôtes pour aller appeler Oleg Borissovitch d'une cabine. Il m'a donné rendez-vous à midi et demi devant la tombe du patriarche.

Oleg est arrivé dans une BMW bleu marine avec chauffeur. Il était vêtu d'un élégant costume gris qui ne pouvait certes dissimuler sa corpulence mais détournait en quelque sorte l'attention. Il avait une mallette de cuir à la main.

Nous sommes allés nous asseoir au soleil dans l'enceinte paroissiale. Des jeunes mamans promenaient leurs bébés. Sur le banc le plus proche du nôtre se reposait un couple de retraités. Un photographe attendait le client devant l'entrée de la cathédrale.

– Vous avez un sac avec vous? a demandé Oleg.

J'ai répondu par la négative.

– Vous comptez transporter l'argent dans vos poches?

– L'argent?

– Mais oui, je vous l'ai dit à Kolomyïa.

Souriant, il semblait savourer ma surprise.

– Dites-moi, a-t-il demandé, vous n'avez rien trouvé d'autre à part la tente, le journal et l'appareil photo?

– Non.

– Parfait, j'ai ici dix mille dollars. Cinq mille pour l'appareil et la pellicule, trois mille pour que personne, à part vous et votre femme, n'apprenne jamais leur existence.

– Et les deux autres mille?

– Disons qu'il s'agit d'une avance.

Oleg Borissovitch a jeté un coup d'œil à l'intérieur de sa mallette avant de poursuivre:

– Vous aimeriez sans doute savoir pourquoi vous recevez une somme pareille?

J'ai fait signe que oui.

Oleg a sorti de sa poche trois clichés de ma pellicule, ceux-là mêmes sur lesquels le défunt photographe avait attiré mon attention.

– Celui-là, c'est Ivan Rogovoï (Oleg a indiqué du doigt le premier homme à gauche dans le groupe avec le prisonnier), aujourd'hui député de la Douma russe, et cet autre (il a montré le second) est vice-président de la société Sakha-Diamant-Export. Le troisième fait partie de la direction du KGB Biélorusse. Quant à celui de droite, il était directeur de la Banque Stroïinvest de Moscou, il a disparu il y a deux ans sans laisser d'adresse.

– Il y en avait un cinquième, sur les autres photos.

– Oui, mais nous ne l'avons pas encore identifié.

– Et celui-là, qui est-ce ? ai-je demandé en indiquant l'homme ligoté.

– C'est mon frère, le major Naoumenko (sa voix a frémi), je vous en parlerai une autre fois, il est temps que je parte.

– Le major Naoumenko ? Mais nous l'avons enterré près de la tombe du derviche ! La momie était donc celle de quelqu'un d'autre ? Lui, il serait enterré là ?

J'ai indiqué le monticule de sable sur la photo suivante.

– Non, c'est bien lui que vous avez mis en terre. Ça, c'était juste une mise en scène « pour rire ». Ils ont emmené le major dans leur chalutier jusqu'à Mangychlak. Reste à savoir ce qui s'est passé exactement.

Il m'est soudain apparu que l'histoire du colonel Taranenko était en contradiction avec celle-là.

– Mais attendez, ai-je demandé, s'il s'est rendu là-bas pour étudier les manifestations matérielles de l'esprit national, pourquoi surveillait-il ce chalutier ?

Oleg a réagi à ma question par un regard peiné.

— Il ne faut jamais mélanger quête spirituelle et travail opérationnel, c'est soit l'un soit l'autre. Ou alors la mort.

Il a sorti un paquet de sa mallette.

— Ne le perdez pas! a-t-il dit en se forçant à sourire.

Nous nous sommes dirigés vers la sortie de l'enceinte. Il allait remonter dans sa voiture et partir, alors que je brûlais de lui poser d'autres questions et d'entendre ses réponses.

Il a remarqué mon regard et s'est arrêté.

— Où se trouve le colonel Taranenko? ai-je demandé à mi-voix.

Oleg, étonné, a levé les sourcils.

— À Odessa, je suppose, au centre de repos Tchkalov… Eh bien au revoir. Voici ma carte de visite. Appelez-moi au besoin!

— Quand pourrai-je rentrer chez moi?

— Demain après-midi.

Après avoir suivi la voiture du regard, j'ai regardé la carte: «Oleg Borissovitch Naoumenko, directeur de l'entreprise ukraino-kazakhe Karakoum Limited.»

Interloqué, j'ai traversé la place et je me suis arrêté à côté de mon immeuble. Je suis resté deux minutes devant l'entrée, me répétant que dans vingt-quatre heures je pourrais enfin rentrer chez moi.

74

Le lendemain nous avons fait nos bagages et refusant poliment l'aide de Piotr, nous avons pris une voiture jusqu'à la place Sainte-Sophie.

Je rayonnais de joie et j'imaginais, je ne sais pourquoi, que Goulia était fière de moi.

Nous sommes montés au second, j'ai inséré ma clé, et soudain, une plaque de cuivre fixée à gauche de ma porte blindée a attiré mon regard. Je suis demeuré bouche bée à sa lecture.

À l'en croire, mon appartement servait désormais d'«Entrepôt d'aliments pour bébés du fonds de bienfaisance Le Corsaire»!

Ma paralysie a duré plusieurs minutes, puis ma main s'est machinalement tendue vers la sonnette. J'ai appuyé plusieurs fois, sans que personne ne se manifeste.

Persuadé que les nouveaux propriétaires avaient changé la serrure, j'ai tout de même tourné la clé, et à ma grande surprise, la porte s'est ouverte. J'ai demandé à Goulia d'attendre sur le palier pendant que j'inspectais prudemment les lieux.

À première vue, rien n'avait changé dans mon appartement, sauf qu'il y avait beaucoup de poussière.

Rassuré, je me suis dit que la plaque avait été mise là pour me faire peur par ceux que j'avais empêchés d'entrer dans le véritable entrepôt. Que c'était il y a longtemps et qu'on avait oublié de l'enlever.

J'ai fait entrer Goulia et j'ai porté nos bagages à l'intérieur. Et c'est là que j'ai remarqué dans l'unique pièce une porte qui n'existait pas auparavant! De l'autre côté, je m'en souvenais bien, vivait un ancien avocat à la retraite que j'avais croisé plusieurs fois sur le palier, mais avec lequel je n'avais jamais échangé plus de quelques mots.

J'ai ouvert la porte, découvrant une pièce identique à la mienne. Il y avait là un bureau avec téléphone-fax et des cartons alignés contre le mur, dont l'étiquette m'était familière: des aliments pour bébés fabriqués en Finlande.

Je me suis dirigé vers le bureau, et la première chose qui a retenu mon regard était une boîte en plastique translu-

cide contenant des cartes de visite. J'en ai pris une et j'ai lu :
« Nikolaï Ivanovitch Sotnikov. Directeur du fonds de bienfaisance Le Corsaire. »

J'ai rejoint Goulia, l'esprit totalement confus.

Une demi-heure plus tard, le contenu des valises et du
sac à dos était étalé sur le divan. Les tuniques formaient
une pile multicolore

— Il faut ranger ça quelque part, a remarqué Goulia. Et
ça aussi, a-t-elle ajouté en soulevant une natte, révélant le
pistolet à silencieux dont j'avais oublié l'existence.

— Il doit y avoir de la place là-dedans, ai-je dit en indiquant l'armoire massive qui occupait la moitié de l'entrée.

Goulia a soudain remarqué le paquet avec l'argent.

— Tu as acheté quelque chose ?

— Non, j'ai plutôt vendu quelque chose.

J'ai sorti les liasses de dollars. Goulia les a regardées d'un
air éberlué.

— C'est pour la pellicule et les photos. Mais ils ont beaucoup insisté pour qu'on n'en parle à personne.

Goulia a acquiescé.

— Et ce n'est pas tout. Je crois que j'ai un nouvel emploi.

Je lui ai tendu la carte de visite. Pendant qu'elle l'examinait, j'ai téléphoné à Oleg Borissovitch.

— Que signifie cet entrepôt chez moi ? lui ai-je demandé,
d'un ton légèrement irrité.

— C'est votre entrepôt, a répondu Oleg. Celui où vous
travailliez. Vous avez déjà été payé pour votre congé forcé.
Et vous venez d'obtenir de l'avancement.

Son calme olympien a achevé de me perturber.

— Mais qu'est-ce qu'il faut que je fasse ?

— Rien. Travailler, travailler, et encore travailler, suivant
les préceptes du grand Lénine, a-t-il énoncé avec ironie.

Puis il a ajouté, après une pause :

— Ne vous en faites pas! Si la plaque vous tape sur les nerfs, vous pouvez l'enlever. Mais pas question de quitter vos fonctions de directeur. Si vous avez des problèmes, appelez-moi!

Goulia et moi avons pris le thé avant de sortir nous promener. Le soleil était encore haut. Goulia s'arrêtait à tout bout de champ pour observer les immeubles.

— C'est plus beau qu'Alma-Ata! s'exclamait-elle.

Je n'y étais jamais allé et je ne pouvais donc faire de comparaison, mais je la croyais volontiers. Il m'était difficile d'imaginer une ville plus belle que Kiev.

Le soleil me brillait dans les yeux sans m'éblouir.

— Salut! m'a dit quelqu'un en passant.

Je me suis retourné, sans pouvoir le reconnaître de dos.

C'était ma ville, mais en mon absence, elle avait acquis une sorte d'autonomie, prenant de l'avance sur moi; je devais désormais la rattraper, me réhabituer à elle, redevenir un fragment de sa substance. J'avais déjà éprouvé ce léger sentiment d'aliénation lors de voyages précédents et je savais qu'il s'évanouirait quelques jours plus tard et que le courant serait rétabli. Tout redeviendrait bientôt comme avant; avec cette seule différence que désormais, nous serions deux. Tout irait bien. Tout irait bien pour Goulia et pour moi.

75

Le lendemain, nous recevions nos premiers invités, Piotr et Galia. Je leur avais téléphoné la veille et Piotr avait semblé très heureux de mon appel, déclarant qu'il avait quelque chose à me montrer.

Cette phrase ne m'a pas vraiment intrigué sur le moment. J'étais en train de me dire qu'il valait mieux enlever la plaque de cuivre devant ma porte. Et puis ma soif de connaissance était saturée pour un an au moins. Ce soir-là, durant notre premier dîner à la maison (ma vieille réserve de nouilles), diverses pensées insistantes étaient venues me hanter. Je venais de comprendre que tout savoir crée des contraintes et que celui qui satisfait sa curiosité devient dépendant non seulement de son informateur mais de l'information obtenue. Je me sentais déjà une dette à l'égard d'Oleg Borissovitch. Et pas uniquement à cause des dix mille dollars dont deux mille avaient tour à tour été qualifiés d'avance puis de compensation. Quelle avance? Était-ce lié à la confiance qu'il m'avait témoignée en me donnant les noms des meurtriers présumés de son frère? Il aurait peut-être mieux valu que je continue à ignorer leur identité. Mais c'était trop tard.

Il pleuvait. Piotr et Galia ont laissé leurs parapluies dans l'entrée. Nous nous sommes mis à table. Les femmes ont pris du vin, Piotr et moi de la vodka. La nourriture était modeste, mais elle nous aurait semblé le comble du luxe dans le désert ou dans le wagon de marchandises. Des cornichons, du pain noir, du jambon et du fromage. En faisant les courses à l'épicerie du coin, je m'étais senti revivre. Retrouver mes bonnes vieilles habitudes alimentaires: le rituel du casse-croûte faisait partie des joies du retour. Priver quelqu'un de ses rituels de vie est un châtiment redoutable. C'est d'ailleurs ce qu'on fait dans les prisons.

Nous avons bu à nos retrouvailles et nous avons raconté en détail le baptême de Goulia et notre mariage.

— *Eh bien maintenant, il ne te reste plus qu'à apprendre l'ukrainien,* a dit Piotr à Goulia.

– Je suis d'accord, a déclaré ma femme. Si Galia veut bien me donner des leçons.

Nous avons passé deux heures à bavarder de choses et d'autres. Puis Goulia a préparé du thé et Piotr a apporté son sac resté dans l'entrée.

– Nous avons trouvé quelque chose près du fort, qu'on ne vous a pas montré. Je m'excuse. Mieux vaut tard que jamais…

Et il a sorti une boîte en argent de la taille d'une demi-brique. Je l'ai prise dans mes mains. Une inscription était gravée sur le couvercle: «À mon cher Taras, de la part d'A.E.» J'ai essayé de l'ouvrir, mais sans succès.

Piotr l'a reprise pour la secouer et j'ai entendu un bruit léger à l'intérieur, sans doute du papier.

– Elle est fermée à clef. On a pensé que ça serait plus honnête de se retrouver tous les quatre pour l'ouvrir. Tu as une boîte d'outils ?

– Ce ne sera peut-être pas la peine de la casser, ai-je dit en regardant Piotr dans les yeux.

– Je n'ai pas l'intention de la casser, il suffit d'écarter légèrement les bords.

J'ai enlevé de mon cou la chaîne avec la clé en or, je l'ai insérée dans la serrure et j'ai tendu le tout à Piotr.

– Désolé, mais moi non plus je ne t'ai pas montré toutes mes découvertes. Ouvre-la.

Il m'a regardé avec étonnement, puis il a tourné la clé.

La boîte contenait des feuillets pliés en deux.

– Des lettres? ai-je demandé.

Piotr a hoché la tête. Il a pris celle du dessus et l'a parcourue. Son visage n'exprimait aucune joie.

«Cher Taras Grigorievitch, a-t-il lu. Vous ne devez pas avoir peur de mon mari. Il est bien disposé à votre égard et sera heureux si vous acceptez de dîner parfois en notre compagnie. A.E.»

Il a pris la suivante.

«Je vous attendrai à midi. Vous m'avez promis de me montrer quelque chose d'intéressant au cimetière turkmène. Cela vous amusera de savoir que le docteur Nikolski raconte à tout le monde que vous êtes un major rétrogradé. Et aussi que vous lui donnez des leçons d'ukrainien.»

J'avais l'impression que Piotr lisait à voix haute dans un incompréhensible accès de mauvaise humeur. J'ai sorti à mon tour une lettre que j'ai lu à voix basse.

«Chère Agafia Emelianovna. J'ignore ce qui a motivé le refroidissement de nos relations et pourquoi vous me fuyez. Malgré mon amour de la solitude, nos promenades à deux me procuraient un immense plaisir. J'espère seulement que ce n'est pas Irakli Alexandrovitch qui, prêtant l'oreille à des ragots, vous aurait interdit de me revoir. Bien qu'à sa place j'eusse depuis longtemps délaissé la bienveillance pour la jalousie. Avec mon respect le plus sincère. Soldat Taras Chevtchenko.»

Quand j'ai détaché les yeux de cette lettre qui apparemment n'avait jamais été envoyée, Galia était en train de lire les suivantes.

J'ai tendu à Goulia celle que j'avais en main. Un silence inhabituel régnait dans la pièce. J'ai versé de la vodka à Piotr et à moi-même.

– Tu sais combien ça vaut? lui ai-je demandé.

– *Ça a peut-être de la valeur, mais pas pour la culture ukrainienne. Notre grand poète national qui écrit des billets doux en russe…*

Son visage exprimait un profond désappointement

– Le grand poète national a également écrit plusieurs récits en russe, lui ai-je rappelé. Il n'en est pas moins grand pour autant. Ça montre seulement qu'il appartenait à deux cultures.

– Ce qui appartient à deux cultures ou à deux personnes n'appartient à aucune, a déclaré Piotr en passant soudain au russe. Je connais deux écrivains qui ont acheté une maison ensemble à Kontcha-Ozerna. Désormais, ils n'écrivent plus rien, ils perdent leur temps en procès pour savoir auquel des deux la maison doit appartenir. Si personne n'a encore pensé à traduire les récits russes de Chevtchenko en ukrainien, je crois que ces lettres n'intéresseront pas grand monde.

– Qu'est-ce que tu proposes d'en faire, dans ce cas?

– Je n'en sais rien, a-t-il avoué avec un soupir.

– Venez prendre le thé, a dit Goulia, désireuse de nous distraire de cette conversation.

Nous avons bu le thé légèrement refroidi avec des pâtisseries achetées dans une petite boulangerie privée qui avait ouvert pendant mon absence, à deux immeubles de chez moi.

– Tu peux les vendre aux enchères, ai-je suggéré à Piotr quand son humeur s'est améliorée. Tu as certainement besoin d'argent?

– C'est vrai. Nous avons besoin d'argent. Surtout qu'on m'a proposé d'être député.

– Pas possible? me suis-je exclamé. Tu aurais dû le dire plus tôt. Il faut boire un coup pour fêter ça!

Nous avons rempli les verres.

– À ta victoire! ai-je proclamé en levant le mien.

– *Le vendre aux enchères… c'est peut-être une idée?* a dit Piotr en revenant à sa langue natale. *Mais ça risquerait de ne pas plaire à tout le monde. Dans ma situation, je ne tiens pas à me compromettre… Tu pourrais peut-être t'en charger à ma place? Je te verserai un pourcentage.*

– Je vais essayer, ai-je promis.

J'ignorais la marche à suivre. Mais personne ne m'avait forcé à lui faire cette suggestion ni à accepter son offre.

– Au fait, on m'a aussi transmis ça pour toi.

Il a sorti de son sac le manuscrit de Guerchovitch et une boîte à chaussures.

– Un type en civil, il a dit que c'était de la part du colonel Taranenko.

J'ai ouvert la boîte. Notre caméléon était dedans et me dévisageait. Goulia et moi l'avons considéré avec stupéfaction.

– Comment s'est-il retrouvé avec le colonel?

– Pas la moindre idée, a dit Piotr en haussant les épaules.

Nous nous sommes embrassés en nous quittant, nous promettant de nous voir régulièrement. Chose étrange, aucun de nous n'a fait la moindre mention du sable. Je n'y ai réfléchi qu'après le départ de nos invités. Peut-être avait-on demandé à Piotr de n'aborder le sujet avec personne, pas même avec moi? Auquel cas, nous avions chacun nos secrets, ce qui ne nous empêchait pas de nous sentir désormais amis.

Une brève sonnerie aussitôt interrompue m'a réveillé au milieu de la nuit. J'ai entendu un vague bruissement derrière la porte de l'autre pièce. Dans la lumière de la lune qui tombait de la fenêtre, j'ai vu une feuille de papier émerger du fax. J'ai allumé. Il était adressé à Nikolaï Ivanovitch Sotnikov, directeur du fonds de bienfaisance Le Corsaire, et me demandait de remettre trois caisses d'aliments pour bébés à la crèche Makarov. Un certain Piotr Borissovitch Louminescu devait venir les chercher le lendemain. Mon nouveau travail venait de commencer. Ce que je préférais ignorer, c'était le véritable contenu des caisses: lait en poudre périmé ou non périmé, ou quelque chose de très différent. Finalement, je m'en moquais. Si quelqu'un venait en prendre livraison, je me contenterais de les remettre. L'important était que je puisse désormais couler des jours heureux avec Goulia.

76

Deux mois plus tard, alors que nous nous rapprochions des premières neiges, légèrement en retard cette année, je me suis souvenu de ces pensées et j'ai compris combien elles étaient critiquables. La boîte de Taras Chevtchenko et les lettres avaient effectué le voyage vers la salle des ventes de Saint-Pétersbourg avant de revenir à Kiev en qualité de don d'un riche Ukrainien de Tioumen à sa patrie historique. On en avait parlé dans les journaux. J'avais remis la totalité des six mille dollars obtenus à Piotr. Son adversaire aux élections était un homme d'affaires aux moyens financiers illimités. C'est Piotr qui l'avait emporté. Quand il est passé nous voir après sa victoire avec une bouteille de cognac de marque, j'ai remarqué qu'il avait raccourci sa moustache. Il m'a raconté sa récente rencontre avec le colonel Taranenko. À en croire ce dernier, une partie du sable avait été expédiée en Crimée à des fins d'expérimentation[1].

L'hiver est arrivé. Goulia et moi regardions les flocons blancs tomber avec lenteur. Notre caméléon, aussi immobile qu'une statue, se tenait sur le rebord de la fenêtre, l'œil rivé à la vitre.

— Azra, ai-je murmuré en me souvenant de l'enterrement du major Naoumenko près de la tombe du derviche.

— Qu'est-ce que tu dis? a demandé Goulia.

---

1. La Crimée, rattachée à l'Ukraine depuis 1954, est une région où le problème national se pose de manière particulièrement aiguë. Aux revendications des Russes, majoritaires, s'ajoutent celles des Tatars, déportés en masse de leur république natale sous Staline.

– Azra, le bon ange de la mort. Aman m'a raconté la légende.

– Azra… a répété Goulia. C'est le prénom que ma mère voulait me donner. Mais mon père préférait Goulia.

Je suis resté pensif en songeant aux traces dans le sable.

Goulia m'a reparlé de son intention de travailler. Je l'écoutais en hochant la tête. J'aurais préféré qu'elle attende l'arrivée du printemps pour passer tout l'hiver avec elle, inséparables jour et nuit. Sortir parfois, écouter la neige crisser sous nos pas avant de regagner la chaleur du foyer. Parler, la nuit, après l'amour. Et rêver à voix haute.

J'étais tourmenté par des pressentiments, craignant que quelqu'un ou quelque chose ne trouble bientôt notre tranquillité. Que je n'en vienne à maudire ma curiosité, et qu'on ne me fasse payer très cher les dettes accumulées.

J'ai serré Goulia contre moi, m'efforçant de ne plus penser à rien, de regarder seulement la neige. Sans ciller, comme le caméléon. Je crois que j'y suis parvenu.

Épilogue

Quelques jours plus tard, j'ai feuilleté le manuscrit de Guerchovitch. Dehors, la neige continuait de tomber.

Goulia était à la cuisine, en train de préparer une soupe kazakhe. Le caméléon se tenait sur le rebord de la fenêtre à sa place favorite, sur le petit coussin que Goulia lui avait cousu dans l'une de mes vieilles chemises de flanelle.

Mon regard s'est arrêté sur la page datée du 21 juin 1967.

« En quête de spirituel, tu trouves du concret. En quête de concret, tu trouves la mort ou alors rien. Je l'ai dit aujourd'hui à Naoumenko en prenant le café à *L'Aquarium*.

Il n'a fait qu'en rire. Il était de bonne humeur: on vient de le nommer capitaine au KGB. Comment va-t-il faire le partage entre sa vieille passion pour la philosophie et ses nouvelles obligations de service?»

«Le cercle se referme, ai-je pensé en regardant le caméléon. Guerchovitch était l'ami de Naoumenko dont j'ai fait la connaissance par son intermédiaire. Un mort m'a présenté à un autre mort…»

La neige tombait toujours. Mon humeur aussi était hivernale. J'ai songé à cette petite partie du corps du major que le colonel Taranenko avait emportée. L'avait-on inhumée? Ou incinérée? Y avait-il eu une garde d'honneur, et les salves de rigueur quand on enterre un officier? Le frère du défunt, Oleg Borissovitch, était-il présent? Et ces funérailles sentaient-elles la cannelle?

Grâce à Guerchovitch, je n'avais pas seulement rencontré d'autres morts mais aussi des vivants, bien que lui-même, apparemment, ait été un grand solitaire. La croix rouillée sur sa sépulture en témoignait.

J'ai repensé à la tombe du derviche. Le major Naoumenko aussi en était un, en quelque sorte. Et Slava Guerchovitch également. Deux derviches cherchant quelque chose que ni l'un ni l'autre n'avaient obtenu. Et moi, avais-je découvert l'objet de ma quête? Non, à la place, j'avais trouvé Goulia et j'en étais heureux.

Deux jours plus tard nous nous sommes rendus, elle et moi, au cimetière de Pouchtcha. Nous avons déposé un bouquet d'œillets sur la tombe de Guerchovitch et j'ai noué un ruban de velours vert au sommet de sa croix.

Nous nous sommes recueillis quelques minutes dans le cimetière désert avant de nous diriger vers la sortie, pour reprendre le tramway.

DU MÊME AUTEUR

Le Pingouin
Liana Lévi, 2000
Seuil, « Points », n° P842

L'Ami du défunt
Liana Lévi, 2002

IMPRESSION: S.N. FIRMIN-DIDOT AU MESNIL-SUR-L'ESTRÉE
DÉPÔT LÉGAL: AVRIL 2002. N° 51183 (59028)